KB038150

달

악마적 취향 3

초판 1쇄 인쇄 2017년 1월 23일
초판 1쇄 발행 2017년 1월 31일

지은이 이하린
발행인 오영배
기획 박성인
책임편집 김보나
표지 · 본문 디자인 RAEHA
제작 조하늬

펴낸곳 (주)삼양출판사 · 단글
주소 서울시 강북구 도봉로 173
대표 전화 02-980-2112 팩스 / 02-983-0660
편집부 전화 02-980-2116 팩스 / 02-983-8201
블로그 blog.naver.com/dan_gul
출판등록 1999년 3월 11일 제9-00046호.

ISBN 979-11-283-9073-9 (04810) / 979-11-283-9070-8 (세트)

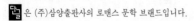 은 (주)삼양출판사의 로맨스 문학 브랜드입니다.

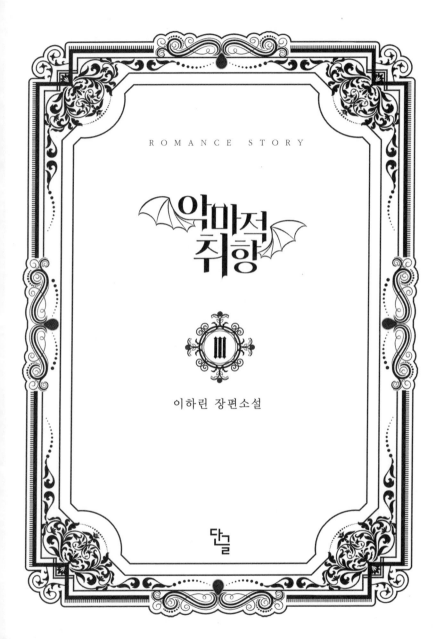

ROMANCE STORY

악마적 취향

III

이하린 장편소설

단글

| C O N T E N T S |

1

너를 사랑하고 있다고

"으음."

잠에서 깨어난 화인이 흐릿한 시야를 손으로 비비며 정신을 차렸다.

그러자 가장 먼저 눈앞에 보이는 건 한새의 탄탄한 가슴이었다. 잔 근육으로 꽉 짜여진 그의 상반신은 이른 아침에 보아도 지나칠 정도로 완벽하고 섹시했다.

저 품에 뜨겁게 안겼던 어젯밤 일이 떠올라서 화인의 얼굴이 저도 모르게 조금 붉어졌다.

자리에서 일어나야겠다고 생각하는 순간 자신의 목 뒤로 따스한 온기가 느껴진다는 걸 깨달았다.

그제야 한새가 한 팔로는 화인의 팔베개를 해 주고, 다른 한 팔로는 그녀의 허리를 가볍게 감싸 안고 있다는 사실을 알아차렸다.

그에게 이렇듯 아이처럼 안겨 잠들었다는 사실에, 화인의 얼굴이 방금 전보다 더 뜨거워졌다.

누군가에게 보호받듯이 안긴 채로 잠든 적은 처음이었다.

천하의 대악마인 자신이 이런 자세로 안겨 있다는 게 낯설기 짝이 없었지만, 그렇다고 해서 뿌리치고 싶은 생각은 없었다.

그의 품 안이, 지금 느껴지는 이 온기가 너무나도 안락했기 때문이다.

화인은 어느새 침대에서 일어나야겠다는 생각은 잊은 채, 가만히 누워서 잠들어 있는 한새의 얼굴을 바라봤다.

풍성한 속눈썹, 날카롭게 뻗어진 콧날. 그리고 꾹 다물고 있는 입술까지.

어느 것 하나 사랑스럽지 않은 곳이 없었다.

전부 다 내 것인, 나의 남자였다.

화인은 배가 부른 포식자처럼 그를 향해 나른하게 웃어 보였다.

가슴이 벅차오를 정도로 행복해서, 깊은 만족감이 느껴질 정도였다.

화인이 조심스럽게 손을 뻗어 자고 있는 한새의 뺨을 쓰다듬을 때였다.

자는 줄만 알았던 한새가 갑자기 그녀의 허리를 자신 쪽으로 조금 더 끌어당겼다.

와락—

덕분에 화인은 옴짝달싹 못 한 채, 한새의 품 안에 갇히고 말았다.

화인이 황당하다는 표정으로 입을 열었다.

"언제부터 깬 거야?"

"……조금만 더 이렇게 있자."

투정을 부리는 듯한 한새의 말에 화인은 뭐라고 더 말을 하려다가 말았다.

이렇게 숨 막힐 정도로 안겨 있는 지금 이 순간이 싫지 않았으니까.

그렇게 가만히 안겨 있자니 곧이어 한새의 허스키한 목소리가 들려왔다.

"내가 지금 무슨 생각하는지 물어봐."

"무슨 생각하는데?"

"살아 있기를 잘했다는 생각."

그가 말과 동시에 고개를 숙여서 화인의 정수리에다 입을 맞췄다.

왜인지 간지러운 느낌에 화인은 엷게 웃고 말았다.

"너무 거창한데?"

"말하면 좀 믿어."

한새의 진지한 목소리에 화인은 그저 픽하고 웃을 뿐이었다.

지금 느껴지는 그의 단단한 품, 따뜻한 온기, 침대의 마른 감촉까지, 어느 하나 더할 나위 없이 그녀의 기분을 좋게 만들었다.

가만히 눈을 감고 있자, 다시 한 번 한새의 목소리가 들려왔다.

"언젠가는 나한테도 봄이 오지 않을까, 그런 생각을 했었어."

부모님이 돌아가시고 난 후에 평범했던 한새의 삶은 완전히 뒤

바뀌었다.

지독히도 고단했고, 몸서리칠 정도로 외로웠다.

모델로 성공하자 금전적인 여유로움이 생겼지만, 그렇다고 행복이 찾아오는 것은 아니었다.

그랬기에 여동생인 한울이가 깨어나면 좋아질 거라고, 그저 막연히 믿고 있었다.

화인을 만나기 전까진 분명 그랬다.

하지만 이제는 알았다.

"……그게 너인 것 같아. 내 인생의 봄."

나지막한 한새의 고백에 화인의 심장 박동이 조금 빨라졌다.

둘이 함께하는 이 순간이 한새 혼자만 행복한 것은 결코 아니었다.

일 초도 인간으로 살아 숨 쉬는 게 싫었던 화인을 그가 이렇게 바꿔 놓았다.

화인은 아무런 대답도 하지 않았지만, 서로를 꽉 끌어안고 있는 지금 그녀의 심장 소리가 한새에게도 똑똑히 전해지고 있었다.

그렇기에 두 사람 사이에 굳이 말은 필요치 않았다.

한새가 다시 입을 열었다.

"화인아."

"……."

"박화인."

"……왜?"

"너, 이제 아무 데도 못 가."

한새가 그 말과 함께, 한 치의 틈도 허용하지 않겠다는 듯 화인의 몸을 더욱 세게 끌어안았다. 그러곤 다시 나지막이 말했다.

"안 보내."

단호한 그의 목소리에 화인은 정말이지, 녹아 버릴 것만 같다는 생각을 했다.

다른 누군가가 이렇게 자신을 소유하려고 한다면 절대로 용서하지 않았을 것이다.

하지만 한새라면 그마저도 좋았다.

자신이 온전히 그를 갖고 싶은 만큼, 한새에게도 자신을 허락할 수 있었다.

하지만 그런 마음과 달리 화인은 아무런 대답도 할 수가 없었다.

"……."

두 사람 사이에는 커다란 장애물이 있다는 사실을 알고 있기 때문이다.

한새와 함께 있을수록 인간으로서 받아야 할 형벌의 시간이 줄어든다.

언젠가 그 기한이 끝나면 자신은 대악마로 돌아가야만 했다.

그런데 한새와 함께하는 시간이 너무나도 좋아서……

문득 두려워졌다.

'……내가 나중에 죽게 되면 어떻게 되는 거지?'

지금까지 단 한 번도 형벌의 날짜가 빠르게 줄어들고 있는 게 아쉬웠던 적은 없었다.

하지만 지금 그녀는 그의 곁에 조금만 더 머물 수 있기를 바라고 있었다.

남은 시간이 이토록 짧게 느껴진 적은 처음이었다.

화인은 저도 모르게 한새의 등을 세게 끌어안으며 낮게 말했다.

"……나한테 너무 빠지지 마."

그 말에 한새가 작게 실소를 머금으며 대답했다.

"이미 늦었어."

화인은 복받치는 감정을 참기 위해 어금니를 꽉 깨물며 얼굴을 찌푸렸다.

사실 그녀도 이미 늦어 버린 것만 같다.

자신을 감싸고 있는 이 따뜻한 온기를 잃고 싶지 않았다.

*   *   *

"시원해?"

한새는 화인을 욕조에 앉힌 채 바깥에서 머리를 감겨 주고 있었다.

화인은 기가 막힌다는 듯이 그를 한 번 쳐다봤지만, 이내 못 말리겠다는 듯 설핏 웃으며 대답했다.

"그래."

이 모든 건 화인이 침대에서 일어나다가 어젯밤의 여파로 살짝 휘청거린 게 발단이었다.

화인의 뻐근한 몸 상태를 단번에 눈치챈 한새가 그대로 그녀를 공주님처럼 안아서 욕조로 데리고 온 것이다.

화인이 아무리 괜찮다고 말해 봤자, 한새는 막무가내였다.

먼저 샤워를 마친 그는 옷을 간단하게 입고 있었지만, 반대로 그녀는 급한 대로 샤워 타월 한 장만 두르고 있는 상태다.

혹시나 화인이 민망해할까 봐 한새는 그 상태 그대로 욕조에 한가득 거품까지 풀어 놓고, 그녀가 손가락 하나 까딱하지 않게 씻겨 주고 있었다.

화인은 이런 상황이 어처구니가 없었지만, 그래도 한새가 이렇게 만족하는 표정을 짓고 있으니 더 이상 말을 하기도 힘들었다.

가만히 그의 손길을 느끼고 있자니, 한새의 목소리가 다시금 들려왔다.

"이제 물로 헹궈 줄게."

그는 솜씨 좋게 화인의 머리카락에 가득 묻어 있던 거품을 미지근한 물로 씻겨 주었다.

다른 사람이 머리를 감겨 주는 데도 특별히 불편함을 느끼지 못할 정도였다.

화인이 나른한 목소리로 말했다.

"이러다가 나중엔 밥까지 먹여 주겠다고 하는 거 아니야?"

한새는 자신을 놀리는 거라는 걸 잘 알면서도 픽하고 웃으며 대꾸했다.

"재밌겠네."

"진심으로 받아들이지 마."

"네가 먼저 꺼낸 말이니 책임을 져야지."

적반하장으로 나오는 한새의 태도에 화인이 황당하다는 듯이 그를 쳐다보았다.

"내가 정말 아무것도 안 하는 게 좋아? 앞으로도 너한테 계속 시키면 어떡하려고?"

한새는 잘하는 게 많았다.

그녀보다 화장도 잘했고, 젖은 머리도 잘 말려 주었으며, 이렇게 세심한 손길로 씻겨 주기도 한다.

이제는 밥까지 먹여 주겠다고 나서니 화인더러 아무것도 하지 말라는 것이나 다름없었다.

한새는 조금 짓궂은 미소를 지으며 입을 열었다.

"……그게 내 계획이야."

"뭐가?"

"네가 나 없이 아무것도 못 하는 거."

화인이 촉촉이 젖은 얼굴로 한새를 어처구니없다는 듯이 쳐다보고 있을 때였다.

그의 얼굴이 한순간에 가까워지며, 그녀의 입술에 쪽 소리가 날 만큼 입을 맞췄다.

"뭐……!"

하지만 거기서 끝이 아니었다.

화인의 젖은 머리카락 사이로 한 손을 찔러 놓고, 말을 하려고 입을 연 그녀의 입술에 한새가 다시 한 번 입을 맞추며 버드 키스를 했다.

뜨거운 욕조에 있어서일까.

불그스름하게 달아오른 화인의 얼굴을 보고 있자니, 왠지 참을 수가 없었다.

갑작스러운 입맞춤에 화인이 조금 놀란 듯 눈을 동그랗게 뜨고 있자, 한새가 그녀의 얼굴에 가깝게 다가가 눈을 맞추며 입을 열었다.

"네가 그렇게 날 쳐다보면 미칠 것 같아."

"내가 어떻게 쳐다보는데?"

정말로 궁금하다는 듯이 물어 오는 그녀의 질문에 한새는 순간 말문이 막히고 말았다. 어떻게 설명해야 할지 막막했기 때문이다.

지금 화인의 윤기 흐르는 머리카락에선 물기가 뚝뚝 떨어지고 있었다. 그뿐만 아니라 보드랍고 매끈한 살결도 물방울을 머금고 촉촉하게 젖어 있다.

고양이처럼 살짝 치켜뜬 눈에 곧게 뻗은 콧날, 그 아래에 붉은 입술.

굳이 눈빛뿐만이 아니었다.

그녀의 모든 게 한새를 유혹하고 있었다.

한새가 저도 모르게 픽하고 한숨을 쉬듯이 낮게 웃으며 말했다.

"그냥 너라는 존재 자체가……."

말과 동시에 그의 커다란 손이 느릿하게 화인의 보드라운 뺨을 감싸 쥐었다.

"날 미치게 만들어."

나직하게 이어지는 한새의 허스키한 목소리가 지나치게 섹시했다.

화인은 자신의 뺨을 쓰다듬는 한새의 손을 잡았다. 그러곤 그 매끄러운 감촉이 좋아서 가볍게 얼굴을 비볐다.

그녀의 행동에 오히려 한새가 딱딱하게 굳었다. 설마 화인이 이렇게 받아 줄 거라고는 생각지도 못했기 때문이다.

화인은 가늘게 뜬 눈동자로 한새를 바라보며 나직하게 말했다.

"네가 이런 말을 할 때마다 나도 미칠 것 같아."

지금까지 세상의 어떤 존재도 한새만큼 사랑스러웠던 적 없었다.

한새는 모르겠지만, 지금 그가 하는 말과 행동들 또한 화인에겐 유혹이었다.

화인은 자신을 똑바로 쳐다보는 저 강렬한 눈동자가 너무 좋아서 정말 미칠 것만 같았다.

한새가 곤란하다는 표정으로 얼굴을 찡그리며 웃었다.

"위험한데……."

어젯밤도 화인이 지쳐서 잠들 때까지 사랑을 나눴다.

그런데 일어나자마자 또 그녀를 무리하게 만들고 싶지는 않았다.

하지만 이렇게 화인과 눈을 맞추고 있자니, 더 이상 참기 힘들 것 같다는 생각이 들었다.

그런 한새의 마음은 굳이 말하지 않아도 화인에게 전해져 왔다.

그의 뜨거워진 눈빛과 거친 숨소리만 들어도 충분히 알아차릴 수 있었으니까.

화인이 아련하게 그를 바라보며 말했다.

"난…… 너랑 머뭇거릴 시간이 별로 없어."

남은 기간이라곤 고작해야 일 년 남짓이다.

그리고 벌써부터 그 기간이 심장이 옥죄어 올만큼 안타까웠다.

"그러니까 키스해 줘."

나지막한 말과 함께 화인이 한새의 입술에다가 자신의 입술을 겹쳤다.

그 아찔한 감촉에 한새는 그녀를 씻겨주기 위해 욕실에 들어왔다는 사실도 잊은 채, 그녀의 몸 구석구석을 탐닉하기 시작했다.

방금 전 화인이 한 말이 조금 이상하다는 생각을 금세 머릿속에서 지워 버리고 말았다.

*　　　*　　　*

제우 그룹의 회장이자, 한새의 외할아버지인 정준건은 지금 차를 타고 이동 중이었다.

묵묵히 창밖을 바라보던 그가 나지막이 혼잣말을 중얼거렸다.

"한새 그 녀석이 모델로 데뷔를 했을 때 막았어야 했나?"

한새의 부모가 죽고 난 후, 준건은 그가 자신에게 연락하기를 오랫동안 기다렸다. 하지만 생각보다 한새는 지독하게도 잘 버텨 냈다.

그게 기가 막히기도 했지만, 한편으론 기특한 마음도 들었었다.

그래서 그가 어디까지 할 수 있는지 가만히 지켜보기로 한 것이다.

한새가 모델로 데뷔하고 점점 유명세를 떨치는 게 주책없게도 싫지만은 않았다.

언젠가는 자신에게 돌아올 거라고 생각했다.

다름 아닌 제우 그룹이다.

누구라고 해도 욕심을 낼 만한 자리였다.

그런데 준건의 예상과 달리 한새는 지나칠 정도로 관심이 없었다.

오히려 자신이 자리를 물려주고 싶어서 안달이 날 정도로 그는 무덤덤했으니까.

이제는 도무지 어떻게 해야 그를 움직이게 만들 수 있을지 막막하게 느껴질 정도다.

"······후우."

깊은 준건의 한숨에 운전석에 앉아 있던 중년의 남자가 조심스럽게 입을 열었다.

"너무 회장님 성격대로만 몰아붙이지 마시고, 이번에 만나면 도련님을 잘 타일러 보세요."

"그게 안 돼."

한새와 대화를 하다 보면 준건은 참아야지 하다가도 어느 순간 울컥하고 만다.

지금껏 남들의 위에서만 군림하면서 살아온 그였다. 아무리 외손자라 해도 한새에게 숙이고 들어가는 게 마음처럼 쉽지가 않았다.

그리고 그렇게 행동한다고 해서 무조건 한새가 받아 주리라는 보장도 없었다.

"……고얀 놈."

준건이 못마땅하다는 듯이 나직하게 중얼거릴 때였다.

드디어 그의 시야에 한새가 머물고 있다고 전해 들은 호텔이 보이기 시작했다.

나이 든 자신이 외손자를 만나기 위해 직접 이 먼 거리까지 왔다는 사실이 썩 내키지 않았지만, 그래도 아쉬운 사람이 손해를 보기 마련이다.

지금 한새가 솔트의 외동딸과 열애 중이라고 세상이 시끄러웠다.

그가 공개 연애를 시작한 덕분에 솔트 쪽에서도 여러 가지 움직임이 포착되었다.

어쩔 수가 없는 부분이다.

그는 제우 그룹의 유일한 후계자였으니까.

한새가 원하든, 원하지 않든 준건이 포기하지 않는 한 그건 변하지 않는 사실이었다.

그렇기에 대체 어떻게 된 건지 알아봐야 했다.

물론 그 핑곗거리로 외손자의 얼굴을 한 번 더 보는 게 목적이었지만 말이다.

정말이지 노년에 이렇게 후계자 문제로 속을 썩게 될 줄은 몰랐다.

"……그놈을 움직이게 할 무언가가 없을까?"

준건은 한새가 머무르고 있는 호텔을 바라보며 조용히 생각에 잠겼다.

*　　*　　*

화인은 외출 준비를 하면서 어딘가 들떠 보이는 한새의 모습을 가만히 앉아서 지켜보고 있었다.

자꾸만 실없이 웃고 있는 그를 보고 있자니, 덩달아 자신까지도 기분이 좋아지는 것 같았다.

처음 한새를 만났을 때의 까칠한 모습을 떠올려 보면 지금은 완전히 다른 사람이라고 해도 믿을 정도였다.

이렇듯 한새와 함께하는 시간이 행복할수록 화인은 가슴이 쓰라렸다.

언젠간 헤어져야 할 존재이기 때문이다.

'……아프다.'

한새는 대악마인 그녀가 처음으로 사랑하게 된 남자였다.

아무것도 해 주지 못한 채, 이별해야 한다는 사실이 참을 수 없을 만큼 서글펐다.

한새가 자신을 빤히 쳐다보고 있는 화인을 향해 나지막이 말했다.

"뭐 먹을래?"

"너 먹고 싶은 거 먹어."

생각지도 못한 화인의 대답에 한새가 조금 놀란 듯 눈을 크게 떴다.

지금까지 그녀가 이런 식으로 말한 적은 없었다.

좋은 건 좋고, 싫은 건 싫다는 의사 표현이 확실한 그녀다. 딱히 먹고 싶은 게 없으면 아무거나 상관없다고 대답을 해야 했다.

화인이 낮은 목소리로 다시 말했다.

"매번 내가 먹고 싶다는 거 먹었잖아, 그러니까 이번에는 너 좋아하는 거 먹자고."

아무렇지도 않게 말하는 그녀를 보면서, 한새는 정말이지 못 참겠다는 듯이 얼굴을 찡그리며 웃었다.

그가 가만히 앉아 있는 그녀에게로 한걸음에 다가와 와락 끌어안았다. 그러곤 고개를 숙인 채로 나지막이 말했다.

"오늘 방에서 나가기 싫어? 왜 이렇게 자꾸 귀여운 짓만 하는 건데?"

안 그래도 참지 못하고 그녀를 씻겨 주다가 사랑을 나눈 후였다.

그런데도 화인은 자꾸만 더 자신을 부추기는 느낌이다.

가만히 한새의 단단한 품에 안겨 있던 화인이 조심스럽게 입을 열었다.

"한새야……."

어딘가 음울하게 들리는 음성에 한새가 의아하다는 듯이 대답했다.

"얘기해."

하지만 화인은 아무런 말도 할 수가 없었다.

목 아래가 꽉 막힌 것처럼 한 마디조차 내뱉을 수가 없었다.

'……우린 결국 헤어져야 해.'

차마 입 밖으로 내뱉지 못한 말이 입 안을 맴돌았다.

마냥 좋아하고 있는 한새에게 도무지 이런 말을 꺼낼 수가 없었다.

처음에는 그저 한새가 형벌의 시간이 다 소진되면 그녀가 죽어야 한다는 사실을 알고, 혹시라도 자신을 멀리하게 될까 봐 감췄었다.

지금이라고 해서 대악마로 돌아가고 싶다는 마음이 사라진 건 아니었지만, 이제는 그것보다 다른 이유로 한새에게 진실을 밝히지 못하고 있었다.

화인이 아무런 말도 하지 않자, 이상한 낌새를 눈치챈 한새가 그녀를 떼어 내며 말했다.

"왜 그래?"

걱정이 묻어 나오는 한새의 목소리에 화인은 슬픈 얼굴로 흐릿하게 웃었다.

끝이 뻔히 정해진 길이란 걸 알고도 여기까지 왔다.

화인은 분명 모든 걸 전부 알면서도 내린 결정이었기에 그것에 대한 책임을 져야만 했다.

그 무게를 한새와 나누고 싶지 않았다.

만약 둘이 함께할 수 있는 시간이 고작 일 년 남짓밖에 남지 않았다는 사실을 알게 되면, 한새의 저 행복한 얼굴은 흔적도 없이 사라질 것이다.

남은 시간 동안 괴로워만 할 한새가 보고 싶지는 않았기에 화인은 사실대로 말할 수가 없었다.

이렇게 행복할수록 고통스러운 건 혼자만으로도 충분했으니까.

화인은 자신을 바라보고 있는 한새의 품 안으로 다시 파고들며
중얼거리듯 말했다.

"……더 세게 안아 줘."

영문을 모르는 한새는 잠시 멈칫했지만, 곧이어 그 말대로 강하
게 안아 주었다.

그녀의 작은 어깨에 고개를 묻으며 한새가 나직하게 물었다.

"무슨 일인데?"

"아니, 그냥 지금이 너무 좋아서."

틀린 말은 아니었다. 그가 너무나도 좋아서 가슴이 아파지기 시
작한 것이니까.

한새는 그 말에 픽하고 작게 웃었다. 그러곤 손바닥으로 그녀의
등을 가볍게 쓸어 주면서 어르듯이 말했다.

"네가 어리광을 부리니까 깜짝 놀랐잖아."

화인은 저도 모르게 두 눈을 질끈 감았다.

여기서 더 그를 좋아하게 되면 어떻게 되는 걸까, 문득 겁이 날
지경이었다.

화인이 나지막이 말했다.

"내가 대악마라는 거 알고 있지?"

"알아."

순순히 대답하는 한새의 목소리에 화인이 재차 입을 열었다.

"너는 인간이야."

"그래."

"분명히 말하는데, 대악마는 네가 상상하는 것보다 훨씬 나쁜 존

재거든."

언젠가 자신은 아무것도 모르는 한새를 처참하게 버리고 갈 것이다.

그때가 되면 뒤도 돌아보지 않을 거다.

미련을 두고 떠나면 혼자서 남겨질 한새가 더 많이 슬플 테니까.

"그래도 상관없어."

타이밍 좋게 흘러나오는 한새의 대답에 화인은 무언가가 울컥하고 복받쳤다.

그녀가 한새의 옷자락을 더욱 세게 움켜쥐며 나직하게 말했다.

"사랑해, 이한새. 이거 하나만은 진심이야."

나중에는 말하지 못할지도 모른다.

혹시라도 이런 자신의 마음이 그에게 독이 될까 봐.

그러니까 지금은 실컷 전하고 싶었다. 내가 너를 너무나도 사랑하고 있다고.

절절한 화인의 고백에 한새의 눈동자가 조금 커지더니, 이내 부드럽게 휘어졌다.

"오늘 무슨 날이야?"

한새는 행복한 마음이 가득 차서 현기증이 날 지경이었다.

오늘이 크리스마스나 혹은 자신의 생일이라고 해도 믿을 것 같다.

지금 화인이 한 말들은 그가 여태껏 받아 온 그 어떤 선물보다 설레었으니까.

"갑자기 이렇게 감동 시키는 게 어디 있어."

"······감동 받지 마, 멍청아."

퉁명스러운 화인의 말에도 한새는 뭐가 그리 좋은지 낮게 웃음을 터뜨릴 뿐이었다.

화인을 품에 안고 있을 뿐인데, 세상을 다 가진 것처럼 행복했다.

한새가 화인의 귓가에 감미롭게 속삭였다.

"고백은 잘 들었어. 그런데 미안하지만, 내가 더 많이 너를 사랑하고 있어."

그 말에 화인은 저도 모르게 헛숨을 들이키고 말았다.

도대체 이런 남자를 어떻게 사랑하지 않을 수가 있을까.

아무리 안간힘을 써도 마음을 빼앗기지 않고 버텨 낼 수가 없었다.

그렇기에 앞으로 다가올 이별이 두려웠지만······

지금 이 순간만큼은 그녀가 세상에서 가장 행복한 여자였다.

*　　　*　　　*

한새와 화인은 손을 마주 잡은 채로 방에서 나왔다.

룸서비스를 시킬까도 고민했지만, 그녀에게 더 맛있는 음식을 먹여 주고 싶은 마음에 외출을 결정한 것이다.

두 사람이 엘리베이터에서 내려 로비를 가로지를 때였다. 마침 반대편에서 이곳으로 걸어오는 무리가 보였다.

반듯한 양복을 입은 여러 명의 사람들이 몰려오는 모습을 가만히 지켜보던 한새는, 곧이어 가장 선두에 서 있는 사람이 자신이 잘 아는 얼굴이라는 걸 알아차렸다.

바로 외할아버지인 정준건이었다.

한새는 단번에 인상을 찡그렸다. 저도 모르게 화인과 잡고 있던 손에 힘이 들어갔다.

마음 같아선 그녀를 데리고 모르는 척 지나치고 싶었지만 그렇게 될 리가 없었다.

준건이 한새를 발견하고 바로 앞까지 다가왔다.

"올라가서 부르려고 했는데, 번거로운 수고는 덜었구나."

한새는 대놓고 자신을 보기 위해 여기까지 왔다고 말하는 준건을 못마땅한 시선으로 쳐다봤다.

한새가 슬쩍 화인을 제 등 뒤로 감추며, 나지막한 목소리로 입을 열었다.

"이번엔 또 무슨 일이죠?"

준건이 한새의 가시 돋친 말을 듣는 건 하루 이틀 일이 아니었기에 별로 특별할 것이 없었다.

하지만 지금 한새가 보여 준 행동은 준건의 흥미를 끌기에 충분했다.

찰나의 순간이었지만, 준건은 한새가 화인을 보호하듯이 등 뒤로 감싸는 동작을 똑똑히 보았다.

묘한 웃음을 입가에 머금으며 준건이 말했다.

"할아비가 외손자를 보러 오는 게 뭐 그리 대수로운 일이라고."

만약 한새를 일부러 도발하기 위해 한 말이라면 제대로 먹혔다.

한새는 그가 이렇게 가족 관계를 들먹일 때가 가장 기분 나빴으니까.

싸늘하게 굳은 한새의 표정을 보면서도 준건은 아무렇지 않다는 듯 주변을 둘러보며 말했다.

"여기서 대화하기엔 보는 눈들이 많구나."

안 그래도 준건의 뒤를 따라 걸어오던 양복 입은 남자들의 시선이 죄다 한새에게 박혀 있었다.

거기다 로비 한가운데에 이러고 서 있으니, 다른 사람들의 시선도 점점 이곳으로 몰리는 게 느껴졌다.

한새는 화인을 데리고 일시적으로 언론을 피해 도망친 상태였다.

이런 상황에 위치가 노출되면 곤란했다.

그것을 뻔히 아는 준건은 선심을 쓰듯이 말했다.

"따라오거라."

그 말을 끝으로 먼저 발걸음을 떼던 준건이 갑자기 우뚝 멈춰 서선 한마디를 덧붙였다.

"늙은이가 힘들게 여기까지 왔는데 다른 데로 샐 생각은 말거라. 그러면 내가 외손자의 얼굴을 보기 위해 무슨 짓을 할지 모르겠구나."

명백한 협박이었다.

한새는 정말이지 그와의 이런 만남에 신물이 날 지경이었다.

한새가 제자리에 서서 표정을 구기고 있자, 화인이 잡고 있던 손을 슬쩍 흔들었다.

그제야 그의 시선이 등 뒤로 감췄던 그녀에게로 향했다.

화인은 눈짓으로 준건의 뒤를 가리키며, 따라가자는 의사 표현을 했다.

한새는 어쩔 수 없이 그에게 끌려가야 하는 이 상황이 매우 못마땅했지만, 그렇다고 그를 피할 수 있는 뾰족한 방법이 있는 건 아니었다.

"……가자."

억눌린 목소리와 함께 한새가 먼저 발걸음을 떼자, 뒤이어 화인이 따라갔다.

준건은 당연하다는 듯이 이 호텔에서 가장 좋은 최고급 VIP룸으로 향했다.

바닷가의 전망이 한눈에 내려다보이는 화려한 곳이었다.

방에 들어오기 전에 자신을 따라오던 사람들을 전부 되돌려 보낸 준건은 피곤하다는 듯 소파에 몸을 기대었다.

"앉거라."

한새는 그와 마주 앉아 있고 싶은 마음이 눈곱만큼도 없었지만, 그렇다고 화인을 세워 두고 싶지도 않았기에 하는 수 없이 자리에 앉았다.

여전히 손을 잡고 있던 두 사람이라서 화인도 덩달아 그의 옆에 앉게 되었다.

그런 그들의 모습을 준건은 재미있다는 듯이 바라보고 있었다.

한새가 먼저 입을 열었다.

"제가 여기 있는 건 어떻게 알았어요?"

"넌 모르겠지만, 이 호텔도 내 거다."

너무나도 당연하게 흘러나오는 준건의 대답에 한새는 할 말을 잃고 말았다.

제우 그룹이 대단한 줄은 알았지만, 이 호텔까지 소유하고 있을 줄은 몰랐다.

조금은 놀란 기색을 비추는 한새에게 준건이 설명하듯이 말을 덧붙였다.

"모르는 것도 이상한 건 아니야. 이건 내가 비공식적으로 사들인 거니까."

전혀 예상지 못한 사실에 잠시 놀라긴 했지만, 그뿐이다.

한새는 이 방을 나가는 순간, 당장 호텔을 옮겨야겠다고 생각하며 입을 열었다.

"여기까지 절 찾아오신 이유가 뭡니까?"

"언론에서 네 이야기를 쉴 새 없이 떠들고 있는데, 할아비가 돼서 아무것도 모르면 되겠느냐?"

준건의 시선이 천천히 한새를 지나쳐 그 옆에 앉아 있는 화인을 향했다.

두 사람의 눈이 허공에서 마주치자, 준건은 저도 모르게 움찔하고야 말았다.

뭔가 신묘한 분위기가 풍겼다.

지금껏 단 한 번도 남에게 고개를 숙인 적 없는 자신이 기세에서 밀리고 있는 느낌이랄까.

그것도 이렇게나 젊은 아가씨에게 한순간 압도당했다는 사실에 준건은 속으로 꽤나 놀랄 수밖에 없었다.

하지만 그런 감정을 밖으로 표현하지 않았기에, 겉으로는 태연하기 그지없었다.

준건이 나지막한 목소리로 말했다.

"아가씨가 솔트의 박상원 대표 딸인가?"

"네, 그렇습니다."

"내가 묻기 전에는 인사도 먼저 안 하는 걸 보니, 버릇은 없는 모양이구나."

화인을 품평하는 듯한 준건의 말에 한새의 얼굴이 살벌하게 굳어졌다.

"……지금 누구한테 그런 말을 하는 겁니까?"

한새는 준건이 당연히 자신에게 볼일이 있을 거라고 생각했는데, 뜻밖에도 그의 화살이 화인을 향하자 참을 수 없는 분노가 치밀었다.

얼마나 화가 났는지 꽉 쥔 주먹이 하얗게 변했을 정도였다.

한새가 더 들을 필요 없다는 듯이, 화인을 향해 낮게 가라앉은 목소리로 말했다.

"더 앉아 있을 필요 없으니까, 일어나."

당장이라도 자리를 박차고 나가려는 한새를 바라보며 준건이 차갑게 말했다.

"내가 이 정도 말도 못 하는 게냐?"

"무슨 자격으로 그런 말을 할 수 있다고 생각하세요?"

한새의 서늘한 목소리에도 준건은 그저 여유롭게 웃으며 화인을 쳐다봤다.

"자격은 충분해. 나랑 사귄다는 이유로 솔트가 제우 그룹의 이름을 등에 업고 챙긴 이득이 상당하니까."

화인은 지금 준건이 하는 말을 듣고, 반신반의했던 사실을 명확하게 알 수 있었다.

한새와 화인이 사귄다고 소문을 낸 건 다름 아닌 그녀의 아버지였다.

하지만 한새는 그 사실을 알았음에도 불구하고 아무렇지 않다는 듯 대꾸했다.

"그래서요?"

뻔뻔한 한새의 태도에 처음으로 준건의 표정이 살짝 일그러졌다.

"제가 제우 그룹과 연관이 있다는 사실을 밝힌 사람이 바로 당신입니다. 그런데 이제 와서 누굴 탓하는 거죠?"

"이 모든 게 내 탓이란 말을 하고 싶은 게냐?"

"제 말이 틀립니까?"

찌르는 듯한 한새의 강렬한 시선에 준건은 순간 아무런 말도 할 수가 없었다.

그런 식으로 따지자면 자신의 잘못이 맞았다. 하지만 그건 두 사람이 사귀기 이전에 벌어진 일이었다.

공개 연애를 시작한 건, 분명 제우 그룹의 이름이 밝혀지고 난 이후였다.

준건이 화인을 의심스러운 눈빛으로 쳐다보며 나직하게 말했다.

"만약 저 아가씨가 네 배경을 보고 접근한 거라면 어떻게 할 셈이냐?"

그 말에 한새는 더 대화할 가치도 없다는 듯이 자리에서 벌떡 일어났다.

그런데 화인은 의외로 소파에 가만히 앉아서 준건을 똑바로 쳐다보고 있었다.

보통 이렇게 불편한 상황이면 못 이기는 척 한새를 따라 나갈 수도 있는데, 그녀는 오히려 시종일관 차분한 얼굴을 유지할 뿐이었다.

준건이 호기심 어린 눈빛으로 물었다.

"나한테 할 말이라도 있는 게냐?"

한새는 더 이상 듣고 싶지 않다는 듯, 화인의 손을 잡아끌며 말했다.

"그만 가자, 화인아."

그럼에도 화인은 꼼짝도 하지 않은 채, 준건을 향해 무미건조한 목소리로 말했다.

"만약 솔트가 이득을 본 것에 대해 제우 그룹이 피해를 받는다면 제가 배상하겠습니다."

"그걸 네가 어떻게 하겠다는 게냐?"

준건의 질문에도 화인은 여전히 무덤덤한 표정으로 대답했다.

"어떻게든."

이상하게도 그 짧은 말이 갖는 무게감이 느껴졌다.

깊게 가라앉은 화인의 눈동자 때문일까?

준건은 말이 안 된다고 생각을 하면서도 저도 모르게 홀린 듯이 그녀를 바라보았다.

그러자 화인이 다시 입을 열었다.

"경고 하나 하는데, 한새 건드리지 마세요."

그 말과 동시에 그녀의 눈동자가 순간 불꽃이 일렁거리듯 번뜩였다.

그게 마치 먹잇감을 눈앞에 둔 맹수의 눈빛처럼 날카로워서 순간 숨을 들이마실 수밖에 없었다.

"분명히 말씀드리지만, 제 경고는 한 번뿐입니다."

그 말을 끝으로 화인은 볼일을 마쳤다는 듯이 자리에서 일어섰다.

그러자 한새가 기다렸다는 듯이 그녀를 데리고 바깥으로 나가 버렸다.

쾅.

힘껏 닫히는 문소리에도 준건은 잠시 멍하니 그 자리를 바라보고 있었다.

이내 그는 못 참겠다는 듯이 웃음을 터뜨렸다.

"크하하."

누군가에게 이런 경고를 들어 본 적이 얼마 만인지 모르겠다.

그리고 무엇보다 한새의 약점을 발견했다.

바로 저 여자였다.

지금까지 무심하던 표정으로 일관하던 그가 화인에 대한 말에 단번에 무너져 내리는 걸 보고 단번에 알아차릴 수밖에 없었다.

준건이 의미심장한 미소를 지으며 나지막이 중얼거렸다.

"……네 약점이 그 여자였으면, 조금 더 잘 숨겼어야지."

잘만 이용하면 한새를 움직일 수 있을 것 같았다.

그를 도발한 보람을 느끼며 흐뭇하게 웃음을 짓던 준건은 문득 조금 전에 화인이 한 경고가 떠올라 저도 모르게 미간을 찡그렸다.

모든 건 다 계획대로 이루어졌는데, 이상하게도 그녀가 남긴 경고가 잊혀지지 않기 때문이다.

한새는 자신을 바로 따라 나오지 않고, 준건에게 하고 싶은 말을 끝까지 남긴 화인을 복잡한 표정으로 쳐다봤다.

"내 인생에 별 상관없는 사람이니까, 아무것도 신경 쓰지 마."

화인은 그의 말투에 자신에 대한 걱정이 묻어 있다는 걸 알아차리고 흐릿하게 웃었다.

본인은 아는지 모르겠지만, 한새는 언제부턴가 그녀에게 뭐든 신경 쓰지 말라고 말을 하고 있었다.

하지만 어떻게 신경을 쓰지 않겠는가.

다른 것도 아니고 바로 한새에 관한 일이었는데 말이다.

화인은 너를 지켜 주겠다는 말이 목구멍까지 치밀었지만, 그가 좋아하지 않을 걸 알기에 간신히 삼켜 냈다.

형벌의 시간이 끝나면 더 이상 그의 곁에 있을 수는 없겠지만, 원래의 힘을 되찾으면 최대한 한새에게 도움을 주고 갈 생각이었다.

그리고 그 시간까지는 얼마 남지 않았다.

한새는 아무런 말도 하지 않는 화인을 걱정스럽게 쳐다보았다.

"무슨 말이라도 해 봐."

그녀가 아무것도 하지 못하는 본인의 모습을 얼마나 싫어하는지 잘 알았기에, 혹시라도 마음이 상했을까 봐 염려되었다.

하지만 그의 생각과 달리 화인은 아무렇지도 않다는 듯 대답했다.

"괜찮아. 너야말로 잊어버려."

준건을 만난 게 썩 유쾌하진 않았지만, 그렇다고 침울하게 있고 싶진 않았다.

고작 이런 일로 소비하기엔 남은 시간이 아까웠으니까.

평상시와 다름없는 화인의 표정을 들여다보다가 한새가 낮은 목소리로 말했다.

"······미안해."

"뭐가?"

"나 때문에 네가 듣지 않아도 될 말을 들었잖아."

준건이 화인을 향해 버릇없다고 했던 말이 계속 머릿속에 떠올라서 한새의 기분은 좋지 않았다.

자신이 바로 옆에 있었는데도 불구하고 그녀를 제대로 지켜 주지 못한 느낌이다.

화인은 세상 무엇과도 바꿀 수 없는 소중한 여자였다.

그런데 다른 사람도 아닌 자신 때문에 이런 일이 벌어졌다고 생각하니 더욱 화가 났다.

불쾌한 그의 감정은 얼굴에도 고스란히 드러났기 때문에, 화인은 그저 픽 웃으면서 대답했다.

"뭐, 내가 버릇이 없다는 건 사실이야. 인간들한테 예의를 차리는 게 아직도 힘들거든."

인간은 고작해야 백 년을 산다.

그에 비해 대악마인 그녀는 셀 수도 없는 시간을 존재해 왔다.

그렇기에 화인은 인간으로서 누군가에게 나이대접을 해준다는 게 아직도 영 내키지 않았다.

한새는 그녀가 자신의 기분을 풀어 주기 위해 한 말이란 걸 잘 알았지만, 그럼에도 마음에 들지 않는다는 듯이 나직하게 말했다.

"내가 싫어. 그게 누구라도 너한테 뭐라고 하는 거 못 참겠어."

당사자인 화인이 괜찮다는데, 한새가 더 기분 나빠 하는 건 옳지 않았다.

그걸 잘 아는데도 불쾌한 감정은 사라지지 않았다.

그런데 그런 한새의 모습이 화인에겐 왜 이렇게 귀엽게 보이는 걸까.

나란히 걸어가던 화인이 갑자기 한새의 한쪽 손을 잡아챘다.

갑작스러운 그녀의 행동에 한새가 의아한 표정으로 돌아볼 때였다.

스윽—

화인은 그대로 그의 손을 들어 올려 손등에 키스를 했다.

마치 영화 속에서 기사가 공주님한테 하는 듯한 그런 동작에 한새의 눈이 조금 커졌다.

화인이 입을 맞춘 상태로 한새를 올려다보며, 그를 향해 흐릿하게 웃어 보였다.

"기분 풀어, 왕자님."

한새의 눈동자가 부드럽게 휘어지며, 곧이어 못 참겠다는 듯이 낮게 웃음을 터뜨렸다.

"……큭큭."

분명 조금 전까지는 불쾌한 감정이 전신을 휘감고 있었다.

그런데 화인의 이런 행동을 보고 있자니 더 이상 기분을 나빠하고 있을 수가 없었다.

그의 웃는 모습을 바라보면서 화인이 만족스럽다는 듯이 말했다.

"웃었다."

한새는 다른 손을 들어 화인의 머리를 쓰다듬어 주며 대꾸했다.

"이런 건 어디서 배웠어?"

"왜? 좋았어?"

장난스러운 화인의 대답에 한새가 그녀의 머리를 쓰다듬고 있던 손을 고정시키곤, 그대로 그녀의 이마에 입을 맞췄다.

그러곤 나지막한 목소리로 대답했다.

"응, 무진장."

한새가 웃는 모습에 화인도 어느샌가 덩달아 입가에 진한 미소를 짓고 있었다.

그렇게 그들은 손을 마주 잡은 채로 자신들이 머물고 있던 호텔 방으로 돌아가 짐을 챙겼다.

캐리어를 끌고 내려온 한새는 곧장 카운터로 가서 체크아웃을 했다.

짐을 트렁크에 싣고 마지막으로 차에 올라타자, 화인이 한새를
바라보며 물었다.

"뭐 먹고 싶어?"

한새는 그제야 오늘은 자신이 먹고 싶은 음식으로 먹자던 화인
의 말이 떠올랐다.

잠시 고민하던 그가 나직하게 말했다.

"솔직하게 말해도 돼?"

어딘가 심각하게 보이는 그의 표정에 화인이 의아하다는 듯이
되물었다.

"뭔데?"

"……너."

그 말에 화인이 황당하다는 듯이 그를 쳐다보다가 이내 웃음을
터뜨리고 말았다.

그런 그녀의 모습을 기분 좋게 바라보던 한새가 천천히 차에 시
동을 걸었다.

지금 두 사람에겐 충분히 기분 나쁠 수 있는 일들이 벌어진 상태
였다.

스캔들을 터뜨린 게 화인의 아버지라는 사실을 알았으며, 갑작
스러운 외할아버지의 개입으로 둘만의 여행도 방해받고 말았다.

감정이 상한다 해도 결코 이상한 일이 아니었다.

그런데도……

변함없이 행복했다.

그 이유는 서로가 곁에 있었기 때문이다.

한새는 그녀를 으스러지게 안고 싶은 걸 간신히 참으며 길을 재촉했다.

그녀를 배고프게 만들고 싶진 않았으니까.

*   *   *

둘은 맛있게 식사를 마쳤다.

다만 한새가 자꾸만 먹여 주려고 하는 바람에, 테이블에 앉아 있는 동안 화인의 얼굴은 내내 벌겋게 물들어 있었다.

그녀의 본래 모습을 아는 누군가가 봤다면 기절초풍을 했을 장면이었다.

화인은 정말이지, 한새가 아닌 다른 사람과는 절대로 연애를 하지 못할 것 같다고 생각했다.

이런 창피함을 무릅쓰게 할 남자는 앞으로도 한새 말곤 없을 테니까.

밀려오는 행복감에 미소를 짓다가도 문득 가슴이 바늘에 찔린 것처럼 따끔했다.

하지만 화인은 애써 그런 감정을 무시했다.

조금 더, 아주 조금만 더 이대로 한새와의 시간을 즐기고 싶었다.

그렇게 두 사람이 새로운 호텔에 들어선 지 얼마 되지 않았을 때였다.

지이잉, 지이잉.

화인의 휴대폰이 진동을 토해 내기 시작했다.

딱히 연락을 하며 지내는 사람이 없었기 때문에 그녀에게 이렇게 전화가 걸려 오는 일은 드물었다.

화인이 의아한 표정으로 휴대폰을 확인하자, 발신자에는 해준의 번호가 떠 있었다.

오랜만에 걸려 온 그의 전화에 불현듯 얼마 전에 만났던 아버지가 떠올랐다.

해준이 좋아하고 있는 여자가 자신이냐고 묻던 목소리가 생각나서 화인은 잠시 멈칫했지만, 이내 통화 버튼을 누르며 나직하게 말했다.

"여보세요."

―누나, 저예요.

무심코 어쩐 일이냐고 물으려던 화인은 다시 입을 다물 수밖에 없었다.

해준이 자신은 아무런 이유 없이 찾아오면 안 되냐고 말했던 게 떠올랐기 때문이다.

"잘 지냈어?"

그녀가 가볍게 안부를 묻자, 두 사람은 순간 정적에 사로잡혔다.

전화를 건 해준은 양손으로 휴대폰을 감싸 쥐며, 두 눈을 질끈 감았다.

고작 이런 말에도 가슴이 미친 듯이 설레어 왔다.

다시금 깨달을 수밖에 없었다. 자신은 도무지 그녀를 포기할 수 없다는 사실을.

술렁거리는 가슴을 진정시키기 위해 이를 악물며, 해준은 최대한 부드러운 목소리로 말했다.

─네, 전 잘 지냈죠. 누나는 별일 없었어요?

"늘 똑같지, 뭐."

아무렇지 않게 대답하는 화인의 목소리에 해준은 저도 모르게 픽하고 웃고 말았다.

─누나랑 이한새가 사귄다고 언론이 아주 시끄럽던데요. 집에 찾아갔는데도 없고…… 어디 다른 데 가신 거예요?

그제야 화인은 지금 자신이 처한 상황이 평소와 조금 다르다는 것을 깨달았다.

워낙 다른 사람에게 속 이야기를 터놓지 않다 보니, 이렇게 대답하는 게 습관이 되어 버렸다.

마치 자신의 상황을 일부러 감춘 것 같아서 화인은 조금 미안한 기색으로 대답했다.

"잠깐 여행 왔어."

─재밌게 놀고 계신 거예요?

"응."

─다행이네요.

지난번에 만났을 때와는 다르게 해준의 목소리는 평온하기 그지없었다.

하지만 화인의 마음속에는 아직도 혹시나 하는 생각이 있었다.

정말 해준이 좋아하고 있는 여자가 자신인 걸까?

아버지가 괜히 물어봤을 리도 없을뿐더러, 한새와 사귄다고 밝혔을 때 그가 동요를 했던 건 사실이니까.

화인은 직접 확인하기 전까지는 완전히 의심을 거두지 못할 것 같았다.

"해준아."

―네, 누나.

"너 혹시……."

하지만 막상 본인에게 물어보려고 하니 망설여졌다.

더구나 이런 말을 전화로 물어보는 건 별로 좋은 생각이 아닌 것 같았다.

잠시 고민하던 화인이 나지막한 목소리로 다시 말을 이었다.

"아니야. 나중에 서울 올라가면, 직접 만나서 얘기하자."

해준은 순간 그녀가 무슨 말을 하려는 건지 궁금했지만, 만나서 이야기하자는 걸 보면 전화 통화로 할 얘기는 아닌 것 같아 참았다.

어차피 화인의 전화 통화 방식은 '본론만 간단히.'라는 걸 잘 알고 있었으니까.

―그래요, 어떻게 지내는지 궁금해서 전화했어요, 그럼 나중에 돌아오시면 연락 주세요.

"그래, 조만간 보자."

그렇게 짧은 통화를 끝마치려고 할 때였다.

망설이던 해준이 다시 한 번 화인을 향해 입을 열었다.

―……누나.

"……?"

―힘들면 언제든 저한테 기대세요.

갑작스러운 해준의 말에 화인은 작게 웃고 말았다.

아마도 제우 그룹의 외손자라는 한새와 사귄다고 밝혀지니 걱정이 되는 모양이었다.

화인이 뭐라고 대답하기 위해 입을 열 때였다.

다른 방에 있던 한새가 전화 통화를 하고 있는 그녀의 곁으로 다가오며 물었다.

"누구야?"

그의 낮은 허스키한 목소리가 휴대폰을 통해 해준에게까지 똑똑히 전해졌다.

그 질문에 화인이 나직하게 대답했다.

"동생이야."

그 순간 해준은 저도 모르게 헛숨을 들이마실 수밖에 없었다.

서글펐다. 그런데 우습게도 한편으론 안심이 되었다.

두 사람이 사귀고 있는 지금 다른 남자라면 이렇게 통화조차 하지 못했을 텐데, 자신은 남동생이기 때문에 곁에 있을 수 있었으니까.

해준이 아무런 말도 하지 못하고 있을 때, 화인이 목소리가 다시금 들려왔다.

"말이라도 고맙다. 그럼 나중에 또 통화하자."

그렇게 전화가 끊어졌다.

하지만 해준은 미동도 하지 않은 채, 그대로 휴대폰을 든 채로 가만히 서 있었다.

마음속에 기쁨과 슬픔이 공존했다.

한새와 사귀고 있는 화인을 보는 게 죽을 만큼 가슴이 아프다.

그런데 그녀의 입에서 '조만간 보자, 또 통화하자.'라는 말이 나오는 게 너무나도 달콤했다.

그는 화인이 집을 나가고 난 후, 오랫동안 그녀를 그리며 혼자서 기다렸다.

그렇기에 그녀의 이런 작은 반응들조차 너무나도 소중해서 가슴이 저려 왔다.

"……하아."

해준은 한숨을 내쉬듯이 흐릿하게 웃었다.

그러곤 이미 끊어진 전화임에도 화인을 향해하고 싶은 말을 내뱉었다.

"아버지가 다시 누나를 괴롭히려고 해서 제가 시선을 좀 돌려놨어요."

엄청난 타격을 주진 못하겠지만, 솔트의 비리를 살짝 흘려 놓았다. 아마 그것을 처리하기 위해 아버지는 한동안 바쁠 것이다.

화인이 한새와 사귀는 걸 더 이상 악용하지 못하게 하려고 그가 직접 손을 쓴 것이었다.

해준이 나직하게 다시 말을 이었다.

"내가 지켜 줄게요."

화인이 알든 모르든 해준은 앞으로도 계속 그녀를 지킬 것이다.

그녀를 괴롭히는 세상 모든 것으로부터.

침착하게 서 있던 해준이 어느 순간 손으로 눈가를 가리며 입을 열었다.

작은 흐느낌이 그의 입술 사이에서 흘러나오는 것 같았다.

"……누나를 좋아해요."

처음 만난 그 순간부터.

그리고 앞으로도 기약이 없을 정도로 오랫동안.

*　　*　　*

한새와 화인은 번화가의 거리를 걷고 있었다.

생필품을 사기 위해 잠시 나온 것이었는데, 이 거리에도 많은 사람들이 북적거렸다.

웅성웅성.

지나가는 사람들의 떠드는 소리가 정신없이 들려왔지만, 그마저도 싫지 않았다.

서로의 속도에 맞춰서 걷고 있는 지금 이 순간이 충분히 행복했으니까.

오붓하게 손을 잡고 걸어가던 화인이 문득 생각난 듯이 말했다.

"서울엔 언제 돌아갈 거야?"

"글쎄……."

그 질문에 한새는 말꼬리를 흐릴 수밖에 없었다.

언젠가 일상으로 되돌아가야 한다는 사실을 잘 알았지만, 그녀와 이렇게 함께 보내는 시간이 너무나도 즐거워서 깨고 싶지 않았다.

그런 한새의 마음이 말하지 않아도 전달이 되었기에 화인도 더 이상 묻지 않았다.

대신 한새 혼자서만 들고 있는 짐을 보면서, 화인이 못마땅하다는 듯 입을 열었다.

"그냥 같이 들고 가자니까, 왜 미련스럽게 혼자 들어."

"내 옆에서 이런 거 들 생각하지 마."

한새가 고집스러운 표정으로 힐끗 화인을 쳐다보며 재차 말했다.

"내가 있는 한, 앞으로도 넌 무거운 거 못 들어."

난생처음 받아 보는 공주님 대접에 화인은 웃어야 할지 울어야 할지, 도무지 어떤 표정을 지어야 될지 몰랐다.

잠시 기가 막힌다는 듯 한새를 쳐다보다가 그녀가 저도 모르게 미소 지을 때였다.

주변에서 들리는 수많은 웅성거림 중에 유독 귀에 꽂히는 하나의 목소리가 있었다.

"……벨로나."

그 매력적인 음성을 듣자마자 화인은 거짓말처럼 발걸음을 멈추고 말았다.

한시도 잊은 적 없던 자신의 진짜 이름이었다.

대악마 벨로나.

한새는 갑자기 멈춰 선 화인을 의아한 표정으로 바라보며 물었다.

"왜 그래?"

하지만 화인은 그 말에 어떠한 대답도 할 수가 없었다.

인간 세상에서 자신을 이렇게 부를 사람도 없다는 걸 알면서도…….

화인은 조금 전 소리가 들려온 방향을 향해 천천히 고개를 돌렸다.

아무리 생각해도 잘못 들은 게 아닐까 싶었다.

하지만 수많은 사람들 가운데 우뚝 서서 존재감을 내뿜고 있는 남자를 보니, 자신이 틀리지 않았다는 사실을 알 수 있었다.

커다란 키에 야성적인 느낌을 물씬 풍기고 있는 남자.

마치 중세 시대의 귀족같이 생긴 그는 새까만 머리카락에 창백하리만치 새하얀 피부, 거기다 신비한 보랏빛 눈동자를 지니고 있었다.

화인이 익히 잘 아는 얼굴이었다.

그녀가 도무지 믿을 수 없다는 듯이 중얼거렸다.

"……아레스."

아레스는 조금 멀리 떨어져 있었지만, 그 작은 목소리를 똑똑히 들을 수 있었다.

그가 빙긋 웃으면서 화인을 향해 스스럼없이 양팔을 벌렸다. 그러자 그녀는 뒤도 돌아보지 않은 채, 그를 향해 뛰어갔다.

키가 큰 아레스가 고개를 숙이자, 화인은 망설임 없이 그의 목을 끌어안았다.

그러곤 기쁜 듯 다시 한 번 외쳤다.

"아레스!"

지금껏 수없이 많은 꿈을 꾸었지만, 이렇게 현실로 보게 될 줄은 생각지도 못했다.

인간 세상으로 내려온 뒤에 처음 만나는 동료였다.

이런 기적 같은 일이 벌어졌다는 게 믿기지 않아, 화인의 눈시울이 금세 붉어졌다.

아레스는 그녀의 어깨에 고개를 묻으며 부드럽게 말했다.

"보고 싶었어, 벨로나."

한새는 자신의 손을 뿌리치고 다른 남자에게 뛰어가 버린 화인을 잠시 멍하니 지켜볼 수밖에 없었다.

말로 표현할 수는 없었지만, 지금 저들에겐 도저히 끼어들 수 없는 무언가가 있었다.

2
나와 함께 돌아가자

갑자기 등장한 아레스라는 존재에 저도 모르게 굳어 있던 한새
는 곧이어 정신을 차렸다.

그가 누구인지, 둘이 무슨 사이인지는 중요치 않았다.

화인이 다른 남자를 끌어안고 있는 걸 가만히 두고 볼 수는 없었
다.

한새가 빠른 걸음으로 그들을 향해 다가서며 나직하게 말했다.

"박화인."

그가 자연스럽게 손을 뻗어 화인의 어깨를 잡으려고 할 때였다.

타악―

한새의 손이 그녀에게 닿기 전에 아레스가 먼저 허공에서 잡아챘
다.

그러자 한새와 아레스의 눈이 마주쳤다.

방금 전까지 화인을 따스하게 바라보고 있던 아레스의 눈빛이 거짓말처럼 변했다.

서늘하게 번뜩거리는 그의 눈동자를 보자, 한새는 등 뒤에 소름이 끼쳤다.

그것은 본능이었다.

먹이사슬의 최상위층에 존재하고 있는 포식자를 마주하고 있었으니까.

"감히 누구의 몸에 손을 대려는 거지?"

아레스의 나지막한 목소리에 한새의 미간이 뒤늦게 찌푸려졌다.

그건 지금 한새가 하고 싶은 말이었다.

"너야말로 지금 뭐하는 거야?"

두 사람이 나누는 대화에 화인은 서둘러 아레스의 목을 끌어안고 있던 손을 풀었다.

너무나도 반가워서 생각하지 못했다.

자신에겐 오랜만에 만난 동료였지만, 아무것도 모르는 한새가 보기엔 썩 보기 좋은 광경이 아니라는 사실을.

화인은 한새의 손을 움켜쥔 아레스의 팔을 붙잡으며 나직하게 말했다.

"그 손 떼."

"아는 인간인가?"

"내 거야."

조금의 망설임도 없이 흘러나오는 화인의 대답에 아레스는 내심 놀랄 수밖에 없었다. 무언가에 이렇게 소유욕을 부리는 건 자신이 알고 있는 벨로나답지 않았다.

그런 그의 눈에 문득 한새의 오른쪽 손바닥에 새겨져 있는 문신이 들어왔다.

바로 악마와 계약을 했다는 증거였다.

더구나 저 표식은 화인이 마력을 사용했을 때 나타나는 고유의 문양이었다.

그제야 그녀가 인간을 자신의 것이라고 부르는 게 조금 이해가 되었다.

아레스가 잡고 있던 한새의 손을 순순히 놓아주며, 화인을 향해 물었다.

"너의 권속이구나. 마력을 전부 봉인 당했을 텐데, 어떻게 인간이랑 계약을 맺은 거지?"

하지만 화인은 아레스의 질문에 대답하지 않고, 짐짓 기분 나쁘다는 듯 미간을 찡그리며 말했다.

"함부로 건드리지 마. 아무리 너라도 용서 안 해."

화인이 이런 말을 농담으로 던지지 않는다는 걸 알기에 아레스는 다시 한 번 놀랄 수밖에 없었다.

악마들끼리는 서로의 계약자를 건드리지 않는다는 암묵적인 룰이 있었다. 그것은 상대방에 대한 도전이나 다름없었기 때문이다.

그렇게 따진다면, 지금 아레스가 한 행동이 잘못된 걸로 비춰질 수도 있었다.

하지만 그는 고작 인간의 손을 막았을 뿐이다. 마력을 사용해서 그에게 보복을 하거나, 어떤 수작을 부린 것도 아니었다.

그런데 화인의 반응은 너무 과했다.

그래도 아레스는 그런 것을 따질 생각따위 눈곱만큼도 없었다.

상대가 다른 누구도 아닌 그녀였으니까.

"알았으니 화내지 마. 네가 건들이지 말라면 두 번 다시 손대지 않아."

예나 지금이나 변함없는 아레스의 태도에 화인은 저도 모르게 힘 빠진 듯이 웃고 말았다.

그는 같은 대악마인데도 불구하고 늘 이렇게 화인에게 져 주었다.

그래서 단 한 번도 싸워 본 적이 없었다.

대악마란 존재는 타고나야 하는 것이기에 그 숫자가 매우 적었다. 그리고 그 모든 이들이 대악마를 우러러보는 건 아니었다.

그중에 단 두 명만이 추앙을 받았는데, 바로 벨로나와 아레스였다.

과거에 그녀를 전쟁의 여신이라고 불렀던 것처럼, 악마들은 아레스를 군신이라 칭했다.

용의 형상을 한 검은 마물을 타고, 온통 시커먼 갑주를 입은 그가 전장을 누비는 광경은 군신이라는 칭호가 조금도 부족하지 않았다.

그의 검은색 투구 속에서 빛나는 보랏빛 눈동자를 보고 살아남은 자는 없었다.

아레스가 한새를 향해 나지막이 말했다.

"인간, 벨로나를 함부로 만지려고 하지 마라."

조금 전 한새를 막은 건, 그가 화인을 만지려고 손을 뻗었기 때문이다.

화인이 그에 대해서 설명하려고 입을 열었지만, 이번에는 한새가 더 빨랐다.

"그렇게는 안 되겠는데?"

한새는 그 말과 동시에 보란 듯이 화인의 어깨에 손을 올렸다.

그것을 본 아레스의 눈동자가 순간 가늘어지며 흉흉하게 빛을 냈다.

만난 지 얼마 되지도 않았지만, 아레스는 한새의 모든 게 마음에 들지 않았다.

도전적인 눈빛과 조금도 주눅 들지 않는 태도, 그리고 인간 주제에 서슴없이 반말을 내뱉는 것도…….

한새는 한마디로 건방지기 짝이 없는 인간이었다.

아레스는 화인만 아니었다면 한새를 이 자리에서 단숨에 죽여 버렸을지도 모르겠단 생각을 했다.

그가 살기를 담아 한새를 노려보며 말했다.

"지금 나를 도발하는 건가?"

"어떻게 받아들이든 그건 그쪽 마음이지만, 경고 하나는 분명히 하지."

한새도 최소한의 눈치는 있다.

눈앞에 있는 아레스가 인간이 아니라 화인과 같은 악마라는 건 벌써 알아차렸다.

하지만 그래서 뭐?

상대가 누구라고 해도 화인을 양보할 마음은 눈곱만큼도 없었다.

한새는 자신을 죽일 듯이 노려보고 있는 아레스를 똑바로 쳐다보며 다시 입을 열었다.

"너야말로 함부로 건드릴 생각 하지 마. 이 여자 내 거니까."

"감히 인간 주제에……."

지금까지 최대한 감정을 억제하고 있던 아레스가 진심으로 화를 내려고 하는 찰나였다.

화인이 서둘러 그의 말을 잘랐다.

"사실이야."

그 한 마디에 아레스는 딱딱하게 굳을 수밖에 없었다.

설마 그녀가 인간 남자와 유희를 즐기고 있었을 줄이야.

잠시 멍하니 서 있던 아레스가 허탈한 표정으로 머리를 한 번 쓸어 넘기곤 나지막이 말했다.

"……그랬구나, 몰랐다."

이제야 조금 전 화인의 과민 반응도 이해가 되었다.

안 그래도 단순히 계약자를 감싸는 것이라고 하기엔 조금 이상하다고 느끼고 있었다.

그런데 두 사람이 사귀는 사이라는 걸 알게 되니, 이제는 명확하게 상황을 알아차렸다.

아레스가 복잡한 눈빛으로 화인을 바라보면서 말했다.

"걱정 많이 했는데, 그래도 잘 지내고 있었던 것 같아서 다행이다."

악마들은 원래 심심해지면 인간들을 조종하면서 즐기곤 했다.

인간과 악마와의 연애도 마찬가지다.

어차피 한때의 유흥거리였기 때문에 화인이라고 해서 못 할 것도 없었다.

충분히 그럴 수 있는 일이란 걸 머릿속으로는 아는데도 마음이 조금 아플 뿐이다.

화인은 어딘가 씁쓸한 표정을 짓고 있는 아레스를 보며 내내 궁금한 사실을 물었다.

"그런데 어떻게 여기까지 온 거야?"

아무리 대악마라고 해도 인간 세상에 이렇게 육체를 가지고 나타난다는 건 있을 수 없는 일이었다.

그게 가능했다면 애초에 화인은 한새와 헤어질 필요조차 없었다.

아레스는 의아한 눈빛으로 자신을 쳐다보는 화인을 향해 나직하게 대답했다.

"거래를 했어, 심해의 마녀와."

심해의 마녀라는 단어에 화인의 눈동자가 그녀답지 않게 커졌다.

한새도 엄연한 마녀였지만, 지금 아레스의 입에서 나온 '심해의 마녀'라는 것은 완전히 다른 존재였다.

마계에서 살아가는 또 다른 종족.

사악하기 그지없다는 악마들조차 꺼려하는 이들이 바로 그들이었다.

상반신은 인간의 형상이었으나 하반신은 물고기처럼 생긴 그들은 하나같이 추악했다. 그래서 누군가는 그들을 가리켜 괴물이라고도 불렀다.

벨로나가 태어나기 전부터 존재하고 있었던 이들이니, 정확히 언제부터 마계에 살고 있었는지는 아무도 알지 못했다.

다만 그들은 심해에서 아주 오랜 시간을 살아왔기 때문에 유독 지식이 많았다.

그리고 마력도 강력했기에 가끔 절대로 이룰 수 없는 소원을 들어주기도 했다.

대신에 엄청나게 탐욕이 많아서, 그들과 거래를 하게 된 대가는 상상을 초월한다.

화인은 아레스가 이곳에 나타났다는 사실에 너무 기뻐서 바로 눈치채지 못했다.

그가 절대로 여기에 와선 안 된다는 것을.

화인이 저도 모르게 미미하게 떨리는 목소리로 아레스를 향해 말했다.

"여기에 오는 대가로 그들에게 대체 뭘 준 거야?"

"……내가 가진 마력의 절반."

아무렇지 않게 흘러나오는 아레스의 대답에 화인의 눈동자가 경악으로 물들었다.

"지, 지금 뭐라고 했어?"

그것은 보통 일이 아니었다.

화인은 형벌의 시간이 끝나면 원래의 마력을 그대로 되찾을 수 있었다.

그런데 아레스가 대가로 바친 마력은 영원히 되돌릴 수가 없다.

설령 몇천 년이라는 시간이 지난다고 해도 아레스는 죽을 때까지 자신이 가졌던 힘의 절반밖에 사용하지 못한다는 사실이다.

그것을 깨달은 화인은 순식간에 놀람에서 분노로 감정이 바뀌었다.

"미쳤어? 그게 어떤 건데! 그걸 대가로 주고 여길 와?"

화인은 도무지 이해할 수가 없었다.

대체 자신이 뭐라고 절반이나 되는 마력을 바치면서까지 여기에 온단 말인가.

그 정도의 마력을 상실했다면 아레스는 마계로 돌아가서도 더 이상 대악마로 군림할 수 없을지 모른다.

더군다나 악마들에게 마력이란 타고난 것이기 때문에 시간이 지난다고, 노력을 한다고 해서 바뀌는 게 아니었다.

아레스는 불같이 화를 내는 화인의 반응에 희미한 미소를 지으며 말했다.

"나한테 너라는 존재의 가치는, 그 이상이니까."

그녀가 모든 죄를 뒤집어쓰고 인간 세상으로 쫓겨났을 때 이미 결심했다.

곧바로 뒤를 따라 오려고 한 것인데도, 벌써 인간의 시간으로 이십오 년이 흐른 것이다.

그만큼 악마가 형체를 가지고 인간 세상으로 내려오는 건 어려운 일이었다.

마력이 모든 것인 세상에서 그가 가진 마력을 절반이나 걸어야 할 정도였으니까.

그런데도 눈앞에 있는 화인을 바라보고 있자니, 자신이 한 결정이 조금도 후회가 되지 않는다.

아레스가 다시 입을 열었다.

"……보고 싶었어."

진심이었다.

화인이 사슬에 칭칭 감겨서 끌려가는 모습이 머릿속에서 떠나지를 않았다.

도저히 감당할 수 없는 아레스의 진심에 화인은 아무런 말조차 할 수가 없었다.

그녀로선 상상조차 되지 않았다.

그 무언가를 위해 마력의 절반이나 소모할 수 있다는 것이.

그리고 그것이 다른 무엇도 아닌 바로 자신 때문이라는 사실이 더더욱 믿기지 않았다.

하지만 그런 일을 감수하고 자신을 찾아온 남자가 바로 눈앞에 있었다.

화인이 여전히 얼음처럼 굳어 있자, 아레스가 그녀를 향해 희미하게 웃으며 말했다.

"나와 함께 돌아가자."

그 말을 듣는 순간 화인의 심장이 저도 모르게 미친 듯이 뛰기 시작했다.

다시 대악마로 돌아갈 수 있다.

원래의 모습을 되찾는 것이다.

그동안 얼마나 간절히 바랐던 일인가.

감격에 겨워서 목구멍이 뜨거워졌지만, 그 순간 그녀의 머릿속에 떠오른 것이 있었다.

'돌아가면…… 더 이상 만나지 못해.'

화인의 고개가 저절로 바로 옆에 서 있는 한새를 향해 돌아갔다.

그녀와 아레스가 하는 이야기를 전부 알아들을 수 없었던 한새는, 다소 의아한 표정으로 가만히 그들의 이야기가 끝나기만을 기다리고 있었다.

그 모습에 화인은 방금 전까지 두근대던 가슴이 싸늘하게 식는 것이 느껴졌다.

한새와 함께할 수 있는 시간이 얼마 남지 않은 것을 알고 있었다.

그런데 이젠 그 이별이 코앞으로 다가온 느낌이었다.

아직 마음의 준비조차 하지 못한 이별이…….

화인은 최대한 술렁거리는 가슴을 진정시키며 냉정함을 유지하기 위해 노력했다.

"대체 어떤 방법으로 나를 데리고 돌아간다는 거야?"

"안 그래도 이제부터 그것에 대해 설명하려던 참이었어. 아무리 오래 걸려도 인간 세상에서 백 일을 넘지 않을 테니 걱정 마."

화인은 아레스의 입에서 나온 '백 일.'이라는 단어를 다시 한 번 속으로 되뇌었다.

가슴이 꽉 막히는 것 같았지만 최대한 겉으로는 티 내지 않았다.

한새는 지금까지 얌전히 아레스와 화인이 나누는 이야기를 듣다가 뭔가 이상하다는 걸 깨달았다.

중간에 몇 번은 아레스가 그녀에게 하는 말에 울컥해서 끼어들 뻔했지만 간신히 참아 냈다.

지금 그들이 나누는 이야기가 그동안 화인이 그토록 바라 왔던 대악마로 돌아가는 방법에 대한 것 같았으니까.

그런데 들으면 들을수록 뭔가 불길한 느낌이 들었다.

한새가 나직하게 말했다.

"대악마로 돌아가면 어떻게 되는 건데?"

지금까지는 막연하게 그때가 되도 아무것도 변하는 게 없을 거라고 생각했다.

그런데 처음으로 확인받고 싶어졌다.

화인의 입에서 달라지는 건 하나도 없을 거라는 말이 듣고 싶었다.

한새가 불안한 마음을 감춘 채 화인을 쳐다보고 있자, 화인은 그녀답지 않게 그 시선을 피하며 나직하게 대답했다.

"……나중에 설명해 줄게."

한새는 그 말을 이해할 수가 없었다.

아무 일이 없다면 단 한 마디로도 설명할 수 있는 것이다. 그런데 지금 바로 대답을 못한다는 건 마치 무슨 일이 벌어질 거란 말이나 다름없었다.

"왜 말을 못 하는 거야?"

조금 화가 난 듯한 한새의 목소리에 그녀가 질끈 두 눈을 감으며 말했다.

"난 아레스랑 대화하고 들어갈 테니까, 먼저 돌아가서 기다리고 있어."

"그렇게는 안 돼."

여자만 직감이 있는 것이 아니다.

한눈에 보아도 화인에게 감정이 있는 게 뻔한 대악마와 그녀를 단둘이 보낼 순 없었다.

하지만 그런 한새의 감정을 비웃듯이 아레스가 화인을 향해 손을 내밀었다.

"단둘이 대화할 수 있는 곳으로 가지."

화인은 알 수 없는 눈동자로 한새를 한 번 쳐다보곤, 그대로 아레스가 내민 손을 잡았다.

그 순간이었다.

아레스의 등 뒤로 검은색의 날개가 솟아났다.

그 모양이 어찌나 크고 화려한지, 말문이 막힐 정도였다.

한새가 비현실적인 광경에 잠시 넋을 놓고 있는 사이, 날개가 오므라지며 화인을 감싸 안았다.

한새가 다급하게 입을 열었다.

"박화인!"

하지만 이미 늦었다.

두 사람은 눈 깜짝할 새에 눈앞에서 사라지고 말았다.

그럼에도 거리를 지나다니는 사람들은 마치 아무것도 보지 못한 것처럼 행동할 뿐이다.

한새는 지금 이 상황이 믿기지가 않았다.

그리고 처음으로 대악마와 인간이란 존재가 얼마나 다른 것인지 알아차릴 수 있었다.

자신은 아레스가 화인을 데려가는 데도 아무것도 하지 못했다.

"……하."

한새는 양손으로 얼굴을 가리며 무너지듯이 고개를 숙였다.

조금 전까지만 해도 화인은 자신과 가장 가까이에 닿아 있는 존재였다.

그런데 한순간에 손조차 닿을 수 없는 저 먼 곳으로 사라진 느낌이었다.

갑자기 전신을 휘감는 불안함에 한새는 아무것도 할 수가 없었다.

"화인아……."

*　　　*　　　*

아레스가 화인을 데리고 순간이동한 곳은 도심이 한눈에 내려다보이는 높은 건물의 옥상이었다.

화인은 장소가 바뀌자마자 곧바로 잡고 있던 아레스의 손을 놓았다.

조금의 빈틈도 보이지 않는 화인의 행동에 아레스는 조금 아쉬움을 느꼈으나, 그런 그녀를 오랫동안 지켜봐 왔기에 크게 개의치는 않았다.

"인간들이 없는 장소로 찾은 건데 마음에 드나?"

그 질문에 화인은 건성으로 고개를 끄덕였다.

사실 어디든 상관없었다.

한새만 곁에 없으면 되었기에.

지금껏 대악마로 돌아가는 순간을 얼마나 꿈꿔 왔는지 모른다.

그런데 막상 이런 상황이 닥치자, 자꾸만 한새 때문에 평정심을
잃고 있었다.

그래 봤자 달라지는 건 아무것도 없는데도 말이다.

화인은 자꾸만 아른거리는 한새의 얼굴을 애써 머릿속에서 지우
려고 노력했다.

당장은 아레스를 통해 확인해야 하는 이야기가 먼저였다.

화인이 마음을 다잡고 주변을 둘러보자, 조금 전에 한새와 있었
던 장소에서 멀리 떨어지지 않은 곳이란 사실을 깨달을 수 있었다.

"인간 세상에서 쓸 수 있는 마력은 한계가 있나 보지?"

날카로운 화인의 말에 아레스는 빙긋 웃을 뿐이었다.

이런 말을 하는 그녀를 보고 있자니, 이제야 자신이 아는 벨로나
다웠다.

아레스가 나지막이 대답했다.

"맞아. 아무리 심해의 마녀들에게 도움을 받았다고는 해도 인간
세상에서 마음대로 마력을 쓸 수는 없지."

악마는 악마대로, 인간은 인간대로, 저마다의 순리라는 게 있다.

그것을 뒤엎고 악마가 인간 세상의 일에 간섭하는 게 그리 쉬운

일은 아니었다.

기본적으로 몇 가지의 조건이 필요했다.

우선 악마와 계약을 원하는 인간이 있어야 했다.

그럼 악마는 인간을 위해 자신의 힘을 빌려줄 수 있었고, 그에 합당한 대가를 받는 것이다.

사실 지금의 아레스처럼 자신의 본체를 가지고 인간 세상으로 직접 내려오는 것은 불가능한 일이었다.

특별히 악마가 인간의 몸으로 들어가 그것을 차지하는 방법이 있긴 했지만, 그건 심해의 마녀와 계약을 하는 것보다 더욱 조건이 까다로웠다.

그렇기에 지금껏 그것을 성공한 악마는 단 한 명밖에 없었다.

그리고 아마도 그런 미친 짓을 할 악마는 또다시 없을 것이다.

화인이 물었다.

"여기서 마력을 얼마나 쓸 수 있는 건데?"

"걱정 마, 인간 세상에서 나보다 강한 마력을 지닌 자는 없을 테니까. 다만 나도 이 몸뚱이로는 여기서 오래 버틸 수가 없어."

"기한이 언제까지야?"

"대략 백 일 정도. 하지만 그 시간이면 너를 데리고 돌아가기엔 충분하지."

화인은 이해가 됐다는 듯이 고개를 끄덕거렸다.

그럼 이제는 가장 궁금했던 부분에 대해서 물을 차례가 되었다.

"말해 봐, 내 형벌의 시간을 어떻게 줄일 수 있는지."

그 말에 아레스는 자신의 품에서 무언가를 꺼내어 화인의 앞으로 내밀었다.

그것은 푸른색의 보석이었다.

손톱의 반밖에 하지 않는 자그마한 크기의 보석은 자체적으로 빛을 내며 반짝거리고 있었다.

화인이 영문을 모르겠다는 듯이 물었다.

"이게 뭔데?"

"광석이야. 듣기론 형벌의 기간을 줄이는 효능을 갖고 있다더군."

아레스의 설명에 화인은 불현듯이 한새가 떠올랐다.

지금까지 한새의 옆에 붙어 있으면 그녀가 받을 형벌의 시간이 줄어들었다.

그렇다면 이 보석과 한새의 마력 속성이 비슷하다는 뜻은 아닐까?

인간 세상에선 실험을 해 볼 방법이 없었기에 정확히 알 순 없었지만, 왜인지 신빙성이 느껴지는 추측이었다.

아레스는 가만히 보석을 들여다보고 있는 화인이 자신의 말을 믿지 못한다고 판단했는지 다시 입을 열었다.

"이것까지 포함을 해서 계약한 것이니, 틀리지는 않을 거다."

혹시 모를 사태를 대비해서 먼저 실험을 해 보고 싶었지만, 화인과 같은 처지의 악마를 찾을 수는 없었다.

아레스도 직접 확인하지 못한 부분이라 조금 미심쩍기는. 했지만, 그래도 심해의 마녀가 자신에게 거짓을 알려 줄 리는 없었다.

왜냐면 계약 위반이 될 시에는 대가를 가져갈 수 없도록 해놨기 때문이다.

그것을 믿었기에 아레스도 여기까지 온 것이다.

화인의 형벌 기간을 줄이지 못한다면, 그녀를 데리러 온 의미조차 없어지는 거니까.

화인이 아레스를 향해 물었다.

"어떻게 하면 돼?"

"그 전에 먼저 알아 둬야 할 게 있어. 이걸 사용하고 나면 어떤 부작용이 생길지도 몰라."

"부작용?"

"우선은 형벌의 기간이 빠르게 줄어드는 만큼, 네가 가지고 있던 능력들도 사라진다고 하더군."

아레스의 말에 화인은 자신이 인간으로서 가지고 있던 능력들에 대해 다시 떠올려 보았다.

"마지막까지 죽지는 못할 테니, 회복력이 사라진다는 소린가?"

"내가 아는 건 거기까지야. 직접 사용해 보는 건 네가 처음이나 다름없어서 예상치 못한 일이 벌어질 수도 있다고…….."

아레스가 하는 말을 자르며, 화인이 말했다.

"상관없어."

어차피 죽을 수는 없는 몸뚱이다.

다치거나 아프면 이제까지와 달리 고통을 길게 느끼긴 하겠지만, 크게 신경 쓰이진 않았다.

중요한 것은, 다시 대악마로 돌아갈 수 있다는 사실이었으니까.

아레스는 심각한 표정으로 다시 입을 열었다.

"혹시 모르니까 알아 둬. 회복력이 사라지고 난 뒤에 괜히 다치지 말고, 그러다가 대악마로 돌아가기 전까지 계속 병석에 누워 있어야 할지도 모르니까."

진지한 아레스의 말에도 화인은 그저 입꼬리를 올리며 웃어 보였다.

"내가 너한테 이런 말을 듣고 있다니, 정말 나도 다 죽었나 보네."

장난스러운 그녀의 말에 아레스가 저도 모르게 흐릿하게 웃을 때였다.

화인이 흔들림 없는 눈동자로 그를 똑바로 쳐다보며 재차 물었다.

"그래서 어떻게 하면 되는데?"

아레스는 푸른빛의 보석을 화인의 손바닥으로 넘겨주며, 나지막이 말했다.

"복용해."

화인은 잠시 손안에 있는 푸른빛의 보석을 바라보다가 이내 거침없이 입 안으로 털어 넣었다.

꿀꺽.

단번에 삼켜 버리니 아무런 맛도 나지 않았다.

아레스는 그런 그녀를 가만히 지켜보다가 그녀의 어깨를 눈짓으로 가리키며 말했다.

"혹시 모르니까, 효과가 있는지 확인해 보지."

그 말에 화인은 아무런 거리낌 없이 자신의 뽀얀 어깨를 드러냈다. 아레스도 아무런 감흥 없는 눈동자로 화인의 어깨를 빤히 쳐다보았다.

그가 관심이 있는 건 인간 박화인의 몸뚱이가 아니라, 거기에 갇혀 있는 대악마 벨로나였기 때문이다.

그렇게 형벌의 날짜가 새겨진 숫자를 우두커니 바라보고 있자니, 정말로 얼마 가지 않아 그들이 보는 눈앞에서 숫자가 하나 줄었다.

이로써 더 이상 의심하지 않아도 효과가 확실했다.

아레스가 만족스러운 표정으로 말했다.

"다행이군."

지금까지 잠자코 있던 화인이 곧은 눈동자로 아레스를 바라보며 입을 열었다.

"이런 말은 조금 낯간지럽지만, 그래도 해야겠다."

아레스가 이 자리에 서 있는 이유는 오로지 자신을 위해서였다.

아무리 감정 표현에 서투르다고 해도 이 말은 꼭 전해야 했다.

"……은혜는 잊지 않고 꼭 갚을게."

그 말에 아레스의 보랏빛 눈동자가 부드럽게 휘어졌다.

조용하게 미소 짓고 있는 아레스의 모습은 지나치게 근사했다.

본래의 모습과 똑같이 인간 세상으로 내려왔기 때문에 어찌 보면 우월한 것이 당연했다.

화인은 그저 그의 변함없는 모습이 좋았다.

뭔가 인간이 아닌 것 같은, 묘하게 이질적인 분위기가 마치 과거로 돌아간 것 같은 느낌을 주었으니까.

아레스가 나지막이 말했다.

"당연히 갚아야지. 내가 너한테 받아 내고 싶은 게 얼마나 많은데."

그가 흐뭇하게 화인의 어깨를 내려다보다가 문득 이상한 점을 깨달았다.

아레스가 믿기지 않는다는 듯 재차 입을 열었다.

"그런데 너…… 형벌의 시간이 조금 이상하군."

화인은 곧 그 말이 무슨 뜻인지 알아차렸다.

고작 이십오 년을 인간 세상에서 살았던 것치고 그녀에게 남아 있는 시간은 너무나 적었다.

"이건 말이지……."

화인은 자연스럽게 한새를 만나게 되었던 일을 간략하게 설명했다.

아레스도 잠자코 그녀가 하는 말을 들으면서 두 사람이 만나게 된 계기에 대해 알게 되었다.

그가 조금 허탈하다는 듯이 입을 열었다.

"내가 오지 않았더라도, 일 년이 지난 후에 돌아왔을 거라고 생각하니 조금 맥이 빠지네."

"후회가 되나 보지?"

놀리듯이 꺼낸 화인의 말에도 아레스의 입가에 부드러운 미소가 지어졌다.

"그럴 리가."

아레스는 시간을 되돌린다고 해도 여전히 똑같은 선택을 할 것이다.

오히려 그가 아쉬운 건…….

그녀가 한새를 만나기 전에 도착하지 못했다는 사실이다.

아레스가 나지막이 말을 이었다.

"너를 눈앞에 두고 있는 지금, 내가 이 자리에 서 있는 걸 후회할 리 없잖아."

아레스는 화인이 없는 하루를 천 년같이 보냈다.

그녀가 없는 마계는 조금도 즐겁지 않았다.

아니, 정확히 벨로나가 없는 아레스는 그 어느 것에도 재미를 느낄 수가 없었다.

화인은 도저히 믿지 못하겠다는 듯, 픽하고 낮게 웃으며 말했다.

"말은 잘한다."

악마에겐 가족이 없었지만, 굳이 따지자면 아레스는 그녀에게 그런 대상이었다.

아주 가깝고, 없어서는 안 될 소중한 존재.

처음부터 그는 그녀가 이끌던 부하들과는 차원이 달랐다.

아레스만이 유일하게 자신과 어깨를 나란히 할 수 있었으니까.

잠시 과거를 회상하고 있던 화인이 문득 떠오른 사실에 혼잣말을 중얼거렸다.

"이제 하급 악마들도 내 곁으로 못 오는 건가?"

전혀 생각지도 못한 그녀의 말에, 아레스가 이해가 안 간다는 듯 되물었다.

"하급 악마?"

갑자기 그 하찮은 존재들이 왜 여기서 등장하는 건지 모르겠다는 듯, 아레스가 궁금한 표정으로 그녀를 쳐다보았다.

그러자 화인이 짐짓 내키지 않는다는 목소리로 말했다.

"그 벌레 같은 것들이 내가 힘을 잃고 있는 동안에, 겁도 없이 날 괴롭히고 있었거든."

"……뭐?"

그 순간 아레스의 표정이 살벌하리만치 딱딱하게 굳어졌다.

대악마에게 하급 악마들이란 먼지보다 못한 존재들이었다.

그런 하찮은 것들이 그동안 화인을 괴롭혔다는 사실을 결코 용서할 수 없었다.

화아아아악!

아레스는 긴말을 하지 않고, 바로 몸에 지니고 있는 마력을 끌어올렸다.

마계에서 사용할 수 있는 마력과는 비교조차 되지 않을 정도로 적었지만, 그래도 하급 악마들을 모조리 죽이기에는 조금도 부족하지 않았다.

"당장 내 부름이 들리는 곳으로 모이거라."

그 위엄 넘치는 목소리에, 순식간에 이곳의 풍경이 변하기 시작했다.

인간 세상에 존재하는 하급 악마들이 속속들이 이곳으로 모습을 나타냈기 때문이다.

생각지도 못한 대악마의 부름에 달려온 이들은 아레스의 모습을 보고 벌벌 떨기 시작했다.

—아, 아레스님…….

더구나 그의 옆에 화인이 서 있으니, 척 보아도 이게 무슨 상황인지 알 수밖에 없었다.

그동안 그녀를 괴롭힌 하급 악마들이 한둘이 아니었기 때문이다.

화인이 대악마로 돌아가기 전에 하급 악마들은 수명이 다해서 죽는다. 그랬기에 마음껏 그녀를 괴롭힐 수 있었고, 조금도 두렵지 않았던 것이다.

그런데 이렇듯 아레스가 인간 세상에 나타날 거라곤, 여기 있는 그 누구도 상상하지 못한 일이었다.

—죄송합니다.

—저희가 잘못했어요.

—으헝헝, 제발 한 번만 봐주세요.

아직 아무것도 하지 않았음에도 그들이 울부짖는 소리가 사방에서 울려 퍼졌다.

그럼에도 아레스는 눈 하나 깜짝하지 않았다.

그는 서늘한 표정으로 그들을 하나하나 노려보며, 화인을 향해 입을 열었다.

"오늘부로 하급 악마를 세상에서 지워 버릴까?"

실로 무시무시한 발언이었다.

지금 이 자리에 모인 하급 악마들이 전부는 아니겠지만, 마음만 먹는다면 며칠이 지나지 않아 모조리 도륙할 자신이 있었다.

화인은 무심한 표정으로 이곳으로 몰려든 하급 악마들을 한 번 훑어보았다.

자신을 괴롭힐 땐 잔혹한 표정을 짓고 있던 그들이, 이제는 반대로 두려움으로 물들어 가는 걸 즐거운 마음으로 지켜보았다.

화인은 다른 누구도 아닌 대악마였다. 지금 그녀의 입꼬리에 걸린 비틀린 웃음이 그것을 증명하는 듯했다.

이렇게 하급 악마들을 마주하고 있자니, 몸속에 있던 대악마의 피가 들끓는 것 같았다.

"멸종이라……."

그녀의 한 마디에 생사가 달려 있는 하급 악마들은 전부 움츠러들 수밖에 없었다.

그 모습을 재미있다는 듯 지켜보던 화인이 다시 나직이 말을 이었다.

"그럴 필요 없어. 한 놈도 죽이지 마."

전혀 생각지도 못한 발언에 하급 악마들은 혹시 그녀가 자신들을 용서하는 건 아닐까, 희망에 찬 표정으로 화인을 올려다볼 때였다.

그러나 다시금 화인의 입에서 흘러나오는 말에, 그들의 표정은 조금 전보다 더욱 어둡게 변하고 말았다.

"쉽게 죽일 생각 없거든. 그리고 내가 당한 건 직접 갚아 줘야 속이 풀리니까 건드리지 마."

아레스만이 그녀의 말에 동의한다는 듯 고개를 끄덕거렸다.

어차피 얼마 후면 대악마로 돌아올 화인이다. 굳이 지금 그의 손을 빌릴 필요가 없었다.

하지만 이대로 그냥 돌려보내기엔 아레스의 분이 풀리지 않았다.

아레스가 나지막한 목소리로 말했다.

"네 말대로 죽이지는 않을게. 간단하게 손만 봐 주도록 하지."

그 말에 화인도 싫지 않다는 듯이 대답했다.

"좋을 대로."

인간들에겐 들리지 않았지만, 이곳에선 그 후로 오랫동안 하급 악마들의 비명 소리가 울려 퍼졌다.

—아아악!

—제발 그냥 죽여주세요!

*   *   *

화인이 되돌아가고 난 후에 아레스는 혼자 옥상의 난간에 앉아 있었다.

어느새 하늘이 어두워져 그의 발밑으로는 근사한 야경이 펼쳐져 있었지만, 단 한순간도 아레스의 시선을 사로잡을 수는 없었다.

그의 눈빛은 이미 과거를 회상하며 아득하게 변해 있었다.

아직도 눈을 감으면 화인이 형벌을 받기 위해 끌려가던 순간이 떠올랐다.

화인이 자발적으로 잡혀 주었지만, 그럼에도 그녀가 두려웠던 건지 쇠사슬로 칭칭 옭아맨 것으로도 모자라 기다란 창을 몸 구석

구석 꽂아 넣었다.

벨로나의 상징이었던 불꽃 같은 머리카락이 흐트러졌고, 그만큼
붉은 피가 사방으로 흘러내렸다.

파리한 그녀가 입술에서 시뻘건 피를 주룩 뱉어 내던 모습이 떠
올라서, 아레스는 저도 모르게 주먹을 세게 말아 쥐었다.

그렇게 보내고 싶지 않았다.

그녀가 어떤 꼴을 당할지 뻔히 알았기에.

*"벨로나, 네가 이대로 잡히면 너를 두려워하는 이들이 무슨 짓
을 할지 모른다. 싸우자, 네가 원한다면 나도 힘을 보태겠다."*

하지만 그때에도 그녀는 흔들림 없는 눈동자로 자신에게 이렇게
말했었다.

"너까지 나서지 마, 이건······ 내가 책임져야 되는 일이야."

그녀의 확고한 결정에 결국 마지못해 보내 버린 걸, 지금까지 얼
마나 후회했는지 모른다.

커다란 죄를 지은 악마에게 내려지는 가장 가혹한 형벌.

과거에 한 악마가 중세 시대에 인간으로 살아야 하는 벌을 받은
적이 있었다.

상처가 금세 치유가 되었기에 마녀로 몰린 그는 화형을 당했다.

하지만 화형을 당해도 고통만 느낄 뿐, 당연히 죽지 않았다.

그래서 당시에 사람들은 그를 몇 날 며칠이고 불길에 태우다가 빛조차 한 점 들어오지 않는 곳에 가뒀다.

팔다리가 잘리고, 밥 한 끼 먹지 못해도 그는 살아남았다.

그렇게 그 악마가 나중에 형벌의 기간을 끝내고 마계로 돌아왔을 때는 이미 제정신이 아니었다.

이 형벌을 맨정신으로 견디고 돌아온 악마는 지금까지 단 한 명도 없었다.

뒤늦게 그 사실을 알고 얼마나 걱정했던가.

아레스가 애달픈 목소리로 중얼거렸다.

"……벨로나."

진정으로 보고 싶었다.

전쟁의 여신이라 불리는 대악마 벨로나는 마계에서 가장 아름다운 악마였다.

불꽃처럼 타오르는 붉은 머리카락을 휘날리며, 전장을 누비는 그녀의 모습을 보고 반하지 않은 악마는 없었다.

본인은 모르고 있는 모양이지만, 오죽하면 그녀가 모시는 두 번째 황자 칼리드조차도 그녀를 여자로서 차지하고 싶어 했다.

벨로나가 지은 죄라곤 그저 자신이 모시는 주군, 칼리드의 의지에 따라 반란에 가담하게 된 것뿐이다.

아레스는 그게 그녀의 뜻이 아니란 걸 잘 알고 있었다.

하지만 반란이 실패하고 난 뒤에 이 모든 책임을 짊어진 것은 바로 벨로나였다.

그렇기에 그녀는 악마로서는 소멸보다 더한 형벌을 받게 된 것이다.

이것을 계기로 벨로나는 이제 더 이상 누구에게도 속하지 않게 되었다. 마계로 돌아간다면 아마 그녀만의 독자적인 세력을 갖게 되겠지.

분명 많은 이들이 그녀를 따를 것이다.

아레스는 상상만으로도 만족스럽다는 듯 흐릿하게 웃어 보였다.

그만큼 그녀는 대단한 존재였다.

아무나 원한다고 해서 가질 수 있는 여자가 아니었다.

그런데…….

"……이한새."

대체 그 인간은 뭐란 말인가.

어느덧 아레스는 얼굴에 웃음기를 지운 채, 복잡한 눈빛으로 먼 곳을 응시하고 있었다.

*   *   *

타박타박.

화인은 힘없는 발걸음으로 길거리를 걷고 있었다.

아레스가 인간 세상으로 내려올 거라고는 정말 상상조차 하지 못한 일이었다.

그가 내려오고 지금껏 눈엣가시 같던 하급 악마들도 손봐 줬을 뿐만 아니라, 예정보다도 더 일찍 대악마로 돌아갈 수 있게 되었다.

이제는 굳이 한새의 옆에 붙어 있지 않아도 형벌의 시간이 줄어들었고, 하급 악마들도 더 이상 자신을 괴롭힐 수 없었다.

분명히 좋은 일들이었다.

그런데 왜 이렇게 기분이 좋지 못한 걸까.

"……후우."

화인이 저도 모르게 한숨을 내쉬자, 그녀의 입술 사이로 새하얀 입김이 길게 새어 나왔다.

그러고 보니 아레스와 같이 있을 때는 마력에 둘러싸여 있어서 몰랐는데, 날씨가 꽤나 추웠다.

한겨울이니 어찌 보면 추운 게 당연했지만, 오늘은 평소보다 기온이 더욱 내려간 듯했다.

그래서일까.

길거리에는 서로의 온기를 찾아 딱 달라붙어서 걷고 있는 연인들의 모습이 많이 보였다.

그런 장면들을 보면 이제는 자연스럽게 한새가 머릿속에 떠올랐다.

자신하고는 영원히 상관이 없을 줄 알았던, 저런 스킨십도 같이 나눌 수 있는 유일한 남자.

꿈에 그리던 대악마로 돌아가는 순간이 얼마 남지 않았는데, 이토록 기분이 좋지 않은 이유는 단 하나밖에 없었다.

이한새.

내가 사랑하는 남자와 다신 만날 수 없었으니까.

문득 조금 전에 호텔로 다시 되돌아가려는 자신에게 아레스가 했던 말이 떠올랐다.

"왜 가는 거지? 이제는 돌아가지 않아도 상관없는 거 아닌가?"

"말했잖아, 일 년간 붙어 있기로 계약을 했다고."

악마와의 계약이라고 해서 편의에 따라 마음대로 바꿀 수 있는 게 아니었다.

이제는 설령 의무적으로 한새의 곁에 붙어 있을 필요가 없어졌다고 해도, 일 년간 같이 지내기로 한 계약은 여전히 유효했다.

물론 그 기간이 끝나기 전에 대악마로 돌아가게 됐으니, 어떻게든 한새를 만나서 다시 계약 내용을 조정해야 했지만 말이다.

아레스가 이해가 안 간다는 듯이 재차 입을 열었다.

"하루 이틀 떨어진다고 문제가 되진 않을 텐데?"

그렇다. 이제는 그의 말처럼 한시라도 떨어지면 안 되는 이유가 있는 건 아니었다.

조금 떨어져 지낸다고 해도 아무런 상관이 없었다.

하지만 마음이 그렇지가 않았다.

한새를 못 본 지 얼마나 되었다고, 벌써부터 보고 싶어서 안달이 날 지경이었다.

거기다 자신이 떠나는 그 순간 슬쩍 보았던 모든 걸 잃은 듯한 한새의 표정이 아직도 머리에서 지워지지 않는다.

이 모든 감정을 사실대로 말할 수는 없었다.

고작 몇 시간 떨어졌다고 이렇게나 애가 탄다는 사실을 인정하고 싶지가 않았으니까.

아니, 인정해 버리면 안 될 것만 같았으니까.

화인이 아무런 말도 없이 가만히 서 있자, 아레스가 낮은 목소리로 말했다.

"그러게 계약을 어길 시에 지옥 불에 영원히 고통을 받기로 한 건, 너무 과한 처사였어."

그녀가 어지간한 형벌을 걸었다면, 그냥 무시를 해 버려도 괜찮았다. 하지만 악마와의 계약에서 가장 무서운 단어는 바로 영원히 라는 것이다.

더구나 지옥 불은 대악마인 그들조차도 견디지 못하는 곳이었다.

화인이 나직하게 대답했다.

"당시엔 너무 급해서 깊게 생각할 겨를이 없었어."

계약을 하는 데도 마력이 필요하다.

그런데 몸 안에 있는 마력은 쥐꼬리만 했기에 어떻게든 내용을 읊어야 했다.

더구나 한새가 제대로 계약 내용을 이행해 주기를 바랐기에 머릿속에 생각나는 가장 강한 형벌을 무심코 내뱉은 것이었다.

그게 이렇게 한새의 발목이 아니라, 자신의 발목을 잡게 될 줄은 몰랐지만 말이다.

아레스가 아무렇지 않게 입을 열었다.

"그럼 돌아가기 전에 마무리를 짓고 와."

그 말에 화인은 왜인지 감정이 복받쳐서 울컥했다. 하지만 그렇다고 아레스에게 뭐라고 더 말을 하진 않았다.

어찌 됐든 그는 자신 때문에 엄청난 대가를 치르고 마계에서 여기까지 와 준 동료였다.

아레스의 입장에서 보기엔 당연한 것이다.

화인도 머릿속으로는 분명 그게 옳은 거라 생각하고 있었으니까.

그렇게 마음의 정리를 하지 못한 채, 한새를 만나러 가는 길이었다.

이성과 달리 마음은 언제나 한결같았다.

아직 헤어지고 싶지 않다.

가슴속에 이렇게 펄펄 끓는 감정이 그대로 남아 있는데, 어떻게 이별을 한단 말인가.

화인이 답답한 현실에 저도 모르게 미간을 찡그릴 때였다.

문득 그녀의 눈에 익숙한 뒷모습이 들어왔다.

잠시 눈앞에 있는 사람을 쳐다보다가, 화인이 믿을 수 없다는 듯 큰 소리로 입을 열었다.

"⋯⋯이한새."

그 목소리를 들은 한새가 천천히 고개를 돌렸다.

화인은 그제야 한새의 파리해진 안색을 확인하고 깜짝 놀랄 수밖에 없었다.

저벅저벅.

와락!

한새는 한걸음에 달려와선 화인을 자신의 품속으로 안아 버렸다.

그의 옷에서 서늘한 냉기가 가득 느껴졌기에 화인은 딱딱하게 굳을 수밖에 없었다.

한새가 허스키한 목소리로 말했다.

"박화인, 어디 갔었어? 내가 얼마나 걱정한 줄 알아?"

화인은 그 말에 대답하지 않은 채, 서둘러 양손을 올려서 한새의 겉옷을 만져 보았다.

그러자 얼음장같이 차갑다는 걸 알 수 있었다.

"너, 언제부터 밖에 있었던 거야?"

"……."

"잠깐 놔 봐."

화인은 자신의 질문에도 아무런 대답을 하지 않는 한새의 상태를 확인하기 위해, 그의 품에서 빠져나오려고 발버둥을 쳤다.

그러곤 화가 난 목소리로 다시 외쳤다.

"설마 내가 사라지고 난 다음부터, 계속 나를 찾아다닌 거야?"

그가 이렇게 추운 날씨에 몇 시간 동안 밖에서 서성거렸다고 생각하자 미칠 것만 같았다.

분에 못 이긴 화인이 재차 입을 열었다.

"너 바보야? 내가 먼저 들어가서 기다리고 있으라고 했잖아!"

한새는 그저 묵묵히 그녀가 자신의 품에서 벗어나려고 하는 걸 막았다.

더욱 깊게 그녀를 끌어안으며 그가 나지막이 대답했다.

"……화내지 마."

화인이 자신의 눈앞에서 사라졌는데, 얌전히 따뜻한 방 안에 앉아서 기다리고 있을 순 없었다.

너무 걱정이 되어서…….

혹시라도 다신 돌아오지 않는 건 아닐까, 너무나도 불안해서 가만히 있을 수가 없었다.

한새가 화인의 작은 어깨에 고개를 묻으며 나직하게 말을 이었다.

"네가 이대로 사라져 버릴까 봐, 너무 무서워서 어쩔 수가 없었어."

그 말에 화인은 순간 목이 메어서 아무런 대꾸도 할 수가 없었다.

시큰거리는 눈동자를 힘껏 감으며, 그저 쥐고 있던 한새의 옷깃을 더욱 세게 잡았다.

아무에게라도 묻고 싶었다.

대체 나보고 이 사랑스러운 남자를 어떻게 버리고 가라는 겁니까.

화인은 저를 품에 안은 채 꼼짝도 하지 않으려는 한새를 데리고 서둘러 호텔로 돌아왔다.

방 안에서 보니 그의 안색은 시퍼렇기 짝이 없었다.

그녀는 저도 모르게 속으로 욕지거리를 중얼거리며, 얼른 그가 입고 있는 외투를 벗기고 침대로 밀어 넣었다.

최대한 온도를 따뜻하게 올리고 이마를 만져 보니, 깜짝 놀랄 정도로 뜨거웠다.

감기가 틀림없었다.

이렇게 장시간 추위에 노출됐는데, 어찌 보면 당연한 결과였다.

"가만히 누워 있어."

화인이 다급하게 자리에서 일어서려고 하자, 가만히 있던 한새가 그녀의 옷깃을 잡았다.

그가 죽어 가는 얼굴을 하고서도 불안한 기색으로 나직이 물었다.

"어디 가려고?"

"약 사 올게."

"필요 없어."

일말의 망설임도 없이 나오는 그의 대답에 화인은 미간을 찡그리며 말했다.

"이한새, 이거 안 봐?"

"약 같은 거 필요 없으니까. 그냥 내 옆에 있어."

한새는 화인이 이렇게 가까이에 있어도 불안함이 가시지 않았다.

아레스가 그녀를 데리고 사라지고 난 뒤, 한새는 자신의 무기력함을 절실히 느낄 수밖에 없었다.

아무것도 할 수가 없었다.

혹시 지금까지 그녀가 겪었던 감정이 이런 걸까?

그렇다면 자신이 조금 더 신경 써 줬어야 했다고, 진심으로 미안한 마음이 들 정도였다.

"한새야, 약만 사서 바로 돌아올 테니까. 여기서 조금만 기다리고 있어. 응?"

화인이 그녀답지 않게 한새를 타일러 봤지만, 그는 꿈쩍도 하지 않았다.

붙잡고 있는 손바닥에서도 뜨거운 열기가 느껴지는 걸 보면 열이 펄펄 끓는 게 틀림없었다.

아픈 환자임이 분명한데도 그의 손아귀의 힘이 너무 세서 화인은 도무지 뿌리칠 수가 없었다.

"……하아."

그녀가 나직하게 한숨을 내뱉으며, 하는 수 없이 자신을 한 발자국도 떼지 못하게 하는 한새의 옆자리에 앉았다.

그러자 그도 안심을 했는지, 방금 전보다 표정이 풀어졌다.

화인이 다시 말했다.

"일단 알았으니까, 그럼 침대에라도 제대로 누워."

그녀의 말 한마디에 한새는 군소리 없이 침대 안으로 들어갔다.

화인이 이불을 잡고 턱 끝까지 덮어 주자, 한새는 가만히 그 모습을 힘없는 눈동자로 올려다보고 있었다.

스윽.

그녀가 한새의 열을 재 보기 위해 다시 한번 이마를 짚자, 한새는 그 차가운 감촉이 좋은지 나른하게 눈을 감았다가 떴다.

그 모습을 본 화인이 나직하게 말했다.

"……아프지 마."

말을 하면서 그녀는 다른 손으로도 한새의 얼굴에 가져다 대었다. 바깥에서 들어온 지 얼마 되지 않았기에, 아직은 두 손 다 차가울 것이다.

한새는 자신을 걱정스럽게 바라보는 화인을 향해 나지막이 말했다.

"하나도 안 아프니까, 걱정하지 마."

"열이 이렇게 나는데, 하나도 안 아프다는 소리를 나보고 지금 믿
으라는 거야?"

"네가 아프지 말라고 하면, 난 안 아파."

"그렇게 말을 잘 듣는 사람이 내가 약을 사러 간다는 걸 말렸어?"

화를 내는 듯한 화인의 목소리에 한새가 희미하게 웃으며 대답
했다.

"내 옆에서 멀어지겠다는 거 말고는, 네가 하는 말은 다 잘 들을
게."

한새는 애써 괜찮은 척하고 있었지만, 아직도 그의 입술은 새파
랗기 그지없었다.

화인은 그것을 보고 있자니 마음이 아파서, 슬쩍 고개를 돌렸다.

"아프지 마, 네가 아프니까 속상하잖아."

그 말에 한새의 웃음이 짙어졌다.

갑자기 들리는 그의 웃음소리에 화인이 어처구니가 없다는 듯
재차 입을 열었다.

"뭐가 웃겨?"

"네가 이렇게 잘해 주는 거면, 차라리 계속 아팠으면 좋겠다."

한새는 장난처럼 내뱉었지만, 정말로 농담이 아니었다.

그녀가 이렇게 자신을 쳐다보면서 어쩔 줄 모르겠다는 듯, 전전
긍긍하는 모습이 왜 이렇게 행복하게 느껴지는지 모르겠다.

추운 데 있다가 따뜻한 곳으로 들어와서인지, 그는 이내 졸린 듯

이 눈을 깜빡였다.

그것을 알아차린 화인이 나지막이 말했다.

"얼른 자."

"무서워서 자기 싫어."

한새는 자신이 잠든 새에 다시 화인이 사라질까 봐 자고 싶지 않았다.

사실 화인에게 묻고 싶었다.

대악마로 돌아가게 되면 도대체 어떻게 되는 거냐고.

자신이 물어봤을 때, 왜 곧바로 대답을 하지 못했느냐고 말이다.

하지만 그녀의 대답이 너무나도 무서워서, 아직은 물어볼 엄두가 나질 않았다.

한새는 무슨 일이 있어도 화인과 떨어질 수 없었다.

그가 자꾸만 감기는 눈을 억지로 뜨며, 그녀를 향해 나지막이 말했다.

"……아무 데도 가지 마."

화인은 그저 미약하게 고개만 끄덕일 뿐, 아무런 대꾸도 하지 않았다.

그렇게 조용히 시간이 흐르자 한새는 결국 잠에 빠졌다.

그녀는 두 눈을 감은 채 고른 숨을 내쉬고 있는 한새를 말없이 지켜보았다.

그는 자면서도 놓지 않겠다는 듯, 자신의 옷깃을 꼭 잡고 있었다.

그 손길에 마음이 울렁거린다.

화인은 슬픈 눈동자로 한새를 바라보면서 나지막이 중얼거렸다.

"차라리 팔을 하나 자르라고 하면 자를 텐데……."

아니, 그를 위해서라면 팔이 아니라 눈이라도 뽑아 줄 수 있었다. 어떤 걸 내준다고 해도 전혀 아깝지 않은 상대였다.

처음으로 사랑한 남자이자, 어쩌면 마지막일지도 모르는 존재.

그런데 한새의 곁에 있기 위해서 자신이 걸어야 하는 건 전부였다.

존재, 그 자체.

대악마라는 자긍심 또한 송두리째 말이다.

"……다 버려야 하는 사랑이라면, 그냥 놔야 하는 게 맞는 거잖아."

자신이 대악마 벨로나라는 사실을 버리면, 아무것도 남는 게 없었다.

설령 그렇게 인간 세상에 남을 수 있다 한들, 과연 한새의 옆에서 지금처럼 웃을 수 있을까.

* * *

한림요양원.

하얀 침대 위에 죽은 듯이 누워 있는 한 명의 미소녀가 있다.

바로 한새의 여동생인, 한울이었다.

유전자가 우월한 탓인지, 그녀의 외모는 어디 하나 흠잡을 데 없이 완벽했다.

여느 때와 조금도 다름없어 보이는 날이었다.

그런데 어느 순간이었을까.

마네킹처럼 누워서 잠을 자듯이 눈을 감고 있는 그녀의 몸 주변으로 새카만 기운들이 아지랑이처럼 피어오르기 시작했다.

한참을 일렁거리던 그 기운들이 갑자기 그녀의 몸 안으로 흡수가 될 때였다.

번쩍!

거짓말처럼 한울의 눈이 떠졌다.

금빛의 섬광이 일순 그녀의 눈동자에 맺혔다가 순식간에 사라졌다.

한울은 느릿하게 주변을 살펴보더니, 이내 자신의 팔에 꽂혀 있던 링거 바늘을 뽑았다.

아무렇게나 뽑아 버린 덕분에 붉은 피가 그녀의 가느다란 팔을 타고 주룩 흘러내렸다.

그것을 본 그녀는 비틀린 웃음을 입가에 머금으며, 팔을 들어 올려서 선홍색의 혓바닥을 내밀었다.

할짝, 할짝.

팔에서 흐르는 피를 핥아 먹으며, 한울이 만족스럽다는 듯 말했다.

"이게 얼마 만에 오는 인간 세상이야?"

3
내가 다 잘못했어

"……화인아!"

자고 있던 한새가 갑작스러운 외침과 함께 눈을 떴다.

정신을 차리자 지금 자신의 몸이 식은땀으로 축축하게 젖어 있다는 사실을 깨달았다.

하지만 중요한 것은 그게 아니었다.

떨리는 눈동자로 주변을 둘러보았지만, 그 어디에도 화인의 모습은 보이지 않았다.

그녀가 곁에 없다는 사실을 깨달은 순간, 가슴이 너무 저려서 그는 저도 모르게 한 손으로 심장 부근을 움켜쥐었다.

들끓는 열 때문에 몸이 제대로 움직여지지 않았지만, 한새는 곧바로 침대에서 몸을 일으켰다.

꿈을 꾸었다.

아무리 애타게 불러도, 그녀가 단 한 번도 뒤돌아봐 주지 않는 꿈을.

그 매몰찬 뒷모습이 떠올라 아직도 가슴이 먹먹했다.

그런 화인을 붙잡기 위해 안간힘을 쓰다 보니, 이렇듯 잠에서도 깨어 버린 것이다.

그런데 일어나서도 화인의 모습이 보이지 않자, 한새는 너무나도 불안했다.

언제라도 아레스가 다시 나타나서 그녀를 데리고 가 버릴 것만 같았다.

한새가 다급한 손놀림으로 외투를 챙기고, 그녀를 찾으러 가기 위해 방문을 열 때였다.

벌컥―

그러자 우습게도 멀지 않은 곳에 앉아 있는 화인의 모습이 보였다.

창가에 비스듬히 앉아서 그녀는 흐릿한 눈동자로 바깥을 내려다보고 있었다.

"……하."

한새는 저도 모르게 깊은 안도의 한숨을 내쉬었다.

화인의 모습을 발견하자마자 온몸의 힘이 쭉 빠지는 느낌이었다.

그녀가 사라졌다는 사실에 하얗게 질렸던 조금 전과는 달리 한새의 얼굴이 조금씩 제 색을 되찾아 갔다.

그가 무심코 그녀의 이름을 부르기 위해 입을 열었다가 잠시 멈 칫하고야 말았다.

처음엔 화인이 제 옆에 있다는 사실에 기뻐서 미처 알지 못했지 만, 지금은 그녀가 무언가 깊은 생각에 잠겨 있다는 사실을 알아차 렸다.

자신이 이렇게 바깥으로 나왔는데도 바로 알아차리지 못할 정도 로 말이다.

유난히도 어두운 밤.

그 어스름한 어둠에 감싸여 먼 곳을 응시하고 있는 화인의 모습 은 어딘가 몽환적이게 느껴졌다.

마치 금방이라도 연기가 되어 사라져 버릴 것처럼.

갑자기 왜 이런 생각이 드는지 모르겠지만, 한새는 자신을 향하 지 않는 화인의 시선이 오늘따라 이상하게도 불안하게 느껴졌다.

그래서 일부러 목에 힘을 주어 그녀를 불렀다.

"박화인."

그 허스키한 목소리에 화인의 시선이 드디어 한새에게 향했다.

외투를 들고 서 있는 그의 모습에 그녀의 눈동자가 조금 놀란 듯 이 커졌다.

화인은 곧바로 앉아 있던 자리에서 벌떡 일어나 한새를 향해 다 가갔다.

"그 몸으로 어딜 가려고 나왔어?"

꾸짖는 듯한 그녀의 말에 한새는 '너 찾으러.'라고 대꾸하려다가 말았다. 그녀의 목소리에 걱정스러움이 묻어 있다는 걸 깨달았기 때문이다.

박화인, 네가 떠나는 꿈을 꿨다.

고작 꿈인데도 불구하고 가슴이 뻥 뚫리는 것처럼 아파서 아무 것도 할 수가 없었다.

그런데 이렇게 눈앞에 서 있는 너를 보고 있으니까.

이젠 괜찮아.

차마 입 밖으로 꺼내지 못한 투정이 목 언저리를 맴돌다가 사라 졌다.

다른 건 뭐가 어떻게 되든 상관없다. 지금처럼 박화인만 자신의 곁에 있어 준다면…….

조금 전까지 느껴졌던 불안감이 지금은 씻은 듯 사라지는 것 같 았다.

화인은 아무런 말없이 서 있는 한새를 가만히 쳐다보다가, 이내 손을 들어서 그의 이마를 짚어 보았다. 열이 얼마나 내려갔는지 확 인하기 위해서였다.

그런데 이마에 손을 올리자마자 아직도 불같이 뜨거운 열기가 느껴져서 화인은 단번에 미간을 좁혔다.

그녀가 재차 입을 열었다.

"얼른 침대로 가서 다시 누워."

명령조 같은 그녀의 말에 한새는 왜인지 픽하고 웃음이 새어 나 왔다.

화인은 마치 자신을 귀여워 죽겠다는 듯이 바라보고 있는 한새 를 발견하곤 어처구니없다는 표정으로 다시 나직하게 재촉했다.

"빨리."

"······알겠어."

더 이상 늦장을 부렸다가는 정말로 그녀에게 혼이 날 것 같아 한새는 서둘러 침대로 가서 몸을 눕혔다.

반듯하게 누워 있는 한새를 쳐다보다가, 화인이 다시 몸을 돌릴 때였다.

한새가 다급하게 상체를 반쯤 일으키며 그녀를 향해 물었다.

"어디 가?"

"너 아무것도 안 먹었잖아, 자는 동안 죽이랑 약 사 왔으니까 잠깐만 기다려."

화인은 그 말을 마치고 유유히 바깥으로 사라졌다.

한새는 아무런 말도 못한 채, 그런 그녀의 모습을 가만히 쳐다보았다. 설마 화인이 이렇게까지 신경을 써 줄 거라곤 생각지 못했다.

기쁜 반면에 한편으론 자신이 자고 있을 때 옆자리를 비웠다는 사실이 마음에 들지 않았다. 그녀에게 어디 가지 말라고 신신당부를 했는데, 그 말을 듣지 않았다는 뜻이기도 했으니까.

만약 그녀가 외출을 했을 때, 자신이 잠에서 깨어났다면 서로 엇갈렸을지도 모르는 일이었다.

한새는 뜨거운 죽을 가지고 온 화인을 향해 나지막한 목소리로 말했다.

"내가 아무 데도 가지 말라고 했잖아."

그 말에 화인은 슬쩍 미간을 찡그리며 짐짓 화난 것 같은 표정으로 입을 열었다.

"아픈 너를 손 놓고 지켜보기만 하라는 거야? 말이 되는 소리를 해, 이한새."

따끔한 그녀의 말에 한새는 저도 모르게 입꼬리가 올라가는 것이 느껴졌다.

자신의 말을 듣지 않았다는 건 조금 못마땅했지만, 그래도 이렇게나 자신을 걱정하고 있었다는 사실이 말도 못할 만큼 기쁘다.

화인은 뜨거운 죽을 식히기 위해 숟가락으로 가볍게 휘젓고는 한새를 향해 내밀었다.

"얼른 먹어."

그녀가 내민 죽을 물끄러미 바라보다가 한새가 나직하게 말했다.

"먹여 줘."

"……뭐?"

화인의 황당하다는 표정에 한새가 슬쩍 입가에 미소를 지으며 대꾸했다.

"나 환자잖아."

잠들기 전까지만 해도 하나도 아프지 않다고 말하던 게 바로 그였다. 그런데 이제는 환자라는 점을 당당히 내세우며 그녀에게 요구하고 있었다.

짓궂은 표정을 짓고 있던 한새가 곧이어 장난스럽게 다시 입을 열 때였다.

"농담……."

하지만 그의 말은 끝까지 이어지지 않았다.

화인이 그보다 먼저 숟가락에 적당한 양의 죽을 떠서는 입김을 불고 있었다.

"호오―."

그게 무엇을 뜻하는지는 뻔했다.

은근히 부끄러움을 많이 타는 화인이 당연히 거절하리라고 생각했는데, 정말로 자신에게 직접 죽을 떠먹여 주려는 것이다.

한새가 놀라서 굳어 있자, 화인이 퉁명스럽게 입을 열었다.

"뭐해? 먹여 달라며."

점점 가까워지는 숟가락에 한새는 저도 모르게 입을 벌렸다.

그러자 먹기 좋게 식은 죽이 입 안으로 들어왔다.

화인은 곧바로 숟가락에 다시 죽을 뜨며, 조심스럽게 입김을 불어 넣었다.

그 모습에 한새는 열 때문에 머리가 어지러운 것도 잊어버리고 행복한 듯 미소 지었다.

그렇게 다시 한 번 그녀가 떠 주는 죽을 받아먹은 한새가 나직이 말했다.

"아플 때마다 이런 호강을 받는 건가?"

그의 질문에 화인은 저도 모르게 잠시 멈칫하고 말았다.

하지만 곧이어 아무렇지 않다는 듯, 다시 먹기 좋을 양의 죽을 뜨며 입을 열었다.

"왜? 계속 아팠으면 좋겠어?"

"어떻게 알았지?"

"네가 자기 전에도 그런 말을 했으니까."

무심한 표정의 화인과 달리, 한새가 조금은 쑥스럽다는 듯 대꾸했다.

"……그랬나?"

잠들기 전 가장 열에 취했기 때문에 그녀와 나눈 대화가 조금 흐릿하게 느껴졌다.

화인은 저도 모르게 입술을 꾹 깨물며 나지막이 말했다.

"얼른 먹기나 해."

조금 낮아진 그녀의 목소리를 눈치채지 못한 채, 한새는 그저 기분 좋게 웃을 뿐이었다.

화인은 지금 이 상황이 애달팠다.

자신이 떠 주는 대로 아기 새처럼 받아먹는 한새가 사랑스럽기 그지없었으니까.

한새도 자신에게 음식을 먹여 주었을 때 이런 기분이었을까, 의문이 들 정도였다.

그렇다면 그의 마음이 조금은 이해가 되었다.

지금까진 이런 행동이 낯부끄럽다고만 생각했는데, 이렇게 오물거리면서 먹는 한새의 모습을 보고 있자니 꽉 끌어안아 주고 싶을 만큼 귀여웠으니까.

한새가 한 그릇을 다 비우자, 화인이 그것을 치우기 위해 자리에서 일어날 때였다.

덥석.

한새가 그녀의 손목을 붙잡았다.

"갑자기 왜……?"

느닷없는 행동에 화인이 의아한 표정으로 그를 쳐다보자, 한새는 그대로 그녀의 가느다란 허리를 잡아당겨 안았다.

화인은 양손에 빈 그릇을 들고 있었기에 어정쩡한 자세로 그의 품에 안길 수밖에 없었다.

"뭐하는 거야?"

화인의 말에도 한새는 아무런 대답 없이 더욱 깊게 얼굴을 묻을 뿐이었다.

부모님이 돌아가시고 한새가 혼자 살게 된 지는 이미 꽤나 오랜 시간이 흘렀다.

그동안 혼자라는 것에 많이 익숙해졌다고 생각하지만, 그래도 이따금 타인의 손길이 그리울 때가 있었다.

바로 이렇게 아플 때다.

누군가에게 이런 병간호를 받은 적이 너무 오랜만이라 감격스럽다고 느껴질 정도였다.

물론 그 상대가 자신이 사랑하는 여자라는 것이, 가장 큰 기쁨이었지만 말이다.

한새가 나직하게 말했다.

"……뭐라고 말해야 할지 모르겠어."

몸 상태는 최악에 가까울 정도로 안 좋았지만, 마음만은 하늘에 붕 떠 있는 기분이다.

농담이 아니라 그녀에게 계속 이렇게 어리광을 부릴 수 있다면 평생 환자여도 좋을 것 같다.

고민하던 한새가 조금은 억눌린 듯한 목소리로 입을 열었다.

"고마워."

그 말을 내뱉은 그는 조금 마음에 안 든다는 듯이 미간을 찡그렸다.

감정 표현을 조금 더 잘할 수 있었다면, 더 멋진 말들로 마음을 전할 수 있었을 텐데…….

한새가 할 수 있는 말은 고작 이런 것들밖에 없었다.

고맙다, 사랑한다.

물론 남들에게는 쉽게 해 본 적도 없는 말이었지만, 그래도 너무 흔한 말이었다.

이 벅차오르는 감정을 조금 특별하게 표현하고 싶었지만, 한새는 적당한 단어를 찾을 수가 없었다.

곰곰이 생각하던 한새는 문득 떠오른 단어에 슬며시 고개를 들고 속삭이듯 말했다.

"너 때문에 행복해 죽겠다."

그의 감미로운 목소리에 화인은 순간 가슴속에서 무언가 울컥 치밀었다.

그녀는 지금 자신을 안고 있는 한새의 온기가 너무나도 좋았다.

'……나도 마찬가지야.'

이런 만족감은 어디에서도 느껴 본 적이 없는 종류의 것이었다.

행복, 아마도 그것이리라.

하지만 자신은 이 따뜻한 손길을 버리고 곧 돌아서야만 했다.

아무것도 모르는 한새는 그녀의 품 안에서 나른한 목소리로 중얼거렸다.

"네가 이렇게 잘해 주니까, 조금 천천히 나았으면 좋겠다."

화인은 차마 입 밖으로 꺼내지는 못했지만, 한새의 말에 동의했다.

마음 한편으론 그가 영영 낫지 않았으면 좋겠다.

자신이 아직까지 한새의 곁에 머무를 수 있는 핑곗거리가 바로 그가 아프다는 것이었으니까.

한새가 완전히 다 나으면 말을 꺼내야만 했다.

자신은 곧 대악마로 되돌아가야 한다고, 그러니까 앞으로 다신 보지 못할 거라고.

앞으로는 한새가 아파도 이렇게 자신이 챙겨 줄 수는 없을 것이다.

이번이 마지막이었다.

그 사실을 너무나도 잘 알기에 화인은 나지막한 목소리로 입을 열었다

"다음부턴 아프지 마."

묘하게 강압적인 그녀의 말에 한새는 낮게 웃음을 흘리며 대답했다.

"네가 그러라고 하면 그렇게 할게."

현실적으로 불가능한 일이었다.

세상에 아프고 싶은 사람은 없다. 그것은 정신력으로 조절할 수 있는 것이 아니었다.

그런데도 망설임 없이 흘러나오는 그의 대답이 우습게도 화인에겐 조금은 위안이 되었다.

그녀는 눈을 질끈 감았다가 떴다.

왜인지 눈이 시큰해져서 서둘러 자신을 잡고 있는 한새의 손길을 뿌리쳤다.

혹시라도 지금 자신의 얼굴을 보여 주면, 그가 눈치챌지도 모른다.

"아······."

한새는 단번에 자신을 떼어 내는 화인의 차가운 행동에 조금은 의아한 표정으로 올려다보았다.

그러자 화인이 서둘러 고개를 돌리며 입을 열었다.

"기다려, 약 가지고 올 테니까."

그 말만 남긴 채로 그녀는 바깥을 향해 빠르게 걸음을 옮겼다.

한새는 물끄러미 그 뒷모습을 바라보다가 나직하게 입을 열었다.

"빨리 와, 보고 싶어."

빈 그릇을 치우고 약을 챙겨 오는데 걸리는 시간은 몇 분도 채 되지 않는다.

그럼에도 이렇게 투정을 부리는 한새가 못 견디게 사랑스러워서 화인은 쓰게 웃었다.

어쩌면 다행이라고 생각해야 했다.

아레스가 오지 않았더라면 남은 시간 동안 한새에 대한 감정이 더욱 깊어져서 힘들었을 것이다.

그에게 마음을 더 빼앗기기 전에 정리해야만 했다.

탁.

화인은 아무렇게나 빈 그릇을 내려놓고는 한 손으로 이마를 짚었다.

'……빌어먹을.'

지금까지 이렇게 간절히 원했던 것은 없었다.

그리고 이렇게 간절히 원하는 걸 포기해야만 했던 적도 없었다.

그가 아프다는 이유로 이렇게 말을 못 하고 있다는 게 얼마나 이기적인 행동인지 잘 안다.

하지만 자신도 어쩔 수가 없었다.

이게 한새와 함께하는 마지막이라고 생각하니까, 자꾸만 더 잘해 주고 싶고, 조금만 더 얼굴을 보고 싶은 걸 어떡하란 말인가.

가슴이 칼로 찌르는 것처럼 아파 왔다.

하지만 그와 반대로 자신은 누구보다 차갑게 한새를 잘라 내야만 했다.

미련만큼은 남겨 주지 않는 게 그에 대한 최소한의 배려인 것이다.

'그러니까, 조금만 천천히 나아.'

한 시간이든, 일 분이든. 아니면 일 초라도…….

조금만 더 이렇게 같이 있고 싶으니까.

미안하지만 나는 네가 조금만 더 아팠으면 좋겠다, 한새야.

*　　*　　*

며칠이 지났다.

화인은 자신의 마음이 모순덩어리라고 생각했다.

한새가 아프지 않았으면 좋겠다. 그런데 지금은 그가 너무 빨리 회복되지 않기를 바란다.

한새와 헤어지고 싶지 않다. 하지만 결국에는 그의 손을 놓을 것이다.

수없이 많은 생각들이 부딪치며 마음속에 생채기를 남겼다.

그렇게 시간이 지날수록 한새의 상태는 눈에 띄게 좋아졌지만, 반대로 화인의 얼굴은 점점 수척하게 변해 갔다.

스윽—

화인은 자연스럽게 한새의 이마에 손을 올려서 열이 얼마나 떨어졌는지 체크했다.

아직도 가벼운 미열이 느껴지긴 했지만, 이전처럼 심각한 상태는 아니었다.

다행이라는 생각과 동시에 마음이 무거웠다.

화인은 그의 이마에서 손을 내리며 최대한 아무렇지 않은 척 입을 열었다.

"거의 다 나았네."

"이제는 완전 멀쩡하다니까."

더 이상 환자 취급하지 말라는 듯, 자신만만한 표정으로 대답하는 한새를 바라보며 그녀는 쓰디쓴 미소를 지을 뿐이었다.

얌전히 침대에 누워 있던 한새가 그녀의 얼굴을 살피더니 갑자기 상체를 일으켰다.

"난 나보다 네가 더 걱정인데……."

그와 동시에 한새가 천천히 손을 올려 화인의 창백한 뺨을 감쌌다.

"……어디 아픈 건 아니야?"

그 보드라운 감촉에 화인은 저도 모르게 나른하게 눈을 감고 기댈 뻔했다.

하지만 그럴 수는 없었다.

이제 그와 이별해야 하는 시간이 성큼 다가왔다는 사실을 알고 있었으니까.

타악!

화인이 거칠게 한새의 손을 쳐냈다.

순식간에 허공으로 밀려난 자신의 손을 한새가 멍하니 바라보았다.

"멋대로 건드리지 마, 불쾌하니까."

짜증 난다는 기색이 역력한 화인의 표정에 한새는 머뭇거리다 결국 손을 내렸다.

최근에 화인은 갈수록 신경질적으로 변하고 있었다.

여느 때는 평소와 다름없는 것 같다가도, 가끔은 이렇게 화를 내곤 했다.

한새가 머쓱한 표정으로 나지막이 말했다.

"조심할게."

그의 힘없는 표정이 보고 싶지 않아서 화인은 얼른 고개를 반대편으로 돌렸다.

지금까지처럼 사이좋게 지내다가 어느 날 갑자기 떠나야 한다는 말을 꺼내면 한새는 납득할 수 없을 것이다.

사정을 설명한다고 해도 상처만 더 받을 게 분명했다.

그렇기에 화인은 가능하면 스스로 나쁜 여자가 되고 싶었다.

바로 지금처럼.

화인은 바깥으로 몸을 돌리면서 최대한 쌀쌀맞게 입을 열었다.

"필요한 거 있으면 불러. 내가 해 줄 수 있는 건…… 해 줄 테니까."

한새는 그녀의 차가운 뒷모습이 마치 얼마 전에 꾸었던 꿈과 비슷해서 저도 모르게 숨을 삼켰다.

잠시 가만히 앉아서 조금씩 멀어지는 그녀를 바라보던 한새가 나지막이 말했다.

"……해 줄 수 없는 건 뭔데?"

그 작은 목소리에 화인은 걸음을 우뚝 멈춰 서고 말았다.

그녀가 메마른 입술을 질끈 깨물며, 지금까지 다짐했던 대로 마음을 굳게 다잡았다.

그렇게 화인이 다시 한새를 향해 고개를 돌렸을 때는, 언제 망설였냐는 듯이 눈빛에 한기가 어려 있었다.

"이제야 궁금해진 거야?"

"무슨 뜻이야?"

"저번에 나한테 물었었잖아. 대악마로 돌아가게 되면 어떻게 되느냐고."

생각지도 못한 그녀의 대답에 한새의 얼굴이 순간 딱딱하게 굳어졌다.

궁금하지 않았다면 분명 거짓말이다.

하지만 먼저 물어보고 싶지 않았기 때문에 지금까지 침묵을 지켰던 것이다.

한새가 나지막이 말했다.

"난 너한테 아무것도 묻고 싶지 않아."

"어째서……?"

"그저 내가 원하는 대답을 듣고 싶을 뿐이지."

화인이 대악마로 돌아가서 무슨 일이 벌어진다고 해도 상관없다.

설령 지구의 종말이 찾아온다고 해도 아무렇지 않았다.

지금처럼 화인만 곁에 있어 준다면 다른 건 아무것도 필요치 않았다.

앞으로도 변함없이 함께할 수 있다는, 그 말 한마디면 되었다.

"……."

화인은 자신의 예상과 전혀 다른 한새의 대답에 가슴이 뭉클해졌다. 하지만 그녀는 그가 원하는 대답을 들려줄 수가 없었다.

화인이 어둡게 가라앉은 표정으로 침착하게 입을 열었다.

"너한테 말하지 않은 게 하나 있어."

"……듣고 싶지 않아."

"들어, 이한새."

화인의 표정은 단호했다.

그는 지금 자신이 하는 말을 똑똑히 들어야만 했다.

화인은 지금까지 자신이 감춰 왔던 비밀을 드디어 밝힐 때가 되었다는 것을 직감했다.

"나는 형벌의 시간이 끝나면 모든 능력을 잃고 평범한 인간이
돼."

전혀 생각지 못한 화인의 말에 한새의 눈동자가 크게 떠졌다.

"……뭐?"

화인은 그의 반응을 신경 쓰지 않은 채, 계속 자신이 하고 싶은
말을 이어 나갔다.

"원래대로라면 인간의 나이로 여든 살까지 기다려야 했지만, 너
도 알다시피 네 존재가 나의 형벌의 시간을 앞당겨 주었지."

"그럼 조만간 능력을 잃는 거야?"

화인은 가볍게 고개를 끄덕였다.

계획은 일 년 정도의 시간이 흐른 뒤였지만, 아레스가 찾아오는
바람에 더욱 앞당겨졌다.

그가 가져다준 정체불명의 광석을 삼켰으니, 그 부작용으로 회
복력은 더 빨리 사라질 것이다. 그리고 형벌의 시간이 완전히 끝나
면 가장 마지막에 죽지 않는 불사의 능력이 사라지겠지.

한새가 이해가 안 간다는 듯이 되물었다.

"능력이 사라지는 거랑 네가 대악마로 되돌아가는 게 무슨 상관
인데?"

"내 영혼이 대악마라고 해도, 이 몸뚱이는 인간들한테서 얻은 진
짜거든."

악마들이 받는 최악의 형벌은, 그들을 인간으로 태어나게 하는
것이다.

그리고 스스로 목숨을 끊지 못하도록 불사의 능력과 회복력을 준다.

그 이유는…….

"네가 박화인이라고 부르는 지금 이 몸이, 내게는 최고의 감옥이라는 말이야."

"그게 무슨……?"

"나를 속박하는 것들이 사라지면 이 몸에서 해방되기 위해 죽어야만 해. 그래서 난 직접 목숨을 끊을 생각이고."

"……!"

한새는 충격으로 두 눈을 부릅뜬 채, 아무런 말도 잇지 못했다.

한 번도 상상조차 해 보지 못한 것이었다.

죽음, 그 단어에 한새의 눈동자가 아득하게 변했다.

그는 이미 한 번 죽음이라는 것으로 부모님을 잃은 적이 있었다.

끝까지 동생인 한울이를 포기하지 못했던 것도, 자신마저 돌아서면 그녀가 죽을지도 모른다는 생각 때문이었다.

그런데 세상에서 가장 사랑하는 여자가 자신의 눈앞에서 그것을 운운하고 있었다.

한새가 가장 끔찍이 여기는 죽음이라는 것을.

"말도 안 돼. 네가 죽는다고? 그것도 자살을 하겠다고?"

그가 자리에서 벌떡 일어서서 화인의 바로 앞까지 단숨에 걸어왔다.

어느샌가 한새의 두 눈은 분노로 일렁거리고 있었다.

"그걸 지금까지 나한테 숨긴 거야?"

한없이 낮게 가라앉은 그의 목소리가 얼마나 화가 났는지를 짐작하게 했다.

지금까지 화인이 대악마로 돌아간다 해도 당연히 같이 있을 거라 생각했던 그에겐 무엇보다 큰 충격이었다.

화인은 뻔뻔한 얼굴로 대꾸했다.

"나한테 널 이용하라고 했던 거 잊었어? 지금처럼 반응할까 봐 그동안 말하지 않았던 거야."

"……하, 하하."

한새의 입에서 메마른 웃음이 새어 나왔다.

여태까지 자신은 그녀와 함께 있을수록, 같이할 수 있는 시간이 줄어든다는 것도 몰랐다.

스스로가 너무 바보 같아서, 지금 이 상황이 너무 끔찍해서 한새는 미쳐 버릴 것만 같았다.

당장이라도 터져 버릴 것 같은 감정을 최대한 억누른 채, 그가 다시 한번 그녀를 향해 입을 열었다.

"그래서 네가 죽으면 어떻게 되는 건데? 난 네가 인간이 아니라도 상관없어. 어차피 대악마라는 건 처음부터 알았고, 그냥 같이 있을 수만 있다면……."

"애초에 우린 사는 세계가 달라. 대악마는 인간 세상에 존재할 수 없어."

"하지만 저번에 찾아온 아레스라는 놈은……!"

"장담 못 해. 아레스는 여기에 오는데 이십오 년이 걸렸다고 했어. 내가 마계로 돌아가자마자 바로 준비한다고 해도 얼마나 걸릴지는 모르는 일이지."

화인 역시 그 생각을 하지 않았던 건 아니었다.

자신도 한새와 함께할 방법이 있다면 아무리 큰 대가를 치른다 하더라도 상관없었다. 하지만 그것도 그가 죽기 전까지 도착하지 못한다면 아무 소용이 없다.

직접 심해의 마녀를 만나 봐야 알겠지만, 그녀도 아레스와 똑같이 이십오 년이 걸릴 거라는 보장은 어디에도 없었다.

그보다 더 오랜 시간이 걸릴지 모른다.

설령 운 좋게 기한을 맞춘다고 해도 그때 한새의 나이는 이미 오십 세가 훌쩍 넘었을 것이다.

기약도 없는 그 시간들을 마냥 기다려 달라고 할 수는 없었다.

그의 행복을 위해서는…….

"그래서 네 결론은 나를 두고 죽겠다는 거야?"

한새는 머리끝까지 화가 치밀었다.

지금까지 사랑을 속삭였던 수많은 나날 동안 화인은 이 사실을 알고 있었다.

그럼에도 불구하고 감춘 것이다.

그녀의 말대로 자신의 진심을 이용한 것이나 다름없었다.

다른 누구도 아닌 화인이 자신을 속였다고 생각하니, 배신감이 물밀 듯 밀려왔다.

한새가 잔뜩 갈라진 목소리로 말했다.

"지금에서야 이런 사실을 말해 주는 이유가 뭔데?"

"더 이상 네가 필요 없게 됐거든."

"……뭐?"

"아레스가 방법을 알아 왔어. 이제는 네가 없어도 형벌의 시간이 줄어들고, 하급 악마가 괴롭히지 못해."

"지, 지금 뭐라고……?"

"다시 말하면, 더 이상 네가 쓸모가 없어졌다고."

"……그 말은 마치 날 버리기라도 하겠다는 것처럼 들리는데?"

"아주 바보는 아니구나? 사실이야, 이제는 더 이상 너랑 소꿉놀이할 생각 없어."

한새의 눈동자가 다른 의미로 크게 뜨여졌다.

마치 누군가가 내린 사형 선고를 받은 기분이었다.

그가 다급하게 입을 열었다.

"지금 나를, 떠나겠다는 거야?"

"어차피 대악마로 돌아가면 더 이상 만나지 못해. 언제 떠나든 그건 정해진 사실이야."

아무런 감정이 느껴지지 않는 화인의 눈동자를 바라보고 있자니, 한새는 갑자기 머리 위에 찬물을 뒤집어쓴 기분이었다.

상상만으로도 겁이 났다.

지금 눈앞에 있는 그녀를 두 번 다시 볼 수 없다는 생각에 온몸이 떨려 왔다.

한새가 잔뜩 억눌린 목소리로 말했다.

"……대악마로 돌아가지 마."

그녀가 죽지 않는다면, 능력을 잃더라도 계속 함께할 수 있었다.

한새가 손을 뻗어서 덥석 화인의 손목을 움켜쥐었다.

절대로 놓지 않겠다는 의지가 담긴 억센 손길에 화인은 말없이 미간을 슬쩍 찡그렸다.

그녀가 아무런 말을 하지 않자, 한새가 다시 한 번 입을 열었다.

"나 두고 가지 마, 화인아."

화인은 당장이라도 무너질 것 같은 한새를 똑바로 쳐다보며 대답했다.

"그렇게는 안 돼."

"왜 안 된다는 거야?"

그건 화인도 스스로에게 수도 없이 던진 질문이었다. 하지만 언제나 답은 똑같았다.

한새의 등 뒤는 좋았다.

포근하고, 단단하고…….

그동안 그에게 많은 도움을 받았다는 사실을 잘 알고 있다.

누군가에게 이렇게 보호를 받아 본 적이 처음이라 제대로 표현하지는 못했지만, 말로 다 할 수 없을 만큼 그에게 늘 고마웠던 게 사실이다.

하지만…….

그의 집에서 살고, 그가 사 준 옷을 입고, 또 그가 주는 음식을 먹는다.

인간 세상에서 자신이 그에게 해 줄 수 있는 일은 너무나도 미약하다.

아무것도 주지 못한 채, 끊임없이 받기만 해야 하는…….

그런 삶을, 살고 싶지는 않았다.

화인이 나지막한 목소리로 말했다.

"넌 모르겠지만, 나한텐 여기가 바로 지옥이니까."

묵직하게 느껴지는 진심에, 한새는 순간 아무런 말도 할 수가 없었다.

뭐라고 해서라도 그녀를 붙잡아야 된다는 생각이 강하게 들었지만, 대체 무슨 말로 그녀를 잡을 수 있는 건지 알 수가 없었다.

목구멍이 불을 삼킨 것처럼 뜨거웠다.

시야가 뿌옇게 흐려졌다가, 어느 순간 툭하고 무언가가 볼을 타고 흘러내렸다.

한새가 울음을 참기 위해, 이를 악다문 채로 나지막이 말했다.

"……가지 마, 화인아."

"말하지 않았나? 너 이제 이용 가치 없다고. 붙잡아도 소용없으니까 그만해."

"가지 마."

한새가 울먹이는 목소리로 앵무새처럼 반복하자, 화인이 조금 전보다도 더욱 차가워진 목소리로 대답했다.

"나중에 다시 얘기해."

한새와 일 년 동안 붙어 있기로 한 계약에 대해서 정리를 해야 했으나, 이런 상태로는 도무지 이성적인 대화가 되지 않을 것 같았다.

"……내가 잘못했어."

"뭘 잘못했다는 거야? 지금까지 너를 이용해 온 건 나라니까."

"그냥 내가 다 잘못했어. 제발, 가지 마."

한새의 흐느낌은 점점 커졌다. 더 이상 참아 내지 못한 울음이 터져 나온 것이다.

그의 얼굴은 어느새 끊임없이 흐르는 눈물로 잔뜩 흐트러져 있었다.

화인은 그 모습을 더 이상 볼 자신이 없었기에 더욱 싸늘하게 말했다.

"이거 놔."

하지만 한새는 그녀의 손목이 구명줄이라도 된 것처럼 양손으로 쥐고서 놓지 않았다.

커다란 덩치에 고개를 숙인 채로 눈물을 흘리는 모습은 안쓰럽기 짝이 없다.

화인은 더 이상 이 자리에 버티고 서 있을 자신이 없어서 그의 손을 뿌리치려 했지만, 얼마나 단단하게 잡고 있는지 끊어질 것처럼 아프기만 할 뿐이다.

화인이 다시 나지막이 말했다.

"놓으라고 했어."

"화인아, 가지 마."

어린아이처럼 울면서 계속 같은 말만 반복하고 있는 한새를 보고 있자니, 화인의 가슴이 찢어질 것만 같았다.

지금까지 그를 이용했다고 밝혔는데도 불구하고 한새는 조금도 신경 쓰이지 않는 것 같았다.

"놔, 아파."

그제야 한새가 화들짝 놀라서 화인의 손을 놓아주었다.

지금까지 이렇게 그녀를 세게 붙잡아 본 적이 없었다.

그만큼 지금의 상황이 절박하다는 뜻이기도 했지만, 붉게 물든 그녀의 손은 멍이 들 것이 분명했다.

　화인은 밀려오는 고통에 미간을 찡그리며, 자신의 손목을 감싸 쥐었다.

　"오늘은 이만하자. 다시 연락할게."

　그녀의 말에 한새는 전신을 파르르 떨었다.

　그런 그를 두고, 화인은 곧바로 등을 돌려서 현관으로 걸어 나갔다.

　그러자 한새가 재빨리 그녀의 뒤를 쫓아왔다.

　저벅저벅.

　와락!

　그가 기다란 팔로 그녀의 어깨를 옴짝달싹 못 하게 감싸 안았다.

　바로 등 뒤에서 느껴지는 한새의 단단한 상체와 따스한 체온, 그리고 가느다란 떨림에 화인의 몸이 저도 모르게 딱딱하게 굳어졌다.

　한새가 간절한 목소리로 속삭였다.

　"……나 혼자 두지 마."

　그 말에 화인은 두 눈을 질끈 감았다.

　두 다리가 바닥에 박힌 것처럼 움직이지 않았지만, 지금이야말로 최대한 차갑게 뿌리쳐야만 할 때였다.

　"한 번만 더 붙잡으면, 다신 네 앞에 나타나지 않을 거야."

　강경한 그녀의 경고 때문인지, 어느 순간 한새의 손이 스르륵 풀렸다.

화인은 그대로 뒤도 돌아보지 않은 채, 빠른 걸음으로 그곳을 빠져나왔다.

엘리베이터를 타고, 호텔 로비를 지나쳐, 사람들이 많은 길거리로 나오기까지 화인은 오로지 앞만 보고 걸어갔다.

귓가에는 한새의 흐느끼는 울음소리가 끊임없이 맴돌 뿐이었다.

그렇게 한참을 걷고 있을 때였다.

어떻게 알고 나타난 건지, 아레스가 화인의 앞에 모습을 드러냈다.

그녀의 얼굴을 본 아레스의 눈동자가 미미하게 흔들렸다.

"……벨로나."

화인은 소리 없이 울고 있었다.

입술을 피가 나도록 깨물며 울음을 참았지만, 그럼에도 참아 내지 못한 눈물이 끊임없이 흘러나왔다.

아레스는 혼란스러운 표정으로 그녀를 바라보았다.

악마로서 최고의 형벌을 받게 될 때조차도 평정심을 잃지 않았던 그녀였다.

그런 그녀가 이렇게 우는 모습은 아레스조차 처음 보는 것이었다.

흐느끼는 소리를 죽이기 위해, 가늘게 떨리는 어깨가 너무나 안쓰러워서 아레스는 저도 모르게 그녀를 향해 손을 뻗었다.

"나한테 기대라."

하지만 그의 손은 화인에게 닿지 못했다.

타악!

화인은 자신을 향해 다가오는 아레스의 손길을 뿌리치며, 붉어진 눈동자로 그를 바라봤다.

"……치워."

어떤 상황이라 할지라도, 한새가 아닌 다른 남자의 품 따윈 필요 없었다.

자신이 기대어 위로받을 수 있는 건, 오롯이 그밖에 없었으니까.

*　　*　　*

화인은 아팠다.

한새가 감기에 걸렸던 것처럼 그녀도 침대에 누워서 꼬박 하루를 앓아누웠다.

정말로 회복력이 사라지고 있는 것인지, 이렇게 아픈 건 인간의 삶을 살게 된 이후로 처음이었다.

고열에 시달리면서도 한새의 잔상은 끊임없이 떠올랐다.

그가 자신에게 애원하던 목소리가 조금도 잊히지 않았다.

금방이라도 다시 눈앞에 나타나서 가지 말라고 울부짖을 것만 같았다.

상상 속에서 한새는 여전히 버려진 어린아이처럼 울고 있었기에 그것을 지켜보는 화인의 마음은 산산조각으로 찢겨져 나갔다.

'그러게 내가 후회할 거라고 했잖아.'

더 이상 다가오지 말라고 몇 번이나 경고했었다.

그럼에도 한새가 자꾸만 자신의 마음을 뒤흔들어서…….

이러면 안 된다는 것을 알면서도 결국 넘어가고야 말았다.

그가 아무리 매혹적으로 웃어도, 그의 품이 아무리 따뜻했어도 절대 넘어가선 안 되는 거였다.

이렇게 끝날 거라는 걸 알고 있었으니까.

아무것도 모르는 한새를 여기까지 끌고 온 건 다름 아닌 자신이었다.

모든 게 다 자신의 잘못이다.

다 아는데도…….

그가 너무나 사랑스러워서 도무지 멈출 수가 없었다.

화인의 붉어진 눈가에서 다시 한 번 뜨거운 눈물이 흘러내렸다.

그것을 옆에서 지켜보고 있는 아레스가 걱정스러운 표정으로 말했다.

"대체 얼마나 아픈 거야."

그 나지막한 목소리에 화인은 잠시나마 희미하게 정신을 차리고 눈을 떴다.

그러자 이루 표현할 수 없을 정도로 화려한 방 안의 풍경이 눈에 들어왔다.

아레스의 옆엔 처음 보는 인간이 서 있었다.

이질적인 느낌이 들어 시선을 조금 더 돌렸더니, 자신의 손등에 링거가 꽂혀 있는 게 보였다.

"여긴……?"

화인이 잔뜩 갈라진 목소리로 입을 열자, 아레스가 손을 들어 더 누워 있으라는 의사를 전했다.

그러곤 자신의 옆에 서 있는 중년의 남자를 향해, 마력이 담긴 목
소리로 말했다.

"별다른 이상이 없는 건지 다시 한 번 확인해 봐."

최면에 걸린 인간은 흐릿한 눈동자로 화인에게 청진기를 대 보
더니 이내 고개를 끄덕이며 대답했다.

"안정만 취하시면 곧 나으실 겁니다."

"나가 보도록."

그의 명령에 인간은 바로 방 바깥으로 사라졌다.

화인은 물끄러미 그 모습을 지켜보다가 이게 어떻게 된 상황인
지 알아차렸다.

아레스의 몸에는 자신과 달리 마력이 넘친다.

물론 인간계에서 사용할 수 있는 힘을 마계에 있을 때와 비교한
다면 아주 미미한 수준이었지만, 이 정도의 최면술을 사용하는 건
아무것도 아니었다.

아레스는 지금껏 화인이 식은땀을 흘리며 고통스러워하는 모습
을 계속 지켜본 상태였다.

그가 걱정이 가득 담긴 목소리로 물었다.

"괜찮은 거야?"

"……아무렇지도 않아."

지금 그녀의 대답이 진실이 아니라는 걸 알았지만, 아레스는 더 이상 묻는 걸 포기했다.

화인이 잠결에 중얼거린 이한새라는 이름만 들어도 대충 짐작이 갔으니까.

다만 인정하고 싶지 않았을 뿐이다.

대악마인 그녀가 한낱 인간에게 이렇게까지 마음을 빼앗겼다는 사실을.

'죽을 만큼 쫓아왔더니, 이렇게 망가져 있는 게 어디 있어.'

식어 버린 용암 같은 화인의 눈동자를 바라본 아레스는 가슴이 아팠다.

아름다운 불꽃 같았던, 대악마 벨로나의 모습은 많이도 희석되어 있었다.

한없이 약해진 그녀를 감싸 주고 싶어서 저도 모르게 손이 나갔지만, 얼마 전에 거부당했던 것이 떠올라서 이내 멈추고 말았다.

잠시 그녀를 지켜보고 있던 아레스가 나지막이 말했다.

"뭐라도 먹어야지. 잠시만 기다려 봐."

그는 방 안을 나서더니 곧이어 쟁반 위에 뜨끈한 죽을 들고 왔다.

아레스가 화인의 무릎 위로 쟁반을 올려 주자, 그녀는 그것을 말없이 쳐다보았다.

바로 얼마 전에 한새에게 죽을 먹여 주던 게 떠올랐기 때문이다.

한새는 지금 뭘 하고 있을까.

자신이 떠나고 난 후에 밥은 챙겨 먹고 있는 건지 궁금했다.

그렇게 멍하니 앉아 있는 화인을 향해 아레스가 다시 입을 열었다.

"아직 못 먹겠어?"

"아니, 먹어야지. 먹을 거야."

화인은 스스로에게 되뇌듯 그렇게 말했다.

천천히 손을 들어서 뜨거운 죽을 입 안에 욱여넣으니, 마치 모래 알처럼 느껴졌다.

입맛은 없었지만 억지로라도 먹어야 했다.

자신은 이렇게 슬퍼할 자격이 없는 여자였으니까.

모든 건 스스로가 선택한 것이었다. 그 누구도 원망할 수 없었다.

다만 아무도 탓할 수가 없다는 현실이 가장 슬플 뿐이었다.

한눈에 봐도 화인이 강제로 먹고 있다는 게 느껴졌지만, 아레스는 굳이 말리지 않았다.

이렇게라도 먹어야 기운을 차릴 테니까.

원래의 힘을 되찾기 전까지 화인은 완전히 능력을 잃고 인간처럼 나약해질 것이다.

그 상황을 견뎌 내려면 체력이 필요했다.

그렇게 시간이 조금 지나자, 화인의 몸은 움직일 수 있을 만큼 회복이 되었다.

인간의 몸이라는 게 참으로 신기했다.

당장이라도 죽을 것처럼 아팠는데, 억지로라도 죽과 약을 먹었더니 나아지고 있었다.

화인은 시체처럼 침대에 누워서 멍하니 창문을 바라봤다.

창밖으로는 어두운 밤하늘과 휘황찬란한 야경이 펼쳐져 있었다.

하염없이 바깥을 바라보던 그녀가 어느 순간 침대에서 일어나 창가로 다가갔다.

그러곤 얇은 옷차림에도 아랑곳하지 않은 채, 창문을 활짝 열어젖혔다.

휘이이이잉―

그러자 차가운 바람이 휘몰아쳤다.

오래 지나지 않아 춥다는 생각이 머릿속을 강하게 지배했지만, 차라리 그 편이 더 나았다.

편안하게 누워 있는 것보다 이렇게 몸을 혹사시키는 쪽이 한새의 생각을 조금 덜하는 방법인 듯했다.

그렇게 한참을 어두운 밤하늘을 올려다보고 있을 때였다.

불현듯 화인의 머릿속에 한새의 허스키한 목소리가 떠올랐다.

"추위?"

갑자기 떠오른 한새와의 추억에 화인은 저도 모르게 몸을 딱딱하게 굳혔다.

미세하게 떨리던 화인의 눈동자가 천천히 뒤를 향했다.

과거에 한새가 이렇게 물은 뒤에, 곧이어 자신을 그의 코트 안으로 감싸 안아 주었기 때문이다.

그 온기와 바닷가 냄새가, 마치 시간을 되돌리기라도 한 것처럼 생생했다.

"추웠으면 진작 말을 해야지."

당장이라도 다시 귓가에 들려올 것처럼 한새의 목소리가 떠올랐다.

하지만 그건 착각일 뿐이었다.

화인이 떨리는 눈동자로 뒤를 돌아보았을 때, 당연하게도 한새의 모습은 그 어디에도 보이지 않았으니까.

아무도 없는 텅 빈 방 안의 풍경만이 눈에 들어왔다.

꾸욱.

화인은 저도 모르게 주먹을 세게 쥔 채로 두 눈을 질끈 감았다가 떴다.

언제라도 눈을 감으면 한새가 바로 옆에 있는 것처럼 느껴질 것만 같았다.

그가 속삭이는 달콤한 말들이 마치 방금 전의 일처럼 떠오른다.

보고 싶다.

자신을 보면서 행복하다는 듯이 웃어주는 한새의 얼굴이 미치도록 보고 싶었다.

그렇게 화인이 찬바람을 온몸으로 맞으면서도 우두커니 서 있을 때였다.

달칵.

방문이 열리며 아레스의 모습이 나타났다.

그녀의 상태를 확인하기 위해 들어온 그는 순간 놀란 듯 눈을 크게 떴다가, 이내 마음에 들지 않는다는 듯 미간을 찌푸렸다.

방 안의 온도가 한순간에 입김이 나올 정도로 싸늘하게 변해 있었으니까.

저벅저벅.

그가 빠르게 걸어가서 화인이 열어 놓았던 창문을 다시 닫았다.

그러곤 그녀를 향해 말했다.

"억지로 먹을 때는 언제고, 이젠 다시 아프고 싶어졌어?"

지금 화인의 모습은 일관적이지가 않았다.

스스로 몸을 챙기는 듯하다가도 어느 순간 이렇게 혹사시키고 있었다.

화인은 그가 지적하는 말을 듣고서야 깨달았다는 듯이 나지막이 중얼거렸다.

"……내가 그랬나?"

"정신 차려, 벨로나."

아레스는 네가 누구인지 잊은 거냐고 소리쳐서 되묻고 싶었다.

마음 같아선 당장이라도 이한새라는 인간을 찾아가 죽여 버리고 싶다.

하지만 그러면 네가 슬퍼할 테니까.

지금껏 자신은 그녀가 싫어하는 짓은 단 한 번도 해 본 적이 없으니까.

그래서 간신히 참고 있을 뿐이다.

"수면제라도 먹고, 조금 더 자 둬."

"……."

아레스는 자신의 말에도 화인이 아무런 대답이 없자, 순식간에 거리를 좁혀 다가갔다.

그러곤 우두커니 서 있는 그녀를 단숨에 어깨 위로 둘러업었다.

휘익!

순식간에 공중으로 떠오르자 뒤늦게 정신을 차린 화인이 한껏 낮아진 목소리로 말했다.

"지금 뭐하는 거야?"

불쾌함이 가득 담긴 그녀의 목소리에도 아레스는 아랑곳하지 않고, 묵묵히 그녀를 침대 위에 내려 주었다.

그렇게 다시 서로의 얼굴을 마주하자, 방금 전까지만 해도 흐릿했던 화인의 눈동자가 분노로 날카롭게 빛나고 있었다.

아레스는 차라리 이 모습이 더 마음에 들었다.

그가 말했다.

"저번에 말하지 않았나? 네가 가진 능력들이 사라질 테니, 계속 병석에 누워 있고 싶지 않다면 조심하라고."

광석을 복용하기 전, 아레스가 내뱉은 걱정 어린 경고를 잊어버린 건 아니었다.

하지만 그럼에도 화인은 딱딱하게 굳은 표정을 풀지 않은 채로 나지막이 대답했다.

"쓸데없는 참견하지 마."

그가 인간 세상까지 자신을 데리러 온 동료가 아니었다면, 화인은 자신의 몸에 함부로 손을 댄 그를 용서하지 않았을 것이다.

어떤 상황이라도 누군가의 간섭을 받는 건 참을 수가 없었다.

모든 건 스스로가 판단하고 선택한다. 그리고 그것에 대한 책임 역시 혼자 진다.

그게 바로 대악마 벨로나였다.

"내가 인간의 모습을 하고 있다고 내가 누군지, 내 이름이 뭔지 잊은 거야?"

말과 동시에 화인의 눈동자가 불꽃에 타오르는 것처럼 붉게 빛이 났다.

아레스는 무의식적으로 그녀가 대악마인 모습을 많이 잃어버렸다고 생각했다. 하지만 이렇게 날카롭게 빛나는 눈동자를 보고 있자니 자신의 판단이 틀렸다는 걸 인정할 수밖에 없었다.

그가 느릿하게 입을 열어 대답했다.

"벨……로나."

"그래, 내가 바로 벨로나야."

설령 모든 힘을 잃고 볼품없이 인간 세상에서 살고 있었다 하더라도, 그녀는 모든 순간 대악마 벨로나였다.

그렇기에 사랑하는 남자를 두고 떠날 수밖에 없는 비운의 여자인 것이다.

자신은 연약한 박화인이 될 수 없었으니까.

"봐주는 건 이번뿐이야, 아레스."

위협하듯이 내뱉은 그녀의 경고에 아레스는 희미하게 웃고 말았다.

결코 그녀의 경고가 가벼워서 나오는 웃음이 아니었다.

이런 화인의 모습을 오랫동안 보고 싶었기 때문에 반가운 것이다.

설령 인간에게 빠진 그녀라 할지라도, 여전히 자신이 알고 있는 대악마 벨로나 그대로였다.

아레스가 낮은 목소리로 말했다.

"내가 제멋대로 구는 게 싫으면 얼른 원래대로 돌아와. 어차피 이젠 힘이 없어서 너한테 대항도 못 하니까."

"……!"

그가 억겁의 시간 동안 마력의 절반밖에 사용하지 못하는 건 바로 그녀 때문이었다.

그 사실을 잘 알았기에 화인은 순간 아무런 반박도 할 수가 없었다.

그런 그녀의 마음을 알아차린 아레스가 아무렇지 않게 다시 입을 열었다.

"동정하진 말고. 너한테 그런 눈빛을 받으려고 여기까지 온 건 아니니까."

"……내가 어떻게 쳐다봤는데?"

"마치 가엾은 동물을 보는 거 같은 눈이야."

아레스 역시도 대악마인데, 이런 자존심 상하는 말을 잘도 내뱉었다.

그녀가 가만히 자신을 쳐다보고 있자, 아레스는 픽하고 힘없는 웃음을 흘렸다.

그가 화인의 이마를 가볍게 누르면서 나직하게 말했다.

"더 자라."

따뜻했던 한새와는 전혀 다른 서늘한 손길이었다.

화인은 그런 행동이 마음에 들지 않는다는 듯이 아레스를 째려봤지만, 그렇다고 더 말을 하진 않았다.

지금은 한새를 생각하는 것만으로도 버거워서 그를 향해 일일이 가시를 세우고 싶지 않았다.

화인이 더 이상 상대하기 싫다는 듯 침대에 눕자, 잠시 그 모습을 지켜보던 아레스가 다시 바깥으로 발길을 돌렸다.

걸음을 옮기던 그가 완전히 방을 나가기 직전 나지막한 목소리로 읊조렸다.

"인간은 우리와 달라서 시간이 지나면 금세 잊어버릴 거다."

그 말과 함께 달칵하고 문이 닫혔다.

그러자 화인이 누워 있는 방 안에는 다시 고요한 어둠이 찾아왔다.

굳이 그가 짚어주지 않아도 잘 알고 있었다.

지금은 한새가 세상을 잃은 것처럼 울고 있지만, 그것이 오래가지는 않을 거라는 걸.

십 년, 또는 이십 년. 아니, 삼십 년이 지나도 그가 지금처럼 울까?

만약 누군가 그렇게 묻는다면, 당연히 아니라고 대답할 것이다.

인간은 시간이 지나면 감정을 잊어버리게 되어 있으니까.

하지만 대악마인 그녀는 아니었다.

설령 억겁의 시간이 지난다고 해도 여전히 한새가 그리울 것이다.

그게 바로 인간과 대악마의 차이였다.

감정의 무게가 완전히 달랐으니까.

그럼에도 좋아서, 자꾸만 그가 좋아서 여기까지 오고 말았다.

하지만 더 이상은 한 발자국도 내디디면 안 되는 곳이라 먼저 이별을 고했다.

분명히 그를 떠나온 건 자신인데…….

한새가 모든 걸 다 잊고 행복하게 웃는 모습을 상상하는 건 왜 이리 싫을까.

그가 우는 모습을 바라보는 것만큼 자신을 다 잊어버린 그를 상상하는 게 괴로웠다.

"……속았어."

한새는 본인이 더 많이 사랑하고 있다고 고백했지만, 그건 거짓이었다.

그가 자신을 사랑하는 것보다, 사실 훨씬 더 그녀가 사랑하고 있었으니까.

*   *   *

또각또각.

한울은 병실을 빠져나가는 간호사의 발걸음 소리를 확인하고 슬며시 눈을 떴다.

'젠장, 이게 무슨 꼴이야.'

온갖 고생을 다 하면서 인간 세상에 내려왔는데도 불구하고 아직 제대로 힘을 사용하지 못하고 있었다.

그 때문에 인간들의 눈치나 보면서 몸을 숨기고 있는 상황이다.

'주술에는 아무런 문제가 없었는데 왜 이러지?'

원래대로라면 이 몸의 주인인 이한울이라는 여자는 완전히 자신에게 먹혔어야 했다.

그런데 자꾸만 자신의 힘에 저항하고 있었다.

아무래도 강력한 마력을 가지고 있던 마녀라, 그 의지를 무시하기가 쉽지 않았다.

가능하면 연약한 인간에게 빙의되기를 바랐지만, 조건에 알맞은 몸뚱이를 찾는 것도 일이라 하는 수 없이 선택한 것이었다.

"쯧."

덕분에 이 몸으로 자신의 마력이 완전히 옮겨지는 것에 대해 시간이 걸리고 있었다.

그뿐만 아니라 이대로라면 그동안 준비해 왔던 마력을 전부 다 흡수하기도 힘들지 몰랐다.

한울은 살벌한 눈빛으로 한쪽 벽면에 걸려 있는 거울을 바라보며, 거기에 비춰진 자기 자신을 향해 나지막이 중얼거렸다.

"네가 뭐 때문에 이렇게 살고 싶어서 발버둥을 치는지 모르겠지만……."

그의 입꼬리가 이내 재밌겠다는 듯이 슬쩍 올라갔다.

"곧 편안히 갈 수 있도록 네 주변을 전부 정리해 줄 테니 걱정 마."

4
봄이 너무 짧다

해준은 하루 종일 설레었다.

그 이유는 바로 오늘 화인과 만나기로 약속을 했기 때문이다.

한동안 연락이 닿지 않은 그녀에게 습관처럼 전화를 걸자, 정말로 통화 연결이 된 것이다.

오랜만에 듣는 화인의 목소리가 좋아서 저도 모르게 피식거리다가 그가 무심코 떠오른 생각에 물었다.

"서울에는 언제 올라오세요?"

―지금 서울이야.

해준은 순간 고개를 갸웃거릴 수밖에 없었다.

한새가 서울에 모습을 나타냈다면 이렇듯 언론이 조용할 리가 없었기 때문이다.

요즘 대중들 사이에 한새의 인기는 절정을 달리고 있었다.

원래 모델로도 잘 나갔지만, 해준이 꾸몄던 사기 행각이 계기가 돼서 더 극적인 반전을 주었기 때문이다.

사기라는 누명을 썼음에도 한새는 자신이 제우 그룹의 핏줄이라는 사실을 밝히길 꺼려하는 겸손한 성격으로 포장이 되어 있었다.

그뿐인가. 뒤에서 몰래 기부를 한 내용까지 밝혀졌기에 그의 이미지는 당연히 좋을 수밖에 없었다.

덕분에 시세보다 더 높은 가격을 부르고 계약한 솔트의 CF광고도 효과를 톡톡히 보고 있었다.

지금의 한새는 누구보다 아름다운 외모에 재력까지 갖춘 완벽한 남자였다.

그런 그가 공식적으로 연애 사실을 밝혔으니, 세간의 관심이 당연히 쏠릴 수밖에 없었다.

그래서 잠시 두 사람이 몸을 감춘 것도 해준의 입장에선 정황상 충분히 이해가 가는 결정이었다. 그런데 지금 화인이 서울에 올라왔는데도 이렇게 조용하다는 건 여러모로 앞뒤가 맞지 않았다.

'설마 이한새와 따로 떨어진 건가?'

사귄 지 얼마 안 된 두 사람이 떨어져서 있을 이유가 없어 보였지만, 자세한 사정을 알지 못하기에 뭐라고 말을 할 수는 없었다.

해준은 조금 다른 방향으로 돌려 물었다.

"저번에 나한테 할 말이 있다고 그러지 않았어요? 조만간 보자더니 왜 서울에 왔는데 연락을 안 했어요."

화인의 얼굴을 보고 싶은 건 진심이었지만, 한새의 옆에서 떨어지지 않는 그녀를 잘 알았기에 별 기대 없이 해 본 소리였다.

조금은 장난스럽게 내뱉은 해준의 말에, 화인은 생각지도 못한 대답을 꺼냈다.

─그럼 저녁에 잠깐 볼까?

해준은 너무 놀라서 저도 모르게 다시 한 번 되묻고 말았다.

"네?"

하지만 곧이어 정신을 차리고, 서둘러 자신이 한 말을 정정했다.

"저는 시간 괜찮아요, 누나만 좋다면 정말 오늘 만날까요?"

─그러자.

평상시와 전혀 다른 화인의 태도에 해준은 이게 꿈인지 생시인지 믿을 수가 없었다.

그래서 약속 시간과 장소를 정하고 전화를 끊고 난 뒤에도 잠시 멍하니 굳어 있었다.

다시금 휴대폰 통화 목록으로 화인과 통화한 이력을 재차 확인한 다음에야 해준의 입가에 슬며시 미소가 걸렸다.

지금까지 화인을 한 번 만나기란 하늘의 별 따기나 다름없었다.

그랬기에 한새를 이용하려고 광고 계약을 맺는 등, 온갖 방법을 총동원해야 했다.

그런데 이렇게 예기치도 못하게 화인의 얼굴을 볼 기회가 찾아오니 당연히 기분이 좋을 수밖에 없었다.

'……이런 보상이 기다리고 있다면, 나름 기다릴 만하네요.'

자신의 사랑은 가시밭길처럼 험난했다.

더구나 이제는 보답조차 바랄 수 없는, 조금도 가망성이 없는 마음이었다.

그래서일까. 이따금 어두운 밤이 되거나, 잠을 자려고 침대에 누울 때면 가슴이 찢어질 듯 아파 왔다.

사랑하기에 보고 싶은 순간들을 혼자서 참아 내기란 여간 힘든 게 아니었다.

그래도…….

이 타들어 가 버릴 것 같은 마음은 감출 것이다.

지금처럼 화인의 목소리를 들을 수 있다면, 자신은 언제 아팠냐는 듯 다 잊어버린 채 바보처럼 행복할 테니까.

해준은 상처받은 눈동자를 감추고, 거울을 들여다보면서 흐릿하게 웃어 보였다.

거울 속에는 화인을 만나기 위해 잔뜩 멋을 부린 자신이 서 있었다.

슈트가 유난히 잘 어울리는 그였기에, 딱히 신경을 쓰지 않아도 멋졌지만 오늘은 특히 더 빛이 나고 있었다.

＊   ＊   ＊

화인은 약속 장소인 카페에 해준보다 먼저 도착해서 기다리고 있었다.

해준은 같이 저녁 식사를 하자고 권했지만, 지금은 무엇을 먹어도 체할 것을 알기에 거절했다.

한새와 헤어지고 난 이후, 그녀는 어느 순간부터 제대로 밥 한 숟가락 떠 본 적 없었다. 그래서인지 평상시보다 많이 수척해진 모습이었다.

하지만 화인은 그런 자신의 상태를 누구에게도 내색하지 않으려 애썼다.

가능하다면 타인뿐 아니라, 자기 자신도 스스로가 얼마나 아픈지 모르고 싶었다.

그래서 나온 자리였다.

어차피 인간 세상을 떠나게 되면 해준과도 한 번은 만나서 정리를 해야 했다.

나중으로 미루고 싶진 않았다.

그럴 이유가 없다고 판단했으니까.

화인은 당장이라도 무너질 것 같은 감정을 숨기고, 언제나처럼 허리를 꼿꼿이 세웠다.

자신이 선택한 길이었다.

그러니 방구석에 멍하니 앉아서, 한새의 생각만 떠올리고 있어선 안 되는 것이다.

그렇게 시간이 조금 흘렀을 때였다.

분위기 좋은 카페의 문이 열리며 한 남자가 안으로 들어섰다.

그의 훤칠한 외모에 한순간 사람들의 시선이 홀린 듯이 모여들었지만, 정작 그의 시선은 자신을 기다리고 있는 단 한 여자만을 향했다.

바로 해준이었다.

해준은 약속 시간보다 30분이나 먼저 도착했다.

그런데도 자신보다 먼저 도착해서 앉아 있는 화인을 보고 있자니 조금 당황할 수밖에 없었다.

하지만 그 마음은 얼마 가지 않았다.

해준이 빠른 걸음으로 화인을 향해 다가가더니 반대편에 앉았다.

그 모습을 발견한 화인이 먼저 입을 열었다.

"왔어?"

하지만 해준은 그녀의 말을 무시한 채, 심각한 표정으로 되물었다.

"누나, 무슨 일 있었어요?"

그녀가 이렇게 서울에 올라와 있다는 게 조금 이상하게 느껴지긴 했지만, 오랜만에 둘이서 만나게 된다는 생각에 쉽게 지나치고 말았다.

하지만 이렇게 핏기가 없는 화인의 얼굴을 보고 있자니 뭔가 심상치 않다는 사실을 알아차렸다.

"아무 일도 없는데?"

"……."

화인은 아무렇지 않은 척 대답했지만, 지금 그녀가 하는 말이 사실일 리 없었다.

안 본 사이 이렇게 핼쑥하게 변했는데, 아무런 일이 없을 리가 없었으니까.

해준의 표정이 조금 사납게 변했다.

대체 무엇이 누나를 이렇게 만든 건지 화가 났다.

머릿속에선 온갖 거친 말들이 난무했지만, 해준은 최대한 순화

시켜서 입을 열었다.

"설마 이한새랑 싸운 거예요?"

"내가 어린애야? 싸우긴 뭘 싸워."

"혹시 그놈…… 아니, 이한새가 우리 누나를 괴롭혔을까 봐 그렇죠."

해준은 안 움직이는 입꼬리를 억지로 올리며, 화인을 향해 장난스럽게 웃어 보였다.

하지만 그가 애써 밝은 표정을 지은 것과 반대로 화인은 조금 어둡게 변했다.

그녀가 저도 모르게 낮은 목소리로 대꾸했다.

"그게 아니야. 오히려 내가…… 한새를 괴롭히고 있지."

의미를 알 수 없는 그 말에 해준은 잠시 입을 닫고, 화인을 가만히 쳐다보았다.

무언가 그녀를 힘들게 하는 건 알겠다.

하지만 그걸 자신에게 밝히고 싶지 않아 하는 그녀의 마음도 동시에 전해져 왔다.

그렇기에 해준은 하고 싶은 말이 많았지만, 여기서 멈출 수밖에 없었다. 그저 눈빛으로만 그녀에게 괜찮냐고 물을 수밖에.

'……그거 알아요?'

우리 사이에는 마치 투명한 벽이 있는 거 같아요.

그래서 저는 더 가까워질 수도, 또 멀어질 수도 없는 거 같아요.

해준은 쓰게 한 번 웃고는, 화인을 향해 입을 열었다.

"내가 계속 말했는데, 누나 기억해요?"

"무슨 말?"

"힘들면 나한테 기대요."

화인은 그제야 떠올랐다는 듯이 해준을 쳐다보았다.

그러자 해준은 부드럽게 눈초리를 아래로 내리며, 다시금 말을 이었다.

"내가 언제든 누나가 숨 쉴 곳 정도는 마련해 줄게요."

겉보기엔 가벼울지 모르겠으나 그 안에 들어 있는 진심은 묵직했다.

그래서 화인은 순간 아무런 말도 할 수가 없었다.

화인의 표정이 진지하게 변하자, 해준은 분위기를 전환시킬 생각으로 다시 입을 열었다.

"뭐 마실래요? 제가 사 올게요."

"……카페 모카."

"크림 올려서?"

"응."

"알았어요, 잠깐만 기다려요."

해준이 카운터로 가기 위해 자리에서 일어섰다. 하지만 갑자기 떠오른 생각에 그는 다시금 화인을 향해 몸을 돌렸다.

그가 말했다.

"여자들은 친정이 꼭 필요하다고 그러더라고요."

갑작스러운 그의 말에 화인은 의아한 표정으로 쳐다볼 수밖에 없었다.

지금 해준은 여자에 관해서 말하고 있었지만, 정작 화인은 그런 생각을 해 본 적이 없었기에 뭐라고 대답해야 할지 몰랐다.

"그래?"

도리어 그런 거냐고 되묻는 화인을 보며, 해준은 속으로 웃음을 삼켰다.

해준이 듣기론 그랬다.

아무리 사랑해서 결혼을 한다고 해도 여자는 살다 보면 친정이란 존재가 필요해진다고 말이다.

언젠간 화인도 한새에게 하지 못하는 이야기가 하나쯤은 생기기 않을까?

굳이 한새가 아니더라도 그녀의 뒤에서 든든하게 버텨 주는 아군이 한 명 정도는 필요하지 않을까?

"내가 언제나 누나 편이 되어 줄게요."

"……뭐?"

화인에겐 그녀를 챙겨 줄 아버지도, 어머니도 없었다.

그러니 불순한 남동생이라도 자신이 그 역할만은 확실히 해내고 싶었다.

"내가 누나의 친정이 되어 준다는 소리예요. 그러니까 어디 가서든 기죽지 말아요."

"……."

"이 말 하고 싶었어요. 그럼 커피 사 가지고 올게요."

그 말을 끝으로 해준은 서둘러 카운터를 향해 다가갔다.

무언가를 주문하는 그의 뒷모습을 화인은 잠시 가만히 쳐다보았다.

언제 저렇게 자랐는지, 처음 만났을 때의 어수룩한 모습은 조금도 남아 있지 않았다.

이제는 자신에게 기대라며 든든한 어깨를 내미는 모습에 마음이 뭉클했다.

사실 지금까지 해준에게 잘해 준 기억은 딱히 없었다. 그런데 이렇게까지 자신을 따르는 그의 모습에 고마움이 느껴졌다.

아마 해준도…… 자신이 죽으면 많이 슬퍼할지도 모르겠다.

문득 한새의 울부짖던 목소리가 환청처럼 귓가에 들려왔다.

"……나 혼자 두지 마."

그 순간 가슴속에 찬바람이 스미듯 시려 왔다.

화인은 저도 모르는 사이 슬픈 눈빛으로 아무것도 없는 허공을 멍하니 바라봤다.

가슴이 먹먹했다.

그렇게 얼마나 시간이 흘렀을까.

언제 나타난 것인지 해준이 드르륵, 소리를 내며 의자를 끌어 앉았다.

그제야 화인의 눈동자가 느릿하게 초점이 잡히며 해준에게 향했다.

해준은 무언가 이상한 느낌에 입을 열었다.

"누나 괜찮아요?"

아니, 사실 하나도 괜찮지 않았다.

매순간 가슴이 갈가리 찢기는 것처럼 아팠다.

대악마가 되고 나면 이젠 정말 한새의 얼굴조차 볼 수가 없는데, 이렇게 인간으로 살고 있는 지금 조금이라도 더 보고 싶었다.

하지만 현실은 애간장이 타는 마음과는 반대로 최대한 빨리 한새를 잘라 내야만 했다.

여기서 혼자 살아갈 그의 남은 행복을 위해서.

그것이 바로 자신이 그에게 해 주고 갈 수 있는 최고의 배려이기 때문이다.

해준이 사뭇 걱정스러운 표정으로 다시 한 번 입을 열었다.

"누나?"

"……괜찮아. 그냥 잠깐, 쓸데없는 생각이 들어서."

"일단 이거라도 좀 드세요."

해준은 커피뿐만이 아니라, 겉보기에도 맛있어 보이는 케이크와 빵을 함께 사 왔다.

얼굴색이 좋지 않은 화인에게 무언가라도 먹이고 싶은 마음에서였다.

화인은 그것을 눈으로만 힐끗 보고는 나지막하게 말했다.

"잘 먹을게."

하지만 그저 말뿐, 그녀의 손은 단 한 번도 포크를 잡지 않았다.

화인은 달달한 커피로 목을 축이며, 낮게 가라앉은 눈동자로 해준을 쳐다봤다. 사실 그동안 해준에게 내내 묻고 싶은 게 있었다.

지금 그가 하는 행동이 정말 남동생으로서 하는 호의인지, 아니면 혹시 아버지가 말했던 것처럼 다른 뜻이 있는 건지 이젠 정확히 짚고 넘어가야 할 때가 왔다.

지금까지 그가 해 준 모든 말들이 고마웠지만, 그게 남동생의 입장에서 하는 말이 아니라 한 남자가 여자에게 건네는 말이라면 다시 한번 생각해 봐야 했다.

"하나만 묻자."

"네, 누나."

"혹시 네가 좋아하는 게 나야?"

그 단도직입적인 질문에 해준의 눈동자가 순간 크게 뜨여졌다.

화인이 설마 이런 질문을 자신에게 직접적으로 하리라곤 생각지도 못했다.

하지만 놀란 듯한 그의 표정은 빠른 속도로 갈무리되어 사라졌다.

해준이 무덤덤한 목소리로 말했다.

"당연히 좋아하죠."

너무나도 아무렇지 않은 그의 반응에, 화인은 그런 뜻이 아니라는 듯 다시 한 번 설명했다.

"내 말은, 나를 여자로서 좋아하냐는 뜻이야."

"제가요? 설마 그럴 리가 있어요?"

천연덕스러운 그의 태도에 화인은 잠시 의심스러운 눈빛으로 쳐다봤지만, 아무리 봐도 헛다리를 짚었다는 생각밖에 들지 않았다.

해준이 당황스럽다는 듯이 화인에게 물었다.

"갑자기 그런 건 왜 묻는데요?"

"아니야, 괜한 질문 해서 미안하다."

"아무리 우리가 피가 안 섞인 남매라지만…… 우리 누나 알고 보면 은근히 도끼병 있는 거 아니에요?"

그의 장난스러운 말에 화인이 픽하고 작게 웃었다.

내심 다행이라는 듯 자신을 쳐다보는 그녀의 시선에 해준의 마음은 산산조각으로 찢어졌지만, 그래도 얼굴은 여전히 웃고 있었다.

만약에 화인이 이 질문을 조금 더 빨리했다면 사실대로 대답했을지도 모르겠다.

하지만 이제는 아니었다.

그동안 자신이 왜 그 긴 시간 동안 속 시원히 고백 한 번 하지 못했을까, 오랫동안 고민해 봤다.

그리고 어느 순간 그 이유를 자연스럽게 알게 되었다.

'……고백했다가 차이면 다신 얼굴 안 보여 줄 거잖아요.'

제일 중요한 건, 바로 그것이었다.

누나 옆에 남아 있는 거.

그게 바로 자신이 화인에게 남동생으로밖에 남아 있을 수 없는 이유였다.

'나는요, 이렇게라도 누나 곁에 있을 거예요.'

고백하면 당연히 속은 후련해지겠지. 하지만 그렇다고 달라지는 건 아무것도 없었다.

이대로 끝내고 싶지 않았다.

평생 마음이 아프더라도 지금처럼 화인을 보면서 살아가고 싶다.

'그러니까…… 난 고백 같은 거 안 해요.'

갖고 싶다고 억지로 꺾어서 곁에 둔다고 해도, 결코 뒤돌아봐 주지 않을 여자다.

그럼 그냥 그 자리에 있어요, 누나가 좋아하는 사람이랑…….

나는 눈으로만 바라볼 테니까.

해준이 아무렇지 않은 척 웃다가, 화인을 향해 농담처럼 물었다.

"만약에 내가 누나한테 좋아한다고 고백했으면 어땠을 거 같아요?"

궁금하다는 듯 물어 오는 그의 질문에, 화인은 처음으로 해준을 남자로 생각하고 바라보았다.

하얀 피부에 깔끔하게 정돈된 이미지를 풍기는 남자.

훤칠하게 큰 키에 탄탄한 몸매가 진한 남성미를 풍기지만, 묘하게 귀여워 보이는 구석이 더욱 매력적으로 느껴졌다.

사실 해준은 누가 보아도 잘생겼다는 말이 가장 먼저 떠오를 정도로 뛰어난 외모의 소유자였다.

화인은 스스로에게 물었다.

혹시 해준에게 한새와 같은 능력이 있었다면, 그와 사랑에 빠졌을까?

하지만 그런 생각을 떠올리자마자 단번에 결론을 내릴 수 있었다.

아니다.

자신은 한새이기 때문에, 사랑에 빠진 것이다.

아주 짧은 시간 상상의 나래를 펼친 화인이 단호한 목소리로 해준을 향해 말했다.

"아니, 넌 나한테 남자 아니야."

그 어떤 말보다 확실한 거절이었다.

"……거 봐요."

해준이 마치 그럴 줄 알았다는 듯이 조금은 처연하게 웃었다.

화인의 확실한 거절을 듣고 나니 가슴이 아프긴 했지만, 오랜만에 만나서 그녀와 이야기를 나누는 이 시간이 더없이 소중했다.

마치 지금까지 한 마음고생을 보상받는 것처럼 느껴질 정도다.

어렵게 만난 화인과 조금이라도 더 같이 있고 싶었지만, 점점 창백해지는 그녀의 얼굴을 보고 있자니 그래선 안 되겠다는 생각이 강하게 들었다.

그 후로도 자연스럽게 이어진 편안한 분위기를 깨고, 해준이 그답지 않게 먼저 입을 열었다.

"누나, 그만 들어가서 쉬어요."

화인도 여기서 더 장소를 옮길 생각은 없었기에 순순히 고개를 끄덕였다.

"그래, 너도 조심히 들어가고."

해준은 그녀가 손도 대지 않은 케이크와 빵을 한 번 쳐다보고는 나지막이 말했다.

"들어가면 식사부터 하시고요."

"너도. 나 때문에 아무것도 못 먹었잖아."

"지금 누가 누굴 걱정하는 거예요?"

그새 더 파리해진 그녀의 안색을 걱정스럽게 쳐다보면서 해준이 서둘러 자리에서 일어났다.

여기서 더 붙잡고 있었다간 정말로 이 자리에서 쓰러질지도 모르겠다는 생각이 들 정도다.

빠른 걸음으로 카페를 나서는 그의 뒤를 따라 화인도 바깥으로 나왔다.

이젠 작별의 인사를 건네야 할 타이밍이었기에, 두 사람은 잠시 아무런 말없이 서로를 쳐다보았다.

사실 화인이 오늘 이렇게 그를 만난 이유는 대악마로 돌아가기 전 마지막으로 그의 얼굴을 보기 위해서였다.

이제 정말로 헤어져야 하는 시간이 찾아오자, 이곳을 떠나기 전에 아무래도 이 말은 해야 할 것 같아서 화인이 어렵게 입을 열었다.

"너한테 염치없지만, 부탁 하나만 하자."

갑작스러운 그녀의 말에도 해준은 아무렇지 않다는 듯 흔쾌히 대답했다.

"말씀하세요."

그런 그의 배려가 좋아서 화인은 저도 모르게 희미하게 미소 지었다.

곧이어 그녀가 낮아진 목소리로 말했다.

"엄마가 잘 지내는지, 가끔이라도 들여다봐 줄 수 있을까?"

사실 아버지에게 하고 싶은 부탁이었지만, 오직 솔트밖에 모르는 사람이었기에 이런 말을 해 봤자 신경을 써 줄 것 같지 않았다.

피 한 방울도 섞이지 않은 동생에게 이런 부탁을 하는 게 여러모로 마음에 걸렸지만, 그렇다고 가족이 아닌 사람에겐 부탁할 수 없는 내용이었다.

해준의 눈동자가 어둡게 가라앉았다.

설마 화인이 여기서 엄마에 대한 말을 꺼내리라고는 생각지 못했기 때문이다.

'누나를 그렇게나 싫어했던 여자인데, 아직도 신경이 쓰이시나요?'

해준은 아이를 낳았다고 해서 모두가 부모라고 생각하지 않는다.

자신이 불우한 가정 환경에서 자랐기 때문에 더 그런 생각을 하는 거겠지만, 화인이라고 해서 자신과 크게 다를 바가 없었다.

화인의 친엄마가 그녀를 얼마나 싫어했는지 해준이야말로 옆에서 똑똑히 지켜본 사람이었다.

그런데 그녀가 처음으로 부탁한 것이 바로 엄마에 관련된 것일 줄이야.

해준은 저도 모르게 작게 실소를 지으며 말했다.

"우리 누나는 왜 이렇게 착해요?"

"뭐라고?"

화인이 아주 황당하다는 표정으로 해준을 올려다보았다.

당연했다. 그녀가 지금까지 살아오면서 처음으로 들어 본 말이었으니까.

수많은 악마들을 학살하고 전쟁을 승리로 이끄는 대악마 벨로나가 누군가에게 착하다는 칭찬을 들었다는 건 그만큼 놀라운 일이었다.

"내키지는 않지만, 누나가 한 부탁이니까 알겠어요."

순순히 흘러나오는 해준의 대답에, 화인은 하고 싶은 말이 많았지만 조용히 입을 다물었다.

그녀가 엄마를 생각하는 건 착하다고 포장될 만큼 선한 마음이 아니었다.

그저 스스로의 이기심이었다.

대악마인 자신이 아니라 다른 평범한 딸을 낳았다면, 지금처럼 불행하게 살지 않았을 엄마에 대한 미안함이 남아 있을 뿐이다.

"……나한테 착하다고 말하는 사람은 아마 세상에 너뿐일 거다."

"설마요."

해준은 마치 '누나만 모를 뿐, 남들은 다 알아요.'라는 표정으로 그녀를 쳐다보았다.

그게 기가 막혀서 화인은 픽 낮게 웃고는, 해준의 어깨를 툭툭 가볍게 두드렸다.

"어쨌든 내 부탁 들어줘서 고마워. 조심히 들어 가."

"네, 누나."

화인은 그대로 해준을 지나쳐 걸어가려다가, 잠시 멈칫하고 뒤를 돌아보았다.

그런 그녀의 모습을 해준이 의아한 표정으로 쳐다보고 있을 때였다.

화인이 나지막한 목소리로 말했다.

"……건강해라."

그 말 한 마디만 남긴 채, 다시 천천히 뒤돌아서는 모습을 보고 있자니 왜인지 해준의 가슴이 철렁 내려앉았다.

마치 이게 마지막 작별 인사 같았다.

그럴 만한 이유가 전혀 없는데도 이상하게 불안한 감정이 들었다.

해준이 안 되겠다는 듯이 그녀를 향해 재빨리 다시 말을 건넸다.

"누나, 어디로 가요? 내가 데려다줄게요."

"아니, 혼자 갈 수……."

그때 화인은 이쪽을 향해 걸어오는 누군가를 발견하고 저도 모르게 말을 멈추고 말았다.

그녀를 향해 일직선으로 다가오는 커다란 그림자 하나.

해준도 그녀의 시선이 가는 방향을 따라 상대방의 얼굴을 확인할 수 있었다.

거기엔 마치 이 시대의 사람이 아닌 것 같은 이질적인 분위기를 풍기는 미남이 있었다.

수많은 사람들 사이에서 걷고 있어도 단번에 눈에 띄는 그런 남자였다.

해준이 그 특이한 보랏빛 눈동자에 시선을 빼앗길 때였다.

스치듯 눈이 마주치는 순간, 이상하게도 오싹한 공포감이 들었다.

그가 중저음의 목소리로 화인을 똑바로 바라보며 말했다.

"……벨로나."

화인은 자신을 여기까지 마중 나온 아레스를 발견하고는 슬쩍 미간을 찌푸렸다.

처음 해준을 만나러 가겠다고 했을 때부터, 그는 조금만 더 몸이 회복되면 나가라고 만류를 했었다.

하지만 자신이 한 결정을 번복할 그녀가 아니었기에 제 뜻대로 밀어붙이고 나온 것이다.

화인이 아레스를 향해 불만스럽다는 듯 입을 열었다.

"너, 지금 엄청 오버하고 있어."

그 말에 아레스는 그저 소리 없이 웃을 뿐이었다.

어느새 화인의 곁으로 가깝게 다가온 해준이 두 사람을 번갈아 쳐다보며 나지막이 물었다.

"누나가 아는 사람이에요?"

"응."

그가 화인을 벨로나라고 부르는 걸 들었지만, 해준은 별로 대수롭게 생각하지 않았다.

누구에게나 별명이나 애칭 같은 건 얼마든지 존재할 수 있었으니까.

다만 이렇게 눈에 띄게 잘생긴 남자가 화인의 곁에 있다는 게 그리 달갑지 않았다.

이미 한새에게 밀렸다고 해서 그의 마음에 질투심이란 게 완전히 사라지는 건 아니었으니까.

"우리 누나 주변에는 왜 이렇게 멋진 남자들이 많아요?"

진지한 표정으로 못마땅하다는 듯이 말하는 해준을 보고, 화인은 자그맣게 웃고 말았다.

그녀가 한 손을 들어 해준의 어깨를 가볍게 쥐고는 나직하게 대꾸했다.

"너도 그 멋진 남자들 중에 하나잖아."

그 별거 아닌 말에 해준의 눈동자가 순간 크게 커졌다가 이내 부드럽게 휘어졌다.

그녀의 손길이 닿은 곳이 뜨겁게 달아오르는 것만 같았다. 입을 맞춘 것도, 하다못해 서로의 손을 마주 잡은 것도 아니었다.

그저 이 작은 스킨십 하나에도 가슴이 얼마나 설레는지 모르겠다.

무엇보다 지금 그녀가 내뱉은 말이 듣기 좋았다.

해준이 빙긋 웃으며 대답했다.

"당연하죠. 누구 동생인데."

"그래, 너도 얼른 들어가 봐."

화인이 먼저 아레스를 향해 걸음을 옮겼다. 그러곤 뒤에 서 있는 해준을 향해 가볍게 손을 흔들어 보였다.

해준은 그 모습을 가만히 지켜보다가 나지막한 목소리로 말했다.

"다음에 또 봐요, 누나."

"응."

그녀와의 만남이 행복했던 만큼 아쉬움이 가득했지만, 그래도 이 정도면 충분했다.

다음에 만날 약속, 그거 하나면.

*　　*　　*

"경호원이라도 될 셈이야?"

화인은 자신의 뒤를 졸졸 쫓아다니는 아레스를 대놓고 비꼬았다.

하지만 아레스는 조금도 굴하지 않았다.

이런 말이 듣기 싫어서 그녀를 혼자 내버려 둘 수는 없었으니까.

아프지 않다면 모를까, 지금 그녀는 어디에서 쓰러져도 이상하지 않은 상황이었다.

밥만 잘 먹었어도 내가 이렇게까지 하겠냐고 말하고 싶었지만, 그렇다고 그 솔직한 심정을 입 밖으로 내뱉지는 않았다.

어차피 뭐라고 해도 자신의 말을 들을 그녀가 아닌 것을 잘 알았으니까.

"이건 경호원이 아니라 간병인이라고 해야겠지."

"하, 말은 잘하네."

화인도 그가 여기까지 쫓아온 이유가 자신의 몸 상태를 걱정하기 때문이란 사실을 잘 알고 있었다.

그래서 졸졸 쫓아다니는 게 마음에 들지는 않았지만, 더 이상 뭐라고 말을 하진 않았다.

그렇게 두 사람은 묵묵히 번화가의 거리를 걸었다.

아레스는 순간 이동으로 그녀를 데리고 갈 수도 있었지만, 이 기회에 조금이라도 운동을 시키는 것도 나쁘지 않을 것 같아 내버려두는 중이었다.

길거리에는 많은 사람들이 소란스럽게 떠드는 목소리가 들려왔지만, 둘 다 그런 것에 조금도 신경 쓰지 않았다.

하지만 그중에 유독 귓가에 꽂히는 목소리가 하나 있었다.

"……어디 가?"

그 순간이었다.

화인은 거짓말처럼 자신의 뒤편에서 들려온 목소리에 걸음을 우뚝 멈추고 말았다.

시끌벅적한 길거리에서도 똑똑히 귓가를 파고들었다.

그건 다름 아닌 한새의 목소리였으니까.

혹시나 지금까지처럼 환청을 들은 게 아닐까, 의심했지만 그건 분명히 아니었다.

'네가 어떻게 여기에……?'

우연일지도 모른다.

많은 사람들이 지나다니는 곳이었기에 충분히 그럴 가능성도 있었다.

뒤에 한새가 서 있다는 것을 깨닫자, 화인은 저도 모르게 전신을 부들부들 떨었다.

"벨로나?"

갑작스러운 그녀의 반응에 아레스가 의아한 듯이 물었지만, 화인에게 지금 그 목소리는 전혀 들리지 않았다.

자신의 뒤편에 한새가 서 있다는 것, 오로지 그 하나만이 중요했다.

마치 덫에 걸린 것 같았다.

저 목소리를 무시하고 가던 길을 다시 걸어갈 수는 없었다.

딱딱하게 굳어 있던 화인이 천천히 고개를 돌려 뒤를 돌아볼 때였다.

"여기, 솔트로 와."

연이어지는 한새의 목소리와 함께, 번화가에 있는 커다란 스크린의 불빛이 눈에 들어왔다.

거기에 한새가 찍은 솔트의 광고가 흘러나오고 있었다.

화면 속에 서 있는 한새는 자신의 기억과 조금도 변함없는 모습이었다.

여전히 멋있고, 여전히 그녀의 가슴을 설레게 만들었다.

"……하, 하하."

이런 착각을 한 스스로가 너무 웃겨서 화인은 아무 말도 할 수가 없었다.

그렇게 잠시 우두커니 서 있자, 주변에서 떠드는 목소리가 들려왔다.

"어쩜, 너무 멋있어!"

"아, 이한새랑 사귀는 여자는 진짜 좋겠다."

"전생에 나라를 구한 거지."

여자들끼리 나누는 수다에 화인은 저도 모르게 흐릿하게 웃었다.

그녀의 옆에 서 있던 아레스도 뒤늦게 지금 이 상황을 정확하게 파악할 수 있었다.

지금 스크린에서 나오는 얼굴이 누구인지 그가 몰라볼 리 없었다.

더구나 한새의 목소리를 듣고 홀린 듯이 걸음을 멈춰 버린 화인의 행동까지도…….

아레스가 마음에 들지 않는다는 듯 살짝 미간을 찡그렸다.

화인의 저 눈동자가 더 이상은 인간을 향하지 않았으면 한다.

저 시선이…….

자신을 향했으면 좋겠다.

언제나 검은 날개를 펄럭거리며 고고하게 서 있는 그녀의 옆에 당당하게 어깨를 견주는 사람이 자신이었으면 좋겠다고 바랐다.

'……세상에 어떤 악마가 그저 동료를 구하기 위해, 마력의 절반이나 내주겠어?'

벨로나 널 좋아하니까, 여기까지 쫓아온 거야.

그저 단순한 동료애 같은 것이 아니었다. 그게 이렇게 깊을 리 없으니까.

아레스가 어둡게 가라앉은 눈동자로 그녀의 옆모습을 바라보며 말했다.

"순간 이동으로 가자."

"……됐어."

화인은 그 대답을 끝으로 먼저 사람들이 많은 틈바구니로 걸어 들어갔다.

아레스는 다시금 반복되는 한새의 광고를 힐끔 쳐다보곤 묵묵히 그녀의 뒤를 쫓아갔다.

*　　*　　*

나 데리러 와 줘. XX호텔.

한새가 찬우에게 보낸 문자 내용이었다.

이 짧디짧은 글귀에 찬우는 야밤에 고속도로를 타고 달리고 있었다.

그 후로는 아무리 전화를 해도 연락을 받질 않아서 찬우는 속으로 욕지거리를 삼킬 수밖에 없었다.

'아무리 그래도 우리가 안 세월이 얼만데, 진짜 이건 너무 심한 거 아니야?'

친절한 설명도 없이 달랑 문자 한 줄이다.

고작 이것만 보고 움직여야 하는 자신의 신세가 처량할 뿐이었다.

"진짜 별거 아닌 걸로 부른 거면 가만 안 둔다."

찬우는 저 멀리에서 보이는 호텔 간판을 보고 다시금 표정을 구겼다.

그렇게 한새가 말해준 호텔 방 안으로 들어선 찬우는 순간 멈칫할 수밖에 없었다.

온통 깜깜했기 때문이다.

혹시 자기를 불러 놓고 어디 다른 데를 간 건 아닌가, 그런 생각이 들 정도였다.

그래도 혹시나 싶었기에 조심스럽게 입을 열었다.

"한새야?"

여기까지 오는 동안 다짐했던 강한 태도와는 전혀 다른 것이었다.

그가 한새를 찾으며 무의식적으로 조금 더 안으로 들어갈 때였다.

"……!"

찬우의 눈동자가 크게 뜨여졌다.

어둠 속에서 우두커니 앉아 있는 사람의 형체를 발견했기 때문이다.

바로 한새였다. 그는 벽에 기댄 채 잔뜩 흐트러진 자세로 앉아 있었다.

찬우는 그에게 자신이 부르는 소리를 들었으면서도 왜 대답하지 않았냐고 원망의 말을 쏟아 낼 수가 없었다.

거기 있는 건 분명 한새였지만, 또 한새같지 않은 느낌을 풍기고 있었으니까.

공허한 눈동자에 바짝 말라 있는 입술, 그의 몸 어디에도 생기가 느껴지지 않았다.

마치 그 상태 그대로 죽어 버린 것 같았다.

"하, 한새야!"

뒤늦게 정신을 차린 찬우가 재빨리 한새에게 다가가며 소리쳤다.

하마터면 그가 공인이라는 사실을 잊고 곧바로 119에 전화부터 할 뻔했다.

"대체 언제부터 이러고 있었던 거야?"

찬우의 걱정스러운 외침에 멍하니 있던 한새의 눈동자가 미미하게 움직였다.

그가 흐릿한 시선으로 찬우를 바라보며 나지막이 중얼거렸다.

"아무리 기다려도 안 와서……."

한새는 화인이 호텔을 나간 그 날부터 꼼짝도 하지 않고 기다렸다.

혹시 조금이라도 움직였다가 엇갈릴까 봐.

밥도 먹지 않고, 잠도 자지 않은 채 하염없이 기다렸는데 그녀는 돌아오지 않았다.

"그게 무슨 소리야?"

"······형."

자신을 부르는 나지막한 한새의 목소리를 무시하며, 찬우가 재빨리 그를 부축했다.

빨리 여기서 데리고 나가야 했다.

이대로 두면 정말로 한새가 잘못될지도 모른다는 생각이 강하게 들었기 때문이다.

"일단 나중에 말해."

다급한 찬우의 말에 한새는 메마른 웃음을 지었다.

그 모습이 마치 금방이라도 부서질 듯이 위태로워 보였다.

"······봄이 너무 짧다."

사계절 중에 봄이 가장 빠르게 지나간다는 걸 잊어버렸다.

그게 이렇게 짧을 줄 알았다면 화인을 봄으로 비유하지 않았을 텐데······.

자신의 인생에 봄날은 벌써 끝나 버렸다.

5
눈물겹도록 달았다

찬우는 창백하게 질린 얼굴로 조수석에 앉아 있는 한새를 말없이 쳐다보았다.

지금 두 사람은 비밀리에 병원에서 나오는 길이었다.

하룻밤 병실에 입원시켜서 영양제와 수액을 맞은 한새의 상태는 그나마 조금 나아졌다.

간밤에 호텔에서 한새를 발견했을 때는, 정말로 이대로 장례를 치르는 건 아닐까 걱정이 되었을 정도로 상태가 좋지 않았다.

찬우가 한숨이 섞인 목소리로 말했다.

"좀 괜찮아?"

"어."

아무렇지 않게 대답하는 한새를 보며, 괜스레 찬우가 울컥했다.

그는 괜찮은 게 아니었다.

탈수 증세가 와서 그대로 조금만 더 두었다간 큰일이 날 뻔했다.

한새는 아무런 말도 하지 않았지만, 찬우가 보기에 남녀가 함께 떠난 여행에서 이렇게 혼자 남겨질 이유는 사실상 단 한 가지밖에 없었다.

이별, 그것이 분명했다.

"이한새, 너 엄청나게 유명한 한류 스타야. 고작 여자 하나 때문에 이렇게 슬퍼할 이유가 전혀 없다고."

찬우가 과장된 동작으로 차에 시동을 걸면서 다시금 말을 이었다.

"인마, 형이 더 예쁜 여자 소개시켜 줄게."

"……그런 거 아니야."

한새의 대답에 찬우의 속이 더 답답해졌다.

한새는 이 지경까지 와서도 여전히 화인의 편을 들고 있었다.

처음부터 생각했던 거지만, 사실 객관적으로 보기에 한새가 박화인이란 여자에 비해 부족한 점은 단 한 군데도 없었다.

잘 생겼지, 돈 많지, 집안 빵빵하지.

솔직히 그 어디에 내놓아도 부족하지 않을 남자가 바로 한새였다.

그런데 현실은 오히려 그가 화인에게 목을 매고 있었다.

"너 정도 되는 애가 왜 싫다는 여자한테 미련을 가져."

생각해 보면 시작부터 불안했다.

한새는 상처가 많은 타입이었다. 그래서 누구에게도 쉽게 마음을 열지 못했는데, 갑자기 좋아하는 여자가 생겼다고 해서 깜짝 놀랐었다.

어쩌면 마음 한편으로 그 사랑이 이루어지지 않았을 때, 한새가 이렇게 무너질까 봐 자신도 모르게 걱정이 되었던 것 같다.

"한새야, 이별이라는 게 원래 그래. 지금 당장은 몸의 일부가 사라지는 것 같이 느껴져도……."

"누가 나한테 일부래."

생각지 못한 반박에 찬우가 저도 모르게 하려던 말을 멈추고 말았다.

그가 잠시 할 말을 잃고 머뭇거리자, 한새가 나지막하게 말을 이었다.

"그 여자, 내 전부야."

이미 화인에게 목숨까지 걸었었다.

한새가 이토록 가슴이 아픈 이유는 신체의 일부를 잃은 것 같아서가 아니었다.

고작 그 정도가 아니다.

자신의 세상 전부를 떠나보내는 아픔이었다.

다른 사람에겐 한새가 가진 것이 많아 보일지 모르겠지만, 사실 그는 그녀를 빼면 아무것도 없는 것이나 마찬가지였다.

오직 혼자였던 세상에서 이제야 겨우 둘이 되었다.

그런데 화인이 떠나버리면, 세상은 온통 암흑이나 다름없었다.

도저히 상상조차 할 수 없는……

어둡게 가라앉은 한새의 표정을 바라보며 찬우는 말문이 막혔다.

위로를 하고 싶어서 꺼낸 말이었는데, 오히려 긁어 부스럼을 만든 기분이었다.

찬우가 낮게 헛기침을 하며 입을 열었다.

"그래. 내가 너무 앞선 거 같다."

돌이켜 생각해 보니 이별한 지 얼마 되지도 않은 한새에게 빨리 잊어버리라며 닦달한 것 같아서 미안했다.

서둘러 분위기를 전환하기 위해 찬우가 다시 말을 꺼냈다.

"이제 어디로 갈까?"

"집으로 가자, 형."

"그래, 좀 쉬어."

그렇게 두 사람을 태운 차가 한새의 집을 향해 움직일 때였다.

지이잉—

마침 한새의 휴대폰이 작은 진동을 토해 냈다.

무심코 문자메시지를 확인한 한새의 눈동자가 크게 떠졌다.

상대는 화인이었다.

할 말이 남아 있으니 만나자는 짧은 내용이 전송되어 왔다.

그토록 기다렸던 그녀의 연락에 한새는 잠시 멈칫했지만, 곧이어 [집에서 보자.]는 짤막한 답장을 적어 보냈다.

*   *   *

찬우를 돌려보내고 집으로 들어온 한새는 오랜만에 거울을 들여다보았다.

그녀가 없는 동안 자신을 돌보지 않았더니, 지금 행색이 엉망이었다.

불현듯 과거에 화인이 했던 말이 떠올랐다.

"네 얼굴, 꽤 마음에 들어."

자신이 가지고 있는 것 중에 화인의 마음에 드는 부분을 한 가지만 말해 달라고 했을 때, 그녀가 대답했던 게 바로 얼굴이었다.

잘생긴 얼굴로 태어나 손해보단 이득을 더 많이 봤지만, 그녀에게 칭찬받았을 때만큼 기뻤던 적은 없었다.

한새의 공허한 시선이 거울 앞에 있는 화장품을 향했다.

화인은 자신의 수명이 인간처럼 짧지 않다고 말했었다. 그래서 나중에 한새가 늙어도 자신은 여전히 젊고 아름다울 거라고 말이다.

당시에 한새는 자신 있게 대답했다.

그래도 상관없다고, 언제까지나 나만 바라볼 수밖에 없도록 반짝반짝 빛나 주겠다고.

그 말을 지키기 위해 사실 그동안 그녀 모르게 화장품을 한두 개씩 늘리기 시작했다.

혼자서 '대체 멋지게 늙으려면 얼마나 노력을 해야 되는 거야?'라고 중얼거리며, 진지하게 거울을 들여다본 적은 수도 없이 많았다.

가만히 자신이 준비했던 화장품을 지켜보던 한새가 어느 순간 우악스러운 손길로 옹기종기 모여 있는 화장품들을 전부 바닥으로 밀어버렸다.

우르르—

와장창창!

화장품이 전부 바닥으로 떨어져 깨지면서 요란한 소리를 토해 냈다.

그중에 미니어처 향수도 몇 병이 끼어 있었기 때문에, 순식간에 강한 향기가 공기 중으로 퍼져서 코가 마비될 지경이었다.

"하아."

한새가 거친 숨을 몰아쉬었다.

이제는 전부 더 이상 필요 없는 물건이었다.

화인은 자신의 곁에 오랫동안 머물 수 없을 테니까.

"……제기랄."

*　　*　　*

화인은 오랜만에 한새의 집 앞에 서 있었다.

이렇게 있으니 그와 처음 만났던 때의 기억이 떠오르는 것 같았다.

자신을 정신 나간 여자 취급하는 한새를 참 끈질기게도 쫓아다 녔다.

그의 얼굴을 조금이라도 보기 위해 이 대문 앞에서 밤을 지새운

적도 있었다.

그러다가 어느 날은…….

저기서 쪼그리고 앉아 있는 자신에게 한새가 먼저 다가와 주었다.

"여기서 뭐 하는 거야?"

아직도 그때 그가 자신에게 말을 건네던 목소리가 귓가에 생생하게 떠올랐다.

그리 길지 않은 시간인데도 불구하고 마치 인간으로 산 이십오년의 세월보다 한새와의 추억이 더 많은 것 같다.

화인은 쓴웃음을 지으며 마음을 굳게 다잡았다.

지금 이 집 안에는 그토록 보고 싶었던 한새가 있다.

결코 마음이 약해져선 안 되었다.

자신은 처음에 다짐했던 대로 차가운 가면을 쓰고 그를 대해야 했다.

"후우."

가볍게 심호흡을 한 그녀가 천천히 벨을 눌렀다.

그냥 열고 들어갈 수도 있었지만, 이제는 그렇게 해선 안 되니까.

곧이어 인터폰에서 한새의 목소리가 흘러나왔다.

"들어와."

그 기계음 섞인 목소리에도 화인의 가슴은 미친 듯이 뛰기 시작했다.

두근두근두근.

그녀가 저도 모르게 가슴을 한 손으로 부여잡으며 미간을 찌푸렸다.

오랜만이었다.

한새에게 뛰는 심장을 뽑아 버리고 싶은 것은.

이래서는 금방이라도 자신의 마음을 들켜 버릴 것만 같았다.

화인은 그녀답지 않게 몇 번의 심호흡을 더 하고는 대문 안으로 들어섰다.

천천히 정원을 지나 집 안으로 들어서자, 그토록 보고 싶었던 얼굴과 마주할 수 있었다.

거실의 정중앙에 한새가 거만한 자세로 앉아 있었다. 방금 씻은 건지 촉촉해 보이는 모습이었다.

어딘가 야위어 보이긴 했지만, 그래도 변함없이 아름다운 남자였다.

인간인 주제에 누구라도 매료시켜 버릴 것 같은 외형, 흠이라곤 하나 잡을 수 없는 경이로운 얼굴이 자신을 똑바로 쳐다보고 있었다.

두 사람이 마지막으로 헤어졌을 때, 한새가 정신없이 울던 모습이 떠올라서 화인은 뭐라고 말을 꺼내야 할지 잠시 고민했다.

하지만 먼저 입을 연 건 한새였다.

"할 말이 뭔데?"

차가운 그의 반응에 화인은 왠지 심장이 아릿하게 베이는 것 같았다.

시간이 얼마 지나지도 않았는데 벌써부터 자신을 완전히 잊어버린 것 같은 모습이다. 그 덕분에 최대한 감추려고 노력했지만, 화인의 눈동자가 미미하게 흔들리고 있었다.

그녀가 최대한 침착하게 대답했다.

"우리가 처음에 한 계약 때문에 왔어."

"그게 왜?"

"지금까지 계약을 잘 이행해 줬으니, 약속대로 내가 악마로 돌아가면 네 여동생은 고쳐 줄 거야. 하지만 기간은 좀 조정해 줬으면 해."

"어떻게?"

한새가 아무렇지 않은 얼굴로 되물었다.

그러자 도리어 화인의 주먹에 힘이 들어갔다. 그녀가 다시금 천천히 말을 이어나갔다.

"우리가 일 년간 붙어 있기로 했잖아, 그 기간을 아예 없앴으면 해서……."

말이 채 끝나기도 전이었다.

가만히 앉아서 듣고 있던 한새가 자리에서 벌떡 일어나서, 뚜벅뚜벅 그녀를 향해 걸어왔다.

순식간에 바로 앞까지 다가온 한새를 보며 화인은 저도 모르게 숨을 들이마셨다.

그가 잔뜩 낮아진 목소리로 말했다.

"박화인."

"……말해."

"재밌어?"

뜬금없는 그의 말에 화인이 이해가 안 간다는 듯이 쳐다보았다.

그제야 지금 한새의 눈동자가 매우 사납게 변해 있다는 사실을 깨달았다.

그가 매우 화가 난 목소리로 다시 입을 열었다.

"말해 봐, 그동안 나를 기만하고 우롱하는 게 재밌었냐고."

화인은 저도 모르게 그의 강렬한 시선을 피해 고개를 돌렸다.

그가 화를 낼 만도 했다. 화인은 끝까지 자신이 죽어야만 대악마로 돌아갈 수 있다는 사실을 감췄으니까.

중간부터는 그가 상처받을까 봐 밝힐 수 없었다고 해도 결과적으로 그에겐 변명일 뿐이었다.

"이제 와서 그런 게 뭐가 중요해. 내가 계속 경고했잖아, 후회할 거라고."

"다시 물을게. 날…… 사랑했어?"

"……."

한새의 질문에 거짓을 대답하기 위해 입을 열었던 화인은 다시 조용히 다물 수밖에 없었다.

갑자기 울컥하고 무언가가 목구멍으로 치밀었기 때문이다.

더 이상 한새가 자신을 어떻게 생각하는지, 자신이 한새를 어떻게 생각하는지 중요하지 않았다.

중요한 건 결국에 두 사람은 헤어져야만 하는 사이라는 것이다.

아무짝에도 쓸모없는 질문이었다.

그럼에도 방금 전 무심하게 자신을 바라보던 한새의 눈동자보다, 차라리 이렇게 그가 화를 내주는 게 더 행복하다는 마음이 존재했다.

'……나 진짜 이기적이지?'

화인은 그저 서글픈 눈빛으로만 한새를 향해 물을 뿐이었다.

아직은 그가 자신을 완전히 잊어버리지 않았으면 좋겠다는 이기심이 존재했다.

네가 나한테 소중한 존재이듯, 나 또한 아직은 너한테 소중하고 싶었기에…….

화인이 나지막이 말했다.

"너, 예전에 내 소원 하나 들어주기로 했던 거 기억나?"

과거에 한새한테서 마음에 드는 부분을 한 군데 밝히는 조건으로 그가 소원 하나를 들어주기로 약속한 적이 있었다.

나중에 필요할 때 쓰겠다고 묵혀 놨던 것이지만, 이제는 사용해야 할 때가 다가왔다.

"……나와 깨끗하게 이별해 줘, 한새야."

그 말에 한새의 사나웠던 눈동자가 거짓말처럼 일그러지기 시작했다.

"그게 나를 떠나갈 때 쓰라고 준 소원인 줄 알아?"

그녀가 하는 말이라면 뭐든 다 들어줄 거니까, 그게 어떤 소원이라도 상관이 없다고 생각했을 뿐이다.

그걸 이렇게 이용하고 가 버리는 건 반칙이었다.

억울했다.

아니, 화가 났다.

그녀에게 따지고 싶었다. 나는 너만 있으면 되는데 너는 아니냐고.

자신은 이 세상에 그녀 하나만 있으면 다른 건 아무것도 필요 없는데 너는 나랑 다르냐고, 그렇게 묻고 싶었다.

'이런 게 어디 있어. 내 마음 다 줬는데 이렇게 떠난다는 게 어디 있냐고.'

하지만 정작 입 밖으로는 단 한 마디도 나오지가 않았다.

자신의 무너지는 심정만큼, 아파하는 것 같은 화인의 얼굴이 바로 눈앞에 있었으니까.

착각인지도 모른다.

그런데 우습게도 마음이 갈가리 찢겨지는 것보다 저게 더 아팠다.

"……이런 말 하면서 네가 더 아픈 표정 짓지 마."

그 말에 화인의 눈동자가 순간 크게 떠졌다.

지금 자신이 도무지 어떤 표정을 짓고 있는지 그녀로선 알 수가 없었다.

화인은 실수를 했다는 생각에 재빨리 몸을 반대편으로 돌려 한새의 시선을 피했다. 그리곤 쥐어짜는 듯한 목소리로 다시 말을 내뱉었다.

"계약만 수정하면 다시 볼 일은 없을……."

휘익.

한새가 손을 뻗어서 화인의 어깨를 잡고 다시 자신에게 돌렸다.

그의 손안에서 느껴지는 뜨거운 열기에 그녀의 눈동자가 미미하게 떨리기 시작했다.

한새가 나직하게 말했다.

"누구 마음대로 다신 안 본다는 거야?"

"……뭐?"

"너, 내 거잖아."

화인은 도무지 이해가 안 간다는 듯이 한새를 쳐다볼 수밖에 없었다.

지금까지 자신이 한 이야기를 다 들었다면, 어떻게 생각해도 앞뒤가 맞지 않았기 때문이다.

"네가 원하는 대로 해 줄게. 계약을 수정하고 싶으면 해, 떠나야겠다면 그것도 받아들여야겠지."

그녀가 떠나고 며칠 동안 가만히 앉아서 머리가 터지도록 생각했다.

하지만 언제나 결론은 하나였다.

더 사랑하기에 약자일 수밖에 없다는 것.

"지금은 아니야, 네가 박화인으로 있는 한 넌 내 거니까. 그게 하루든 이틀이든…… 나는 그 시간 동안 너와 이별을 하느니 네 곁에 있을 거야."

화인은 자신의 생각과 전혀 다른 한새의 대답에 크게 놀랄 수밖에 없었다.

누구보다 차갑게 그를 끊어 내려고 했던 것은 남겨진 그의 아픔을 덜어 주기 위해서였다. 그런데 도리어 한새는 자신이 인간으로 있는 기간 동안만이라도 함께 하자고 제안하고 있었다.

그녀가 저도 모르게 떨리는 목소리로 되물었다.

"너, 네가 지금 무슨 말을 하는지 알고 있는 거야?"

"날 마음대로 휘젓고 내빼는 건 너야. 나를 이렇게 만들었으면 책임져야지."

"너…… 내가 밉지도 않아?"

화인이 어떠한 변명을 갖다 붙인다고 해도 결론은 그를 속인 것이 된다.

"내가 너를?"

한새가 어처구니없다는 듯 흐릿하게 웃고는 딱딱하게 굳어 있는 화인의 몸을 그대로 끌어안았다. 그러자 익숙하고 그리운 체취가 가득 풍겨 왔다.

화인은 왠지 눈물이 날 것만 같았다.

"네가 필요하면 언제든 이용당해 줄게."

아무리 그녀가 원망스럽고 화가 나더라도, 그동안 머릿속을 가득 메웠던 건 '어떻게 하면 조금 더 함께 있을 수 있을까?' 하는 거였다.

"네가 사라진다고 해도 난 여전히 그대로야. 한순간도 너 포기 못 해, 아니 안 해."

처음부터 화인을 짝사랑한 건 다름 아닌 그였다.

혹시 그녀가 이 제안을 받아들이지 않고 그냥 떠난다고 해도 그게 변하지는 않았다.

한새는 앞으로도 변함없이 화인을 혼자서 사랑하고 있을 뿐이다.

"나, 너한테 언제나 질 수밖에 없는 바보잖아."

설령 조만간 찾아올 이별에 가슴이 먹먹해진다 하더라도 당장은 이 두 팔로 그녀를 안을 수 있었으니까.

그 사실 하나에 안도하는 한새는 틀림없는 바보였다.

화인은 한새의 단단한 품에 숨조차 크게 내쉬지 못한 채 꼼짝없이 안겨 있었다.

인간의 몸에 갇혀 있는 한 한새에게 완력으로는 이길 수 없다는 걸 잘 알았지만, 지금 이렇게 굳어 있는 게 그것 때문만은 아니었다.

목덜미에서 느껴지는 한새의 숨결, 자신의 허리를 감싸고 있는 그의 강인한 팔. 그리고 시도 때도 없이 그리웠던 그의 온기까지.

이 모든 게 화인을 조금도 움직일 수 없게끔 옭아매고 있었다.

'······대체 어떡하려고 이래.'

지금까지 자신의 사정을 구구절절이 설명하지 않은 것은 오로지 혼자 남겨질 한새를 위해서였다.

어쩔 수 없이 떠나야 한다는 걸 그에게 납득시킨다 해도 결론이 달라지는 건 아니었으니까.

이별, 그건 두 사람이 겪어야 할 과정이었다.

그렇다면 그가 가장 아프지 않은 이별을 하고 싶었다. 그리고 그 방법이 바로 자신이 나쁜 여자가 되는 거라고 생각했다.

최소한 그에게 미련만은 남겨 주지 않을 테니까.

"나는 너를 나락으로 떨어트리고 말 거야."

화인의 힘없는 중얼거림에 한새가 단호한 목소리로 대답했다.

"너 때문이라면 엉망진창으로 망가져도 상관없어."

그 말에 화인은 잔뜩 미간을 찌푸리며 두 눈을 꽉 감았다가 떴다.

이젠 한계였다.

사랑해마지않는 그가 생각지도 못한 달콤한 말들을 속삭이며, 혹시라도 자신이 뿌리칠까 봐 간절한 손으로 부여잡고 있었다.

그녀가 이 손을 먼저 놓을 수 있을 리 만무했다.

'그동안 얼마나 보고 싶었는데……'

대악마로 돌아가야 하는 날이 하루하루 다가올수록 가슴이 꽉 막힌 것처럼 조여 왔다.

조금이라도 더 보고 싶은 마음을 오로지 한새의 행복 때문에 참아 왔다.

이제 더는 누르지 못할 욕심이 조금씩 고개를 들이밀고 있었다.

조금만 더 이 남자의 곁에 있자고 그렇게 속삭인다.

화인이 치밀어 오르는 욕심을 간신히 억누르며 나지막한 목소리로 말했다.

"네가 뭐라고 해도 난 대악마로 돌아가야만 해."

"……알아."

"아니, 넌 아무것도 몰라. 제일 높은 곳에 있다가 한순간에 바닥으로 끌려 내려온 기분. 아무런 힘없이 혼자 던져진 내 심정을."

그를 사랑하지 않아서 버리는 게 아니었다.

그를 버릴 수밖에 없기에, 사랑하지만 놓아주는 것이다.

그동안 대악마로 돌아가기를 얼마나 바라고 또 바랐는지 모른다.

지금껏 죽음을 두려워해 본 적은 단 한 번도 없었다. 하지만 앞으로도 이런 삶을 살아가야 한다는 사실은 이가 떨릴 만큼 두려웠다.

모든 것을 잃은 채 살아가야 한다는 건 그만큼 끔찍한 것이었다.

한새와의 이별을 원하지는 않지만…….

아무것도 할 수 없는 지금 이 상태로, 그저 손톱이나 깨물면서 그를 걱정하는 인생을 살고 싶지는 않았다.

한새가 말했다.

"그래, 네 말대로 난 아무것도 몰라. 그러니까 모든 건 내 탓으로 돌리고 잠시라도 내 옆에 있어 줘."

꽈악.

화인이 저도 모르게 한새의 옷자락을 손안에 세게 쥐었다.

한새는 언제나 곧은 눈동자로 자신을 똑바로 마주하며 진심으로 부딪쳐 온다.

누군가에게 자신의 진심을 온전히 내보인다는 것은 분명 어려운 것이었다. 그만큼 거절당했을 때의 상처가 크기 때문에.

그런데 그는 단 한 번도 농담인 척 진심을 흘리거나 떠본 적이 없었다.

그래서 우습게도…… 화인은 행복했다.

그는 항상 자신이 원하는 만큼, 좋아하는 감정을 숨김없이 보여 주었으니까.

'그러면, 이런 나를…….'

결국엔 그를 버리고 가 버릴 거면서, 매몰차게 끊어 내지도 못하는 염치없는 자신을.

'……네가 좀 이해해 줄래?'

아주 조금만 더 그의 품에 이렇게 안겨 있고 싶었다.

더는 진심이 아닌 말들로 한새를 밀어내고 상처 입히고 싶지 않았다.

설령 그것이 나중에 그에게 더 큰 독이 될지도 모른다는 불안은 잠시 묻어 두고 싶었다.

한새가 이렇게 같이 있기를 원하는데, 어쩔 수 없었다고 스스로를 속였다.

너무 좋아서.

한새가 너무 좋아서, 울컥 눈물이 나올 것 같았다.

그 누구도 한새처럼 자신을 대악마 벨로나가 아닌 온전한 여자로서 사랑해 주지는 않을 것이다.

그가 아닌 다른 누구에게도 느끼지 못할 감정이었다.

화인이 울먹임을 삼키기 위해 입을 다물고 있자, 한새가 나지막이 말을 이었다.

"대악마로는 언제 돌아가는 거야?"

"……."

"아니, 대답하지 마. 지금 듣고 나면 시한부처럼 그 날짜만 세고 있을 것 같아."

화인이 일 년 동안 붙어 있기로 한 계약을 깨자고 했으니, 함께할 수 있는 시간이 그것보다 안 된다는 사실을 알아차릴 수 있었다.

그 하나만으로도 벌써부터 가슴이 무너지는데, 정확하게 알고 나면 걷잡을 수 없을 것 같았다.

한새는 어둡게 가라앉은 눈동자로 그녀를 향해 희미하게 웃었다.

"그냥 떠나기 전에 신호 하나만 보내 줘."

그가 억지로 짓는 미소가 너무나도 서글퍼서, 화인이 흐린 목소리로 말했다.

"알아서 뭐하게."

"작별 인사는 해야지."

한새는 저번처럼 자신이 울고불고 매달리면, 그녀가 그대로 돌아갈 것이라고 확신했다. 그래서 최대한 무덤덤하게 내뱉었지만 속마음까지 그렇지는 못했다.

그래도 그녀가 떠난 뒤에 깨달은 사실이 하나 있었다.

그건 바로 화인을 보내고 난 뒤에 뒤늦게야 후회하는 일 따위 하지 않을 거라는 것이다.

"난 지금만 생각할 거야."

내일도, 모레도 필요 없었다.

당장 사랑하는 여자가 눈앞에 존재한다는 사실, 그 하나가 중요했다.

"그러니까 너도 그렇게 해."

"……?"

"혹시라도 대악마로 돌아가야 해서, 날 떼어 놓으려고 한 거라면 그만두라는 소리야."

갑작스러운 이별 통보가 무엇을 의미하는지 끊임없이 생각했다.

화인은 자신이 죽어야 대악마로 돌아갈 수 있다는 사실을 감췄다.

한새를 속였다는 건 변함없는 사실이었지만, 끝까지 그녀가 말하지 않았다면 몰랐을 일이다.

그런데 왜 갑자기 고백한 것일까?

그리고 그 이유가 바로 이것일지도 모른다는 결론에 도달했다. 그녀가 대악마로 되돌아가기 전에 자신과 미리 정을 떼려고 할지도 모른다는 것.

화인은 자신의 속마음을 꿰뚫어 본 한새를 아무런 말없이 쳐다볼 뿐이었다.

발뺌을 할 수도 있었지만, 왠지 그럴 마음이 들지 않기 때문이다.

한새가 아무렇지 않은 표정으로 물었다.

"밥 먹었어?"

"……아니."

"어쩐지 조금 마른 거 같더라니……. 밥부터 먹자, 우리."

이런 일상적인 대화를 나누고 있자니, 정말 아무런 일도 없었던 과거로 돌아간 것 같았다.

설령 한 발자국만 잘못 내디디면 바닥으로 추락해 버리는 살얼음판 같은 행복이라 할지라도…….

부정할 수 없는 건, 함께할 수 있는 지금이 행복하다는 사실이다.

"뭐 이렇게 많이 시켰어?"

화인은 상다리가 휘어질 것 같은 식탁을 보고 입을 벌릴 수밖에 없었다.

어떻게 알았는지 전부 다 화인이 좋아하는 음식들이었다.

한새는 무심한 표정으로 화인을 향해 젓가락을 건네면서 말했다.

"많이 먹어."

얼떨결에 그가 건네는 젓가락을 받으며, 화인은 저도 모르게 입술을 깨물었다.

사실 그 말은 그녀가 더 하고 싶은 말이었다.

한새는 여전히 근사한 모습이었지만, 못 본 사이 핼쑥하게 변해 있었으니까.

화인은 묵묵히 중앙에 놓여 있는 회를 한 점 집어서 입에 넣었다. 자신이 먹기 시작하면 한새도 먹을 거라는 생각 때문이었다.

그리고 그 생각은 적중했다.

그녀가 먹는 모습을 물끄러미 바라보고 있던 한새가 조금씩 음식을 먹기 시작했으니까.

서로는 모르고 있었지만, 두 사람 다 이렇게 식사를 하는 게 오랜만이었다.

속 편하게 식사를 하고 있을 기분은 아니었지만, 우습게도 바로 앞에 상대방이 있다는 이유만으로 이전처럼 돌멩이를 씹는 기분은 들지 않았다.

그렇게 적막에 휩싸인 채로 식사를 하고 있을 때였다.

화인의 젓가락이 유달리 자주 향하는 방향을 바라보던 한새가 나지막이 말했다.

"회가 좋아?"

그 질문을 듣고 나서야 화인은 지금까지 자신이 회를 중심으로 먹었다는 사실을 깨달았다.

무의식적인 행동이었지만, 그만큼 회를 좋아하기 때문이다.

"응, 맛있네."

언제부턴가 회를 먹으면 한새와 함께 바닷가로 여행을 떠났던 기억이 떠올랐다.

딱히 식탐이 강한 스타일은 아니라 지금까지는 있는 대로 먹었지만, 이젠 누군가 가장 좋아하는 음식이 뭐냐고 묻는다면 회라고 대답할지도 모르겠다.

한새는 절반 이상 비어 있는 회 접시를 가만히 바라보다가 나지막이 중얼거렸다.

"……왠지 질투 나네."

그 말을 들은 화인이 잠시 젓가락질을 멈추고 한새를 쳐다보았다.

그러자 그 시선을 느낀 한새가 불만스러운 목소리로 재차 입을 열었다.

"나보다 좋아?"

어린아이 같은 그의 투정에 화인은 저도 모르게 픽하고 웃음이 새어 나갈 뻔했다.

조금은 장난스럽지만 어딘가 진심이 담겨 있는 이런 그의 말투
가 좋았다.

이상하게도 한새가 자신에게 부리는 소유욕만큼은 항상 기꺼웠
다.

"당연한 걸로 삐치지 마."

단호한 화인의 말에 한새가 저도 모르게 멈칫했다.

그런데 그녀의 목소리는 거기서 끊이지 않고 연이어 흘러나왔
다.

"회보단 네가 더 좋으니까."

그 말에 한새가 낮게 웃음 지었다.

두 사람이 헤어지고 난 뒤에 처음으로 짓는 행복한 미소였다.

그리고 그 사실을 아는 것처럼 화인도 어느샌가 한새를 향해 덩
달아 웃고 있었다.

이런 순간이……

두 번 다시 찾아오지 않을 거라고 생각했다.

우는 한새를 억지로 떼어 놓고 뒤돌아설 때만 해도, 화인은 남은
시간 동안 그에 대한 그리움에 사무쳐서 살 거라고 예상했었다.

그래서일까.

전혀 예상치 못한 이 짧은 행복이 눈물겹도록 달았다.

아무것도 달라진 게 없음에도, 두 사람은 마치 약속이라도 한 것
처럼 앞으로 다가올 이별에 대해 함구했다.

한새가 했던 말처럼 내일은 눈물 흘릴지 몰라도 지금은 행복했

으니까.

형벌의 시간이 알아서 줄어들고 있는 지금, 화인이 한새의 곁에
굳이 붙어 있을 필요는 없었다.

하지만 그녀는 습관처럼 한새의 방에 놓인 자신의 침대에 몸을
눕혔다.

탁.

뒤늦게 방에 들어온 한새가 자연스럽게 불을 껐다.

그러자 한 치 앞도 보이지 않는 어둠이 방 안에 찾아들었다.

지금 이 방에는 침대가 두 개 놓여 있었기 때문에, 화인은 당연히
그가 자신의 침대로 향할 것이라고 생각했다.

하지만 점점 다가오는 한새의 발걸음 소리와 한쪽으로 기울어지
는 매트릭스의 무게감은 자신의 예상이 틀렸다는 걸 알려 주었다.

"어딜 들어와?"

화인의 낮은 목소리에도 한새의 움직임은 조금도 멈추지 않았
다.

그는 그녀의 등 뒤로 다가와 조용히 목을 끌어안았다. 그러곤 변
명하듯이 입을 열었다.

"……겨울이잖아."

추우니까 어쩔 수 없다는 그의 핑계에 화인은 소리 없이 웃음 짓
고 말았다.

보일러가 돌아가고 있는 이 방은 두 사람이 꼭 붙어 있지 않아도
충분히 따뜻했다. 하지만 그의 체취가, 또 그에게서 느껴지는 온기

가 좋아서 화인도 더 이상 거부하지 않았다.

그렇게 한새에게 가만히 안겨 있었다.

그의 품에 안겨 있는 지금 이 순간이 말로 형언할 수 없을 만큼 안락했다.

오죽하면 며칠 동안 잠을 이룰 수 없었던 게 믿기지 않을 정도로 나른해졌다. 그래서 화인은 저도 모르게 스르륵 잠에 빠졌다.

그 상태로 얼마나 잤을까?

정신없이 잠에 빠져들었던 화인은 갑자기 눈을 번쩍 뜨며 깨어났다.

아무리 한새의 옆이라고는 하나, 그동안 받았던 심리적인 압박감에 깊이 잠을 이룰 수 없었기 때문이다.

방 안은 잠들기 전과 마찬가지로 여전히 어두웠다.

깜빡깜빡.

어느덧 어둠에 익숙해진 두 눈은 옆에서 곤히 자고 있는 한새의 얼굴을 고스란히 보여 주었다.

화인은 숨소리조차 죽인 채로 그 모습을 가만히 지켜보았다.

어떻게 보면 마치 꿈만 같았다.

다시금 이렇게 한새의 품 안에서 잠들 수 있는 날이 올 거라곤 생각지 못했으니까.

화인은 조심스럽게 손을 들어서 허공에서 한새의 얼굴을 따라 쓰다듬듯이 움직였다.

스윽.

허공을 배회하는 손안에 온기나 감촉이 전해지지 않아서 괜스레 더 애틋하게 느껴졌다.

그때였다.

자고 있던 한새가 다급하게 상체를 벌떡 일으키며 잠에서 깨어났다. 마치 무언가에 쫓기는 사람처럼 초조한 행동이었다.

그 덕분에 깜짝 놀란 화인은 저도 모르게 자는 척을 하고 말았다.

"……후우."

그 사실을 모르는 한새는 자고 있는 화인의 모습을 보고 안도의 한숨을 내쉬었다.

그가 내뱉은 그 작은 숨소리가 화인의 귓가에는 천둥처럼 크게 들려왔다.

조금은 뻣뻣하게 경직되어 있는 화인의 상체를 한새가 그대로 몸을 굽혀 덮치듯이 끌어안았다. 그러곤 잔뜩 억눌린 목소리로 중얼거렸다.

"다행이다."

가늘게 떨리는 그의 품에 안기고서야 화인은 깨달을 수 있었다. 한새가 자다가도 일어나서 자신이 사라지지 않았음을 확인한다는 사실을.

잠시나마 오늘은 아무 일도 없었던 과거로 돌아간 것만 같다고 생각했다.

하지만 그건 정말 착각에 불과했다.

지금 이 행복이 얼마나 아슬아슬하게 이어지고 있는 건지 다시금 알게 되었다.

문제는…….

자신이 나쁜 역할을 도맡는다고 해도 한새의 이 슬픔이 사라질 것 같지는 않다는 사실이다.

'이것도 내 이기심이었나?'

지금까지 한새와 조금이라도 덜 아픈 이별을 하고 싶다는 욕심을 부렸는지도 모르겠다.

어떻게 헤어지든, 그건 온전히 한새가 감당해 내야 할 몫인 것을.

화인은 잠이든 척 한새의 품 안에 안긴 채로 소리 없이 두 눈을 꽉 감았다.

'……나는 정말 너한테 해 줄 수 있는 게 없구나.'

정말 역설적이게도 모든 걸 줘도 아깝지 않은 한새에게 해 줄 수 있는 게 아무것도 없었다.

그가 바라는 대로 그저 조금 더 이렇게 곁에 머물러 주는 것밖에는.

한새는 그 이후로도 몇 번이나 잠에서 깨어나서 화인이 옆에 있다는 사실을 확인했다.

그가 불안한 손길로 자신의 존재를 확인하는 것을 화인은 묵묵히 받아 주었다.

여전히 눈을 감은 채 잠이 든 것처럼 연기하고 있었지만, 덕분에 그녀 역시 한숨도 자지 못했다.

그렇게 둘 모두 뜬 눈으로 밤을 지새운 채로 아침이 밝아왔다.

한새가 먼저 슬그머니 침대에서 일어나 바깥으로 나갔다.

달칵하고 방문이 닫히는 소리를 듣고 나서야 화인이 감고 있던 눈꺼풀을 소리 없이 들어 올렸다.

'……아프다.'

그가 식은땀이 잔뜩 베인 손으로 자신의 얼굴을 쓰다듬거나, 불안에 떨면서 자신을 끌어안을 때마다 무언가가 화인의 가슴속을 푸욱 하고 도려내는 것 같았다.

몇 번이나 일어나서 한새에게 묻고 싶었다.

정말 이렇게라도 함께 있는 것이 너에게 더 행복한 것이냐고 말이다.

'……내가 없어지면 어떡하려고 그래.'

한새가 없는 자기 자신도 어떨지 장담할 수 없었지만, 자신이 사라지고 난 후에 한새가 어떻게 될지도 걱정이 되긴 마찬가지였다.

인간이니까 당연히 시간이 흐르면 잊을 거라고 생각했다.

그래서 자신이 사라지고 난 뒤에도 한새가 너무 행복하지 않았으면 좋겠다는 이기적인 생각까지 했었다.

그런데 어젯밤 처음으로 정반대의 생각을 하게 되었다.

한새가 죽을 때까지 자신을 잊지 못한 채, 혼자서 몸부림치는 상상을.

싸늘하게 죽어 버린 자신의 시체를 안고 오열하는 그를 떠올리자 가슴이 산산조각으로 찢기는 것 같았다.

찾아오는 사람도 없는 텅 빈 자신의 장례식장에서 넋을 놓은 채로 망연자실하게 앉아 있는 한새를 머릿속에 그리자 억장이 무너질 것 같았다.

그가 매년 자신의 무덤가에 찾아와서 혼잣말을 중얼거리는 걸 보고 싶지는 않았다.

여태까지는 인간을 믿지 않았기에 이런 생각을 해 본 적이 없었다.

하지만 한새만큼은……

정말 자신에게 모든 걸 걸지도 모르겠다는 생각이 들었다.

엄마에게 외면당하면서 언젠가 인간은 변하고 말거라는 뿌리 깊게 박혀 있던 불신이 조금씩 옅어지고 있었다.

그래서일까.

억겁의 시간 동안 끊임없이 그와의 추억을 되풀이하며 그리워할 자신의 고통보다……

한새가 겪어야 할 아픔이 더 안타깝게 느껴졌다.

"……하아."

화인이 저도 모르게 낮은 한숨을 내쉬고는 자리에서 일어났다.

한새가 방에서 나가고 조금의 시간차를 두었으니 이제는 움직여도 될 것 같았다.

벌컥.

화인이 방문을 열고 나가자, 마침 정면에 서 있는 한새의 모습이 보였다.

한새의 얼굴엔 거짓말처럼 두려움에 떨던 모습이 완전히 사라져 있었다.

그가 그녀를 향해 해맑은 표정으로 말했다.

"아침 먹자."

마치 아무 일도 없었던 것처럼 웃는 한새의 모습을 보며 화인은 입술을 깨물었다.

분명 방금 전까지만 해도 수많은 고민과 슬픔이 뒤엉켜 복잡한 심정이었다.

그런데 정말 우습게도 이런 한새의 모습을 보고 있자니, 이율배반적이게도 행복감이 물밀듯 밀려온다.

혹시 한새도 이런 심정일까?

문득 그런 생각이 들었다.

그래서 화인은 짐짓 아무것도 모르는 것처럼 한새를 향해 흐릿하게 웃어 보였다. 그리고 태연한 척 그에게 말을 건넸다.

"뭐 먹을래?"

지금 당장은 해 줄 수 있는 게 이런 것밖에 없어서.

아무렇지 않은 척 웃고, 먹고…… 그러다가 밤이 되면 우는 나날들이라도.

이제는 함께할 수 있는 시간이 정말로 얼마 남지 않았으니까.

"잠깐 바람 쐬고 올까?"

가벼운 한새의 질문에 화인은 잠시 고민하다가 이내 고개를 끄덕였다.

"그래."

아무리 연인 사이라고 공식적인 발표를 했다고 해도, 혹시라도 한새와 돌아다니는 모습이 사진 찍혀 안 좋은 영향을 끼치진 않을까 조금 걱정이 되었다.

하지만 그렇다고 한새와의 남은 시간을 집에서만 보내고 싶진 않았다.

화인의 허락이 떨어지자, 한새는 기다렸다는 듯이 방 안에 들어가서 무언가를 가지고 나왔다.

언제 산건지 쇼핑백 하나를 화인에게 건네며 나지막이 말했다.

"이거 입어."

"이게 뭔데?"

화인이 의아한 표정으로 쇼핑백 안을 들여다보자, 안에는 똑같은 티셔츠 두 장이 들어 있었다.

그녀가 깜짝 놀란 눈으로 다시금 한새를 올려다보았다. 그러자 한새가 설명하듯이 입을 열었다.

"커플 티야."

"언제 산거야?"

"내가 산 건 아니고, 너랑 사귄다고 발표하고 난 다음에 선물로 받은 거야."

그 말에 화인은 작게 고개를 끄덕이고는, 신기하다는 눈빛으로 물끄러미 커플 티를 바라보았다.

그게 왜인지 쑥스러워서 한새는 조금 붉어진 얼굴로 낮게 말했다.

"……너랑 한 번쯤은 입어 보고 싶었어."

사실 그는 지금까지 이런 건 부끄럽다고만 생각했다.

커플들이 똑같이 입고 다니는 티셔츠나 바지, 혹은 운동화가 유치하기 짝이 없다고 여겼으니까.

하지만 우습게도 화인과의 시간이 얼마 남지 않았다는 걸 깨닫자 문득 이런 게 하고 싶어졌다.

누가 보아도 이 여자가 내 것이라는 걸 세상에 알리고 싶었다.

설령 일 분이라도, 혹은 일 초라도……

그녀가 박화인으로 있는 한, 여전히 자신의 것이었으니까.

화인은 묵묵히 쇼핑백에서 조금 더 큰 사이즈의 옷을 꺼내서 한새에게 건넸다. 그러곤 담담한 목소리로 말했다.

"갈아입고 올게."

그 말만 남긴 채 화인은 옷을 갈아입기 위해 방 안으로 들어갔다.

그 뒷모습이 보이지 않을 때까지 한새는 제자리에 서서 지켜 보다가 이내 몸을 움직였다.

그렇게 다시 두 사람이 만났을 때는 똑같은 티셔츠를 입고 있었다.

이런 낯부끄러운 행동이 둘 모두 처음이었기에 어색하기 그지없었다. 하지만 서로 그런 티를 내지 않으려고 노력했다.

이런 행동을 할 수 있는 것도 지금이 마지막이라는 것을 알았으니까.

한새가 가만히 화인의 얼굴을 내려다보다가 이내 입술 끝을 올렸다.

"잘 어울리네."

"당연한 소리를."

그녀가 장난스럽게 받아치자, 한새가 픽하고 낮게 웃으며 휴대폰을 꺼내 들었다.

"기념으로 사진 한 장 찍을까?"

"사진?"

화인은 조금 내키지 않는다는 표정으로 한새를 쳐다보았다. 혹시라도 이런 모습을 남겨서 나중에 한새를 괴롭힐까 봐 걱정이 되었기 때문이다.

하지만 한새는 아무렇지 않은 얼굴로 입을 열었다.

"우리 둘이 찍은 사진이 별로 없잖아."

한새는 모델이라는 직업을 가지고 있어선지 평상시에까지 사진을 찍는 걸 별로 좋아하지 않았고, 화인도 마찬가지로 사진을 남기길 원하지 않았다.

그러니 자연스럽게 두 사람이 같이 찍은 사진은 거의 없다시피 했다.

"그건······."

화인이 망설이자 한새는 짐짓 아무것도 모르는 척 재빨리 그녀의 어깨에 손을 둘렀다.

그러곤 긴 팔을 올려서 카메라의 각도를 잡으며 나지막이 말했다.

"그럼 찍는다. 하나, 둘, 셋."

찰칵!

눈 깜짝할 사이에 사진을 찍은 한새는 휴대폰을 확인하며 만족스럽게 웃었다.

커플 티를 입고 있는 두 사람은 누가 봐도 연인이라는 걸 알 수 있었다.

혹시라도 화인이 사진을 지우라고 할까 봐, 한새는 서둘러 휴대폰을 주머니에 집어넣으며 그녀의 작은 손을 덥석 잡아끌었다.

"가자."

화인은 그에게 끌려가며 조금은 서글픈 눈빛을 지을 뿐이었다. 마음속으론 이미 한새가 원하는 건 웬만하면 들어주기로 결심한 상태다.

자신이 사라지고 난 뒤에 그가 겪어야 할 아픔까지 대신 짊어질 수 없다는 걸 인정했기 때문이다.

그러니 한새가 원한다면 이까짓 사진 수백 장이라도 찍어 줄 수 있었다.

두 사람이 막 현관을 나서려고 할 때였다.

띵동—

갑자기 벨 소리가 들려왔다.

무심코 고개를 돌리자 인터폰에는 익히 잘 아는 얼굴이 보였다.

바로 아레스였다.

그가 찾아온 것을 확인한 두 사람의 눈동자가 소리 없이 허공에서 부딪쳤다.

생각해 보니 화인은 아레스에게 딱히 연락도 하지 않은 채 하룻밤 외박을 한 상태였다.

화인이 나지막한 목소리로 말했다.

"여기서 잠깐 기다려. 나가서 얘기 좀 하고 올게."

그 말에 한새의 눈동자가 어둡게 가라앉았다.

이미 한 번 아레스가 화인을 데리고 가는 모습을 목격한 적이 있었다.

그렇기에 언제나 한새가 꾸는 악몽은 갑자기 나타난 아레스가 화인을 데리고 사라지는 것이었다.

"……나도 같이 만나면 안 돼?"

한새의 낮은 목소리에 화인은 잠시 망설이다 이내 고개를 끄덕였다.

더 이상은 한새를 불안하게 만들고 싶지 않았기에 곧바로 결단을 내린 것이다.

"그래, 그럼."

그녀가 터벅터벅 걸어서 아레스가 보이는 인터폰에 대고 말했다.

"문 열어 줄 테니까, 들어와."

화인의 목소리가 전달되는 것과 동시에 철컹하고 대문이 열렸다.

바깥에서 기다리고 있던 아레스는 화인의 말대로 순순히 안으로 들어왔다. 그리고 그가 들어오는 것에 맞춰, 한새와 화인이 현관을 열고 나섰다.

그렇게 세 사람은 정원에서 딱 마주칠 수 있었다.

두 사람이 입고 있는 커플 티를 본 아레스의 눈가가 미미하게 떨렸다.

안 그래도 한새를 만나러 간 그녀가 시간이 지나도 돌아오지 않자, 저도 모르게 수많은 추측을 하고 있는 중이었다.

그런데 이 모습을 보고 있자니, 아레스는 자신이 가장 원하지 않았던 상황으로 흘러갔음을 자연스럽게 알아차릴 수 있었다.

"……벨로나."

그의 부름에도 화인은 아무렇지 않은 표정으로 대답했다.

"나 기다렸어? 미리 연락을 했어야 됐는데 괜히 여기까지 오게 만들었네."

평상시와 전혀 다름없는 그녀의 태도에 아레스는 이해가 안 간다는 듯 물었다.

"대체 무슨 생각이야?"

그 질문에 화인은 잠시 말을 멈췄다가 이내 단호한 눈빛으로 말을 이었다.

"마계로 돌아가기 전까지 한새와 같이 있을 생각이야."

"계약을 정리하러 간다더니, 갑자기 일이 왜 그렇게 되는 거지?"

"내가……."

자그맣게 입을 연 화인이 나직하게 숨을 내쉬며, 곧이어 끊어질 듯이 말했다.

"이 남자가 좋아서 죽겠거든."

"……뭐?"

지금까지 무표정을 유지하던 아레스의 얼굴이 와락 구겨졌다.

이런 대답이 듣고 싶은 게 아니었다.

하지만 여기서 놀란 건, 아레스뿐만이 아니다.

한새가 놀란 눈동자로 자신의 옆에 서 있는 화인을 쳐다보았다.

그녀가 대악마로 돌아가기 전에 억지로 자신을 떼어 내려 한 건 아닐까, 짐작하긴 했지만 그걸 무조건적으로 믿은 건 아니었다.

정말로 화인에게 자신의 가치가 그 정도밖에 안 될 수도 있었으니까.

그럼에도 상관없다고 생각했다.

하지만 지금 화인의 입에서 흘러나온 대답을 듣고 모든 것을 알아 버렸다.

사실은 화인도 자신과의 이별을 원하지 않았음을.

그녀도 어쩔 수 없는 선택이었다는 걸.

"화인아……."

한새가 저도 모르게 그녀의 이름을 나지막이 불렀다. 그러자 그 부름에 이끌리듯 화인의 시선이 한새를 향해 돌아갔다.

서로의 애틋한 시선이 허공에서 마주쳤다.

굳이 더 이상 입을 열어 말하지 않아도, 수많은 감정들을 공유할 수 있었다.

쉬이이이익―

그 모습을 지켜보고 있던 아레스의 보랏빛 눈동자가 순간 서늘하게 빛났다.

그러자 갑작스럽게 압박을 느껴져 한새의 얼굴이 고통스럽게 일그러졌다.

"……윽!"

한새로선 이게 도무지 무슨 상황인지 알아차릴 수가 없었다.

갑자기 누군가가 온 힘을 다해 목을 조르는 것처럼 숨이 쉬어지지 않았다.

그저 자신을 죽일 듯이 노려보고 있는 아레스와 연관이 있는 건 아닐까 추측했지만, 그것도 숨이 턱턱 막혀서 길게 이어지진 않았다.

"당장 그만둬!"

화인의 날카로운 목소리가 허공을 갈랐다.

하지만 아레스는 여기서 쉽사리 물러설 생각 따윈 없었다.

지금껏 힘이 모든 걸 지배하는 약육강식의 세계에서 살아왔다. 그런데 한낱 인간이 대악마 벨로나를 차지하게 놔둘 순 없었다.

가만히 앉은 채로 저런 미천한 존재에게 그녀를 빼앗기는 건 용납할 수 없다.

그리고 원래 대악마라는 존재들은 누군가의 명령을 듣지 않는 부류다.

과거에 화인이 둘째 황자인 칼리드를 모셨다곤 해도, 결코 그녀가 원하지 않은 명령을 억지로 시키지는 못했던 것처럼 말이다.

"그만두라는 말, 안 들려?"

화인의 눈동자가 붉은빛으로 물들기 시작했다.

지금껏 미약하게나마 몸에 축적해 왔던 마력을 전부 끌어 모은 것이었다.

더 이상 말이 통하지 않는다면 남은 건 하나였다.

바로 힘이다.

인간 세상에서는 아레스가 월등히 강했지만, 그렇다고 이대로 당하고 있을 수만은 없었다.

화인의 붉은 마력의 기운들이 순식간에 아지랑이처럼 뻗어져 아레스를 향해 달려들었다.

생각보다 묵직한 타격이 느껴졌지만 그뿐이다.

아레스가 미미하게 미간을 찌푸리며 나지막이 입을 열었다.

"그 정도로 날 막을 순 없어."

"이 이상은 아무리 너라고 해도 용서 안 해."

"……안 하면?"

"죽인다."

화인의 눈동자에 분노가 깊게 어렸다.

그 차가운 시선과 마주하자 아레스는 저도 모르게 긴장이 되는 것이 느껴졌다.

당장은 힘을 잃은 상태였지만, 그녀가 얼마나 강력한지는 누구보다 자신이 잘 알았다.

그리고 대악마 벨로나는 지금까지 단 한 번도 허튼소리를 한 적이 없었다.

"벨로나, 너는 정말……."

아레스가 마지못해 한새를 향한 힘을 거둬들였다.

그러자 거짓말처럼 그를 압박하던 무형의 기운이 흔적도 없이 사라졌다.

"콜록 콜록."

갑자기 숨이 통하자 한새가 기침을 토해 냈다.

그것을 본 화인이 걱정스럽게 그의 등을 토닥이며 입을 열었다.

"괜찮아?"

"콜록…… 아무렇지도, 않아."

한새는 못마땅한 눈빛으로 자신을 공격한 아레스를 뚫어지게 쳐다봤다.

악마와 마녀, 지금까지 말로만 들었지 이런 경험을 하기는 처음이었다.

새삼 마력이라는 것에 대해 새롭게 생각이 될 수밖에 없었다.

화인은 한새의 상태를 살피다가 이내 화가 난 눈빛으로 아레스를 째려보았다.

"지금 이게 뭐하는 짓이야?"

"벨로나, 나는 오직 너를 위해 많은 걸 희생하고 여기까지 왔다. 그런데 한낱 인간에게 눈이 팔려 있는 네 모습을 지켜보란 건가?"

"건방지구나."

화인이 오만한 시선으로 아레스를 내려다보며 씹어뱉듯이 말을 이어 나갔다.

"난 이미 너의 노력에 감사를 표현했고, 은혜를 갚겠다고 대답했어. 그런데 여기서 얼마나 더 원하는 거지? 경고하는데, 지금처럼 내 일에 간섭을 할 생각이라면 다신 내 눈앞에 나타나지 마."

그 말에 아레스의 눈동자가 괴로운 듯이 일그러졌다.

지금까지 벨로나의 말을 어긴 적은 한 번도 없었다. 방금도 그녀가 원하지 않았기에 당장이라도 죽이고 싶은 충동을 누르고 힘을 풀었다.

그런데 그녀는 정말로 한낱 인간 때문에 자신을 버리려 하고 있었다.

"……그럴 수 없다는 거 잘 알잖아."

죽을 만큼 보고 싶었기에 여기까지 쫓아온 것이다. 그런데 다신 나타나지 말라는 말을 들어줄 수가 있을 리가 만무하다.

밤새도록 돌아오지 않는 그녀를 기다리며 속이 시꺼멓게 타들어 갔다.

그 덕에 잠깐 이성을 잃은 건 사실이지만, 그렇다고 지금 그녀가 하는 말을 곧이곧대로 따를 순 없었다.

"내가 널 여기에 두고, 어떻게 안 봐."

애절한 아레스의 말에 화인은 조용히 미간을 찌푸렸다.

한새를 공격한 그의 행동이 용서되지는 않았지만, 그래도 자신을 위해 여기까지 달려와 준 소중한 동료라는 사실은 변함없었다.

자신과 아레스가 알고 지낸 세월만 해도 수천 년이었다.

다른 악마들이 보기에 자신이 한새를 좋아한다는 감정이 얼마나 우스워 보일지 알기에, 아레스의 심정이 적잖이 이해가 가는 것도 사실이다.

화인이 내키지 않는다는 표정으로 나지막하게 입을 열었다.

"……마지막이야."

그 말이 무엇을 뜻하는지 아레스는 단번에 알아차렸다.

다시 한 번 한새를 건드리면 결코 용서하지 않겠다는 뜻이었다.

아레스는 말없이 고개를 끄덕이며, 알겠다는 의사 표현을 했다.

그때였다.

지이잉, 지이잉.

갑자기 한새의 휴대폰이 진동을 토해 내며 전화가 왔다는 사실을 알렸다.

발신자는 한울이가 입원해 있는 '한림요양원'이었다.

전화를 받을 만한 상황은 아니었지만, 요양원에서 전화가 걸려오는 건 흔치 않은 일이었다.

화인이 먼저 그 사실을 눈치채곤, 한새를 향해 얼른 받으라는 듯 눈짓을 보냈다.

그러자 한새가 통화 버튼을 누르며 입을 열었다.

"여보세요."

수화기에서는 흥분한 여자의 목소리가 쩌렁쩌렁하게 들려왔다.

—기뻐하세요, 이한울 환자가 깨어났어요!

*   *   *

한새는 자신이 무슨 정신으로 여기까지 왔는지 알 수가 없었다.

최근에 유달리 많은 일들이 벌어졌지만, 몇 년 동안이나 의식을 잃고 있었던 한울이가 깨어났다는 소식은 엄청나게 큰 사건이었다.

화인은 정신이 없는 그를 대신해 직접 운전대를 잡았고, 두 사람은 곧바로 한림요양원을 향했다.

끼익—

화인이 한림요양원 정문에 차를 세우곤 한새를 향해 말했다.

"먼저 들어가 있어. 주차하고 바로 따라갈게."

"알았어."

한새는 그녀의 호의를 거절하지 않은 채, 곧장 한울이가 입원해 있는 병실로 뛰어갔다.

발걸음이 빨라지는 것만큼 심장도 세차게 뛰어왔다.

부모님이 돌아가시고 한새에겐 세상에 단 하나밖에 남지 않은 가족이었다.

그만큼 소중한 존재였기에, 처음에 대악마라는 얼토당토안한 존재와도 엮일 수 있었던 것이다.

벌컥!

한새가 다급한 손길로 병실의 문을 열어젖혔다.

그러자 언제나처럼 잠이 든 것처럼 누워 있는 한울이의 모습이 보였다.

마침 그녀의 상태를 옆에서 돌보고 있던 간호사가 갑자기 들이닥친 한새를 보고 깜짝 놀란 표정을 지어 보였다.

한새는 재빨리 한울을 향해 가까이 다가가며, 간호사에게 물었다.

"어떻게 된 거죠? 깨어났다는 소식을 듣고 왔습니다."

"아! 방금 전까지만 해도 정신을 차리고 계셨는데, 지금은 다시 잠드셨어요. 아마 금방 깨어나실 거예요. 마음고생이 심하셨을 텐데 축하드려요."

"……감사합니다."

축하 인사를 전하는 간호사에게 한새는 저도 모르게 건성으로 대답했다.

여전히 잠들어 있는 한울이를 보고 있자니, 이게 꿈인지 생시인지 가늠이 되지 않았기 때문이다.

한새는 혼란스러운 눈빛으로 한울이의 바로 앞에 위치한 의자에 앉았다.

심각한 분위기를 알아차린 간호사가 조심스럽게 눈치를 보다가 이내 자리를 비켜 주었다.

혼자 남겨진 한새는 복잡한 시선으로 한울을 쳐다보다가 곧 용기를 내서 힘없이 늘어져 있는 그녀의 작은 손을 마주 잡았다.

이제는 깨어났다는 사실을 알아서인지, 평소와 다른 따뜻한 온기가 손안에서 느껴지는 것 같았다.

한새는 한울이의 가냘픈 손을 양손으로 맞잡은 채, 고개를 숙이고 두 눈을 감았다.

동생을 이렇게 돌려주어서 감사한 마음이 들었다.

그때였다.

한새가 모르는 사이, 한울이의 두 눈이 번쩍 빛이 나면서 떠졌다.

지금 한울이의 몸에는 두 개의 인격이 존재했다.

하나는 원래의 주인인 한울이의 영혼이었고, 다른 하나는 상급 악마 시리아였다.

지금까지 잠자코 상황을 지켜보던 시리아는 일부러 인간들에게 정신을 차린 모습을 보여 주어, 한새를 이곳으로 유인한 것이었다.

'이 인간이 바로 네가 살고 싶어 하는 이유로구나.'

한울이의 심장은 한새의 존재를 느끼자마자 미친 듯이 뛰기 시작했다.

지금까지 그녀가 사라지지 않기 위해 안간힘을 쓴 이유가 무엇 때문이었는지 자연스럽게 알아차릴 수밖에 없었다.

세상에 단 하나 남은 끈.

한울에게 그건 바로 친오빠인 한새였다.

'너무 긴장하지 마. 일단 이 인간부터 제거하고, 또 너를 살고 싶게 만드는 것이 있으면 그것도 곧 없애 줄 테니까.'

시리아가 재미있다는 듯이 말을 건네자, 이제는 형체조차 희미해진 한울이의 영혼이 안에서 소리쳤다.

「우리 오빠를 건드리지 마!」

이 몸에 시리아가 흡수된 이후, 처음으로 나누게 된 대화였다.

한울의 영혼은 간신히 자신의 존재만을 유지하고 있는 상태다. 그런 그녀가 이렇게 시리아에게 말을 건넨다는 것 자체가 사실 말이 되질 않았다.

시리아의 미간이 와락 구겨졌다.

완전히 자신의 몸이 되어야 하는데, 아직도 한울의 의지가 남아 있는 게 못마땅했기 때문이다.

'그럼 한번 막아 보든가.'

지금 이 신체를 움직이는 힘은 오직 시리아에게서 나왔다.

한울이 아무리 싫다고 소리쳐도, 시리아의 행동을 막을 순 없었다.

스윽.

한울의 손바닥 안으로 마력의 기운이 응집되기 시작했다.

이대로 손을 들어 한새를 내리친다면 연약하기 짝이 없는 인간은 곧바로 즉사할 것이다.

입가에 비릿한 미소를 머금은 채, 한새를 향해 손을 들어 올리려 할 때였다.

"······!"

그 순간 가느다랗게 뜬 시리아의 눈에 생각지도 못한 것이 들어왔다.

바로 한새의 손바닥에 새겨진 문양이었다.

대악마 벨로나를 상징하는 위엄 있는 문양에 시리아는 저도 모르게 숨을 삼켰다.

이건 이 인간이 대악마 벨로나와 계약을 했다는 증거이자, 그녀에게 소속된 권속이라는 것을 뜻했다.

함부로 죽였다간 계약으로 연결되어 있는 대악마 벨로나에게 곧바로 소식이 전해질 것이다.

더구나 악마들끼리는 서로의 계약자를 건드리지 않는다는 암묵적인 룰이 있었다.

물론 자신보다 힘이 약한 악마라면 무시할 수도 있었지만, 그 상대방이 다른 누구도 아닌 대악마 벨로나라면 말이 달라진다.

'······대체 어떻게?'

이해할 수가 없었다.

대악마는 마계에서조차 보기 힘든 존재였다.

그런데 그들과 계약한 인간이 있고, 그게 하필이면 자신이 죽여야 할 대상이라는 건 그저 재수가 없다는 말로밖에 표현되지 않았다.

시리아가 속으로 욕지거리를 중얼거리며, 이 상황을 어떻게 처리해야 할지 고민하고 있을 때였다.

마침 병실로 다가오는 또 다른 기척이 느껴졌기에 그녀는 재빨리 다시 자는 척 눈을 감았다.

곧이어 벌컥 문이 열리며 화인이 모습을 나타내었다.

화인은 서둘러 한새를 향해 다가오며, 자고 있는 한울의 얼굴을 살폈다.

"어떻게 된 거야?"

그녀의 목소리에 한새는 숙이고 있던 고개를 천천히 들어 올렸다.

그가 나지막이 대답했다.

"좀 전에는 깨어 있었는데, 간호사 말로는 다시 잠들었대."

"의사는 만나 봤어? 상태를 자세히 알아보려면 큰 병원으로 옮겨야 하는 거 아니야?"

"그래야지. 그런데 왠지 여기에 도착하니까 힘이 빠져서……."

한새가 의자에 앉은 상태로 슬쩍 고개를 들어 올려서, 화인을 향해 힘없이 웃어 보였다.

기운이 쏙 빠져 보이는 그 모습에 화인은 아무 말 없이 한새를 안아 주었다.

한새에게 여동생이 어떤 존재인지 화인도 대충 짐작할 수 있었다.

두 사람은 악마와 인간이라는 전혀 다른 종족이었지만, 유일하게 공통점이 하나 있었다.

그건 바로 지독한 외로움이다.

많은 사람들 사이에 섞여 있다고 해도 도무지 사라지지 않는 고독함.

서로 마음을 나눌 수 있는 상대가 얼마 없다는 것을 잘 알기에 더욱 공감할 수 있었다.

화인이 그를 위로하듯 나지막이 말했다.

"……괜찮을 거야."

한새는 그저 그녀의 가녀린 허리를 조금 더 세게 끌어안을 뿐이었다.

겉으로 보기엔 잠이 든 것처럼 눈을 감고 있는 한울이었지만, 속으로는 머리가 터질 것 같았다.

생각지도 못한 난관에 부딪쳤기 때문이다.

화인이 대악마 벨로나라는 것을 꿈에도 모르는 시리아는 그냥 지금이라도 한새를 죽여 버릴까 고민하고 있었다.

어차피 마계에서 인간 세상까지 대악마 벨로나가 자신을 벌하러 오는 것도 쉽지 않았다.

더군다나 고작 인간 한 명을 없앴을 뿐인데, 잘못했다고 용서를 빌면 자신을 죽이지는 않을 것 같았다.

그렇게 점점 한새를 없애는 방향으로 마음이 기울고 있을 때였다.

갑자기 전혀 생각지도 못한 목소리가 들려왔다.

그건 병실 안에 있는 세 사람 모두 조금도 예상치 못한 일이었다.

"꽤나 힘이 강한 마녀인가보군. 여기까지 마력의 기운이 진동하는 걸 보면."

아레스의 굵직한 목소리에 한새와 화인의 시선이 뒤편을 향했다.

그러자 순간 이동으로 쫓아온 것인지, 검은색 날개를 펄럭이며 서 있는 아레스의 모습이 보였다. 순식간에 그의 등 뒤로 갈무리되어 사라지는 날개는 지나치게 비현실적이었다.

아레스를 본 화인이 아직도 분이 풀리지 않은 표정으로 입을 열었다.

"여기까진 또 왜 쫓아왔어?"

"네가 있는 곳이, 바로 내가 있어야 할 곳이니까."

거침없는 그의 발언에 한새의 얼굴이 알게 모르게 찌푸려졌다.

하지만 이 중에서 아레스의 등장을 가장 반기지 않는 건, 바로 잠이 든 척 누워 있는 시리아였다.

'맙소사!'

대악마 아레스.

원래의 모습과 동일하게 인간 세상으로 내려온 그를 시리아가 알아보지 못할 리 없었다.

이젠 머리가 혼란스럽다 못해 패닉이 찾아올 것만 같았다.

가까스로 어려운 주술에 성공해 인간의 몸에 들어왔더니, 지지리 운도 없이 대악마와 연관이 되어 있는 인간과 얽히고 있었다.

'……빌어먹을!'

속으로 거칠게 욕을 내뱉으며 시리아는 울분을 삼켜야만 했다.

그녀가 마계를 떠나온 이유가 바로 이런 월등한 존재들 때문이다.

태어날 때부터 정해진 힘의 차이는 아무리 노력해도 좁힐 수 없었다.

그래서 시리아는 자신이 최고로 설 수 있는 자리를 찾기 시작했다. 그리고 이제는 인간 세상에서 막 그 꿈을 이루려는 찰나였다.

인간 세상에서 자신을 대적할 수 있는 자는 아무도 없을 거라고, 그렇게 믿어 의심치 않았는데 전혀 생각지도 못한 대악마가 눈앞에 나타난 것이다.

자신이 여기까지 피해 온 이유가 누구 때문인데!

바로 저렇게 태어날 때부터 축복을 받은 이들 때문이었다.

분노로 이가 갈렸지만, 지금은 누구보다도 침착해야만 하는 상황이었다.

처음으로 들어온 한울이의 몸만 잘 차지하면, 그 후로는 식은 죽 먹기나 다름없다.

앞으로도 계속 인간의 몸에 기생하며 살아갈 수 있었으니까.

한울이의 신체가 늙으면 그다음 사람으로, 그렇게 계속 더 젊고 싱싱한 몸으로 바꾸며 영원토록 부귀영화를 누릴 수 있었다.

그랬기에 시리아는 죽어도 한울이의 몸을 포기할 수 없었다. 그리고 그 말은 즉, 어떻게든 한새를 죽여야 한다는 것과 동일했다.

그렇지 않고는 한울이의 신체를 완전히 차지할 수가 없었으니까.

'방법을 생각하자, 방법을……'

아레스가 어떻게 인간 세상까지 내려와 있는지 모르겠지만, 분명한 건 여기는 마계가 아니라는 사실이다.

그렇다는 건 분명 그에게도 제약이 있다는 걸 의미했다.

그에 비해 시리아는 조금만 있으면 마력을 자유자재로 사용할 수 있었다.

한울의 영혼이 계속 방해를 하고 있었지만, 그렇다고 주술로 인해 전이되는 마력을 완전히 막을 순 없었으니까.

준비해 두었던 마력을 전부 흡수하진 못하더라도, 시간이 지나면 상당한 양을 받아들일 수 있었다.

어쩌면 인간 세상에서는…… 자신이 대악마인 아레스보다 강할지도 모른다.

시리아가 냉철한 두뇌를 굴리며, 지금 벌어지고 있는 상황을 면밀히 살폈다. 정확한 판단을 위해서는 정보가 더 필요했으니까.

그때 또각또각 거리는 구두 소리와 함께, 하얀 가운을 입은 의사가 그들이 있는 병실 안으로 들어섰다.

"이한울 씨, 보호자가 누구시죠?"

사무적인 목소리에 잠시 다른데 정신이 팔려 있던 한새가 자리에서 일어났다.

"접니다."

"잠시 이야기 좀 할 수 있을까요?"

"네, 그러죠."

한새는 갑자기 벌어지는 일들에 정신이 혼미해질 것 같았지만, 그래도 자신의 곁에 있어 주는 화인 덕분에 버틸 수 있었다.

지금 그에게 화인은 마치 건전지와 같았다.

그녀가 없이는 아무런 생각도, 또 아무런 행동도 할 수가 없었으니까.

설령 조금 있으면 다가올 이별에 가슴이 먹먹해지더라도, 또는 아레스라는 존재가 못마땅하더라도…….

지금 화인의 옆자리에 서 있는 건 바로 한새였다.

그녀의 걱정스러운 눈길을 받고 있는 상대도 여전히 그였다.

그러니까, 아직은 기운 낼 수 있었다.

한새가 의사와 상담하기 위해 걸음을 옮겼다. 그러곤 화인을 향해 나지막이 말했다.

"금방 갔다 올게."

조금은 침착해진 한새의 모습에 화인은 말없이 고개를 끄덕였다.

그리고 그런 그 둘의 모습을 아레스가 조금은 쓸쓸한 눈동자로 지켜보고 있었다.

* * *

한새가 다시 병실로 돌아왔을 때, 화인의 모습은 보이지 않았다. 대신에 한쪽 벽에 우두커니 기대어 서 있는 아레스만이 존재했다.

한새는 화인이 어디로 갔는지 궁금했지만, 그걸 아레스에게 묻고 싶진 않았다.

그렇게 두 사람은 같은 공간에 있으면서도 서로 약속이라도 한 듯이 입도 뻥끗하지 않았다.

영원히 끝나지 않을 것만 같던 무거운 침묵을 먼저 깬 건, 바로 아레스였다.

"……인간, 너는 벨로나에 대해서 뭘 알지?"

박화인으로 살고 있는 그녀는 아레스가 알고 있는 벨로나였지만, 그와 동시에 전혀 다른 사람 같아 보이기도 했다.

그만큼 그녀에게 인간 세상에서 많은 일들이 있었으리라 생각한다.

그가 알지 못하는 많은 일들이, 그녀를 그렇게 변하게 했으리라고⋯⋯.

한새는 갑작스러운 아레스의 질문에 무심한 표정으로 대꾸했다.

"무슨 말이 듣고 싶은 거지?"

한새의 무례한 어투가 귀에 거슬려서, 아레스는 저도 모르게 미간을 찌푸렸다.

하지만 이제 와서 그 부분에 대해 짚고 넘어갈 생각은 없었기에, 아레스는 바로 본론을 꺼냈다.

"말 그대로, 벨로나에 대해서 뭘 아느냐고 물었다."

그 질문의 의도가 너무 뻔히 보여서, 한새는 어처구니없다는 듯 대꾸했다.

"나보다 잘 안다고 말하고 싶은 건가?"

정확히 핵심을 짚는 한새의 말에 아레스는 딱히 부정하지 않았다.

사실 그녀가 인간으로 산 세월은 고작해야 이십오 년이다. 그런데 그녀와 수천 년 동안 알고 지낸 아레스와 비교될 리 없었다.

그저 한새가 화인에 대해 알고 있는 게 무엇인지, 어떻게 생각하는지 궁금했다.

그리고 그와 동시에 자신이 더욱 그녀를 잘 안다는 사실을 알려 주고 싶었다.

"우리에게 이 시간은 찰나에 불과하지. 당장은 네가 그녀를 가진 것처럼 보여도 결국은 나와 함께 돌아가게 될 거야. 그러니 쓸데없이 벨로나의 마음을 어지럽히지 마라."

경고처럼 나직하게 내뱉는 아레스의 말을 듣고 있던 한새가 이내 픽하고 웃었다.

그 웃음이 묘하게 거슬러서 아레스의 보랏빛 눈동자가 조금 서늘한 기운을 발할 때였다.

한새가 허탈한 표정으로 대답했다.

"그런 말 안 해도…… 충분히 네가 부러워 죽겠거든."

마지막에 화인과 함께 마계로 돌아갈 수 있는 존재.

영원히 그녀의 옆에 머물 수 있는 아레스가 부럽지 않을 리 없었다.

아레스는 그 말에 아무런 대꾸도 하지 않았다.

그저 팔짱을 낀 채로 가만히 서서 한새의 모습을 바라볼 뿐이었다. 그가 입고 있는 화인과 똑같은 티셔츠를.

아레스의 보랏빛 눈동자가 시간이 지날수록 점점 어둡게 변해 갔다.

'……너야말로 모른다.'

그녀의 마음을 가진 네가 얼마나 부러운지를…….

6

벽은 너무나도 높고 거대했다

쏴아아아―

화인은 세면대 수도꼭지를 틀고, 손안에 물을 받아 입을 헹궜다.

속을 한차례 게워 냈더니 입 안이 썼다.

머금고 있던 물을 뱉어 내며 고개를 드니, 무심코 화장실 거울에
비친 자신의 얼굴이 보였다.

창백하리만치 새하얗게 질린 얼굴은 누가 보아도 어딘가 아파
보였다. 그리고 거울에 비치는 모습처럼 지금 화인의 몸 상태는 그
리 좋지 않았다.

'……마력을 사용한 것 때문인가?'

한울이가 깨어났다는 전화를 받고 정신없이 달려오느라 내색을
하진 못했지만, 화인은 아레스한테 대항하기 위해 마력을 사용한

뒤부터 속이 뒤틀린 것 같았다.

형벌의 시간을 줄이기 위해 아레스가 준 광석을 복용한 뒤로는 부작용으로 치유력마저 잃어 가는 중이다.

그렇기에 갑작스러운 마력의 사용이 또 다른 부작용을 낳진 않을까 걱정이 되었다.

하지만 후회는 없었다.

시간을 다시 되돌린다고 해도 한새가 위험에 빠진 상황을 그냥 손 놓고 바라만 볼 순 없었으니까.

그러니 이걸로 인해 어떤 대가를 치러야 한다면 받아들일 것이다.

다만 자신의 이런 상태를 가능하면 다른 사람들에게 들키고 싶지 않을 뿐이다.

화인은 손등으로 입가에 묻은 물기를 스윽 닦아 내며, 거울 안에 있는 자신의 모습을 가만히 들여다보았다.

대악마였던 원래의 모습과는 전혀 다른 생김새였다.

예전에는 단 한 번도 이 얼굴을 자신의 모습이라고 생각한 적 없었다. 한새를 만나기 전까지는 거울조차 제대로 본 적이 없을 정도였으니까.

'……약해 빠졌어.'

거울 속의 스스로에게 건네는 말이었다.

고작 이 정도로 금방이라도 죽을 것처럼 하얗게 질려 버린 얼굴이 우습기 그지없었다.

이런 자신의 모습이 싫었다.

차라리 한새를 위해 마력을 사용하고 무언가를 희생할 수 있는 지금의 상황이 나았다.

만약 아까 같은 상황에 아무것도 할 수 없었다면 죽느니만 못했을 것이다.

하지만…….

한새의 곁에 머물 수 있는 건, 이렇게 약하디약한 인간 박화인이었다.

화인은 저도 모르게 입가에 삐딱한 조소를 지으며, 화장실의 한쪽 벽면에 기대어 섰다. 얼굴에 조금이라도 창백한 기운이 사라지길 기다렸다가 병실로 되돌아갈 생각이기 때문이다.

'이런 내 어디가 좋다는 거야?'

화인은 아직도 한새의 마음을 이해할 수가 없었다.

대악마라는 걸 빼고 나면 그녀는 아무것도 가진 것 없는 존재였다.

인간의 삶이 이토록 무능력하지만 않았다면…….

'……잠깐.'

무언가를 생각하던 화인은 저도 모르게 화들짝 놀라고 말았다.

지금 스스로가 말하고자 하는 결론이 뭔지 깨달았기 때문이다.

'무슨 말이 하고 싶은 거지? 설마 지금 같지 않았다면 인간 세상에라도 남고 싶다는 건가?'

말도 안 되는 일이었다.

그건 여기까지 이 악물고 버텨 낸 모든 것들을 배신하는 행위였다.

화인은 고개를 좌우로 털면서 쓸데없이 떠오른 생각을 머릿속에서 지웠다.

곧 대악마로 되돌아간다는 희망을 가지고 인간 세상에서 살아가는 것과 아무것도 할 수 없다는 걸 알면서 사는 건 하늘과 땅 차이였다.

그게 얼마나 말이 안 되는 생각인지는 본인이 가장 잘 알았다.

그런데 한새와 함께하는 시간이 줄어들수록 가슴이 자꾸 따끔거려서……

견디기가 힘들었다.

* * *

병실에 누워 있는 한울을 돌보면서 며칠의 시간이 지났다.

하지만 타이밍이 좋지 않은 건지, 정신을 차렸다는 한울과 아직도 대화조차 나누지 못한 상태였다.

화인은 어느 순간부터 자신의 어깨에 나타나는 남은 형벌의 시간을 보지 않게 되었다. 지금까지는 남은 날짜를 계산하면서 사는 게 낙이었지만, 이제는 그게 고역으로 바뀌었기 때문이다.

화인이 여느 때처럼 한울이가 입원해 있는 병원에 가기 위해 짐을 챙길 때였다.

어느덧 그녀의 곁으로 다가온 한새가 나지막이 말했다.

"오늘은 짐 챙길 필요 없어."

"왜?"

"그동안 큰 병원으로 옮겨서 검사도 받았고, 결과도 다 좋았잖아. 오늘 하루는 좀 쉬자."

"그래도 눈 뜬 모습은 못 봤⋯⋯."

"무슨 일이 있으면 바로 연락해 주기로 했으니, 걱정할 만한 일은 없을 거야."

물론 한새가 자리를 비운 사이에 한울이 정신을 차릴 수도 있었지만, 그 순간만을 기다리면서 이미 며칠의 시간을 보내고 있었다.

동생과의 재회도 중요했지만, 화인과의 시간도 일분일초가 아까운 상황이었기에 한새는 결단을 내렸다.

화인이 사뭇 진지한 표정으로 물었다.

"나 때문에 무리하는 거 아니야?"

"무리 같은 거 안 해. 그리고 너 때문이 아니라 내가 하고 싶은 거야."

당연하다는 듯 흘러나오는 그의 말이 너무나도 달콤해서 화인은 저도 모르게 고개를 돌렸다.

한새의 곧은 시선과 함께 이런 말을 듣고 있으니, 온몸이 간질거리는 느낌이다.

그리고 이 감정이 바로 행복에서 오는 거라는 걸 화인은 잘 알고 있었다.

"⋯⋯하여간 말은 잘해."

투덜거리듯이 내뱉는 화인의 말투가 쑥스러울 때 나오는 행동이라는 걸 잘 아는 한새는 그저 눈꼬리를 내려 조용히 웃을 뿐이었다.

화인이 아는지 모르겠지만, 그녀가 이렇듯 불그스름하게 물든

뺨으로 수줍게 시선을 피할 때면 한새의 애간장이 녹는 것만 같았다.

스읔.

한새가 긴 팔을 뻗어 화인의 목덜미를 부드럽게 쥐었다.

갑자기 그의 손가락이 머리카락 사이를 파고드는 느낌에 화인의 시선이 그를 향해 움직였다.

그녀가 의아한 눈빛으로 한새를 올려다볼 때였다.

어느 순간 다가온 건지, 그의 입술이 이미 화인의 이마에 닿아 있었다.

촉하는 마찰음과 함께 곧이어 부드러운 입술은 느릿하게 눈가로 내려왔다.

이마에서 눈으로, 그리고 콧등으로…….

성스러운 의식을 치르듯이 한새의 입술이 점점 아래로 떨어졌다.

마치 깃털처럼 사뿐하고, 조바심이 날 정도로 간질거리는 느낌이었다.

"예뻐서 못 참겠다."

한층 낮아진 한새의 목소리에 화인의 가슴이 주책없게도 뛰기 시작했다.

쿵쿵거리는 심장 박동을 감추기 위해, 화인이 한새를 살짝 밀어내며 퉁명스럽게 말했다.

"뭐가."

"너."

"그러니까, 어디가?"

"얼굴?"

한새는 대답과 동시에 다시 한 번 그녀에게 입을 맞췄다.

자꾸만 지분거리는 그를 피해 화인이 고개를 반대편으로 돌리며 입을 열었다.

"……간지러워."

"알아."

"그럼 그만해."

"안 그래도 이제 이런 건 그만두려고."

순순한 그의 대답이 조금 이상하다고 느껴질 때였다.

한새가 더는 못 참겠다는 듯이 단번에 그녀의 입술을 머금었다. 화인이 순간 '흡.'하고 숨을 삼킬 만큼 다급한 입맞춤이었다.

한새의 뜨거운 입술이 본격적으로 그녀를 짓누르며 진한 키스를 해 왔다.

갑작스러운 키스에 놀라서 잠시 굳어 있던 화인은 허공에서 배회하는 자신의 두 손을 이내 한새의 어깨에 사뿐히 내려놓았다.

달았다.

이 자리에서 녹아내릴 것처럼.

한새와의 스킨십은 자신이 거부할 수 없으리란 걸 알기에 피하고 싶었다. 하지만 정작 이런 키스를 바란 건 어쩌면 자신이었을지도 모르겠다.

한새와 화인은 오랜만에 평범한 연인들처럼 거리를 걸었다.

서로의 손을 잡고 도란도란 이야기를 나누면서, 마음에 드는 장소가 보이면 발걸음을 멈췄다.

두 사람에게 특별한 목적지는 없었다.

그저 이렇게 함께할 수 있다면, 다른 건 아무것도 필요치 않았다.

둘은 포장마차에서 파는 떡볶이로 배를 채우고, 분위기가 좋은 카페에 들어가서 커피도 마셨다.

곳곳을 구경하며 걸음을 옮기던 중, 오락실을 발견한 한새가 냉큼 화인의 손을 잡아끌었다.

이런 곳에서 놀아본 경험이 별로 없는 화인은 주변을 기웃거리다가 이내 총 쏘는 게임 앞에 멈춰 섰다.

그녀의 흥미로운 시선을 눈치챈 한새가 나지막이 물었다.

"해 볼래?"

"할 줄 알아?"

"게임을 잘해서 하나. 재밌으니까 하지."

한새가 시니컬하게 웃으면서 미리 바꿔 놓은 동전을 투입구에다 넣었다. 그러자 커다란 음악 소리와 함께 게임이 시작된다는 멘트가 흘러나왔다.

서로 양쪽에서 권총을 하나씩 집어 들며, 조금은 비장한 눈빛으로 정면을 쳐다봤다.

그렇게 같이 시작한 게임에서 먼저 총을 맞고 죽은 것은…….

다름 아닌 한새였다.

"……하."

한새가 어처구니없다는 듯 저격수처럼 적들을 맞추는 화인의 옆모습을 쳐다보았다.

처음에 그녀가 편안하게 하길 바라는 마음에서 게임은 재미로 하는 거라고 했지만, 사실 한새는 총으로 하는 게임은 썩 잘하는 편이었다.

그런데 초보라고는 믿을 수 없을 정도로 적들을 단번에 섬멸하고 있는 화인의 모습을 보고 있자니 기가 막혔다.

그조차 가 보지 못한 보스까지 죽이고는 화인이 아쉽다는 듯 권총을 내려놓았다.

"더 할 수 있었는데, 아깝게 죽었어."

진심으로 아쉽다는 듯이 입맛을 다시는 그녀를 보며, 한새가 못 참겠다는 듯 웃음을 터뜨렸다.

그렇게 게임에 재미를 붙인 두 사람은 오락실 안에 있는 게임기들을 섭렵하기 시작했다.

서로 승부욕으로 눈을 빛내다가도, 어느새 눈이 마주치면 저도 모르게 웃음 짓고 만다.

그동안의 고민들이 거짓말이었던 것처럼 행복한 순간이었다.

한창 열중하던 게임을 그만두고 화인이 자리에서 일어설 때였다.

"저거 이한새 아니야?"

"어디?"

어디선가 수군거리는 목소리가 들려왔다.

조심스럽게 고개를 돌려보니 한새의 얼굴을 유심히 관찰하는 여자 두 명이 눈에 들어왔다.

데이트를 하는 게 딱히 죄는 아니었지만, 괜히 사람들 입방아에 오르고 싶진 않았다.

화인이 다급하게 한새의 한쪽 팔을 끌어당겼다.

갑작스러운 그녀의 행동에 한새가 의아한 표정으로 쳐다봤지만, 이 자리에서 설명하기엔 금방이라도 들킬 것 같아서 마음이 조급했다.

"뭐하는……?"

당황한 한새의 말을 무시하며, 화인은 눈에 보이는 아무 곳에나 그를 끌고 억지로 들어왔다.

달칵, 서둘러 문을 닫곤 유리창 너머로 보이는 바깥을 살폈다.

아직 정체가 들키진 않은 건지 다행히 소란스러움은 느껴지지 않았다.

화인이 저도 모르게 조금 안도의 한숨을 내쉬고 있을 때, 뒤편에서 한새의 허스키한 목소리가 들려왔다.

"나를 이런 곳에다가 밀어 넣고 뭐하자는 거야? 생각보다 엉큼한데?"

그 말에 화인이 그제야 고개를 돌렸다.

그러자 한새와 자신이 다리가 얽힐 만큼 바짝 밀착되어 있다는 사실을 깨달았다.

좁고 어두운 방 안에는 작은 화면과 마이크 두 개가 꽂혀 있는 게 보였다.

이곳은 바로 오락실에 있는 작은 노래방이었다.

"아……."

화인이 조금 놀란 눈동자로 주변을 살피다가 이내 한새를 쳐다
보았다.

잠시 몸을 숨길만 한 곳이라고 생각해서 들어왔는데, 여기가 노
래방인 줄은 몰랐다.

스으윽—

한새가 긴 팔로 화인이 있는 양쪽 벽을 짚으면서 짓궂은 얼굴로
말했다.

"집에서 하던 거 이어서 할까?"

입은 장난스럽게 웃고 있지만, 눈빛은 진심이 담긴 것처럼 진지
하다.

한새는 항상 이랬다.

가벼운 봄바람처럼 살랑거리듯 다가오지만, 항상 그 끝은 묵직
했다.

정말 노래를 부르고 싶었던 건 아니지만, 화인은 투명한 유리창
을 힐끔 쳐다보다가 서둘러 한새에게 노래방 책자를 건넸다.

"장난치지 말고 노래나 불러 봐."

어두운 방 안에 한새의 숨결이 들릴 만큼 가까운 거리다. 설레지
않는다면 거짓이었지만 그렇다고 유혹에 넘어가 버릴 순 없었다.

다른 곳도 아니고 한새의 정체가 들킬까 봐 숨은 곳이었다.

노래방의 투명한 유리창은 두 사람의 진한 애정 행각을 가려 주
지 못할 게 분명했다.

만에 하나의 상황을 대비해서라도 이곳에서의 스킨십은 자제해
야 했다.

"갑자기 무슨 노래를 부르라는 거야?"

한새가 조금은 아쉽다는 듯 그녀에게서 떨어지며 노래방 책자를 받았다.

건성으로 몇 페이지를 넘기는 그를 바라보며 화인이 나지막이 말했다.

"이왕 온 거 하나만 불러 줘."

한새는 자신을 다짜고짜 끌고 오더니, 갑자기 노래나 하나 불러 보라고 명령하는 그녀가 웃겨서 저도 모르게 피식 웃고 말았다.

그가 커다란 손으로 화인의 머리를 가볍게 쓰다듬으며 대답했다.

"알았어."

곧이어 한새가 선곡한 노래가 흘러나왔다.

잔잔한 반주가 흐르더니 한새의 허스키한 목소리가 감미롭게 얽혀 들어갔다.

생각보다 너무나도 매력적인 목소리에 화인의 조금 놀란 눈빛으로 그를 쳐다보았다.

그가 부르는 노래를 듣는 건 처음이었다.

이 좁은 공간을 한순간에 무대로 바꿀 만큼 그의 목소리는 좋았다.

"사랑한다는 흔한 말, 하지만 내가 할 수 있는 건 이 말뿐이야."

한 남자가 여자에게 사랑을 고백하는 절절한 가사였다.

그게 마치 정말로 한새가 자신에게 하는 말처럼 느껴져서, 화인은 저도 모르게 숨을 죽이고 조용히 듣고 있었다.

나중에 반주가 모두 끝나고도 가슴 한편에 뭉클한 느낌이 남았다.

"시킬 땐 언제고 부르니까 아무 말도 없어."

아무렇지 않게 말을 건네는 한새와 달리 화인은 아직도 여운이 남았다.

그녀가 나지막이 말했다.

"왜 가수 안 하고 모델 했어?"

사뭇 진지하게 물어 오는 화인을 보며, 한새가 당연하다는 듯이 대답했다.

"모델 제의를 먼저 받았거든."

한새는 사람들 앞에 나서는 걸 싫어해서 웬만하면 방송 출연을 하지 않았다. 그런데 가수 제의를 먼저 받았으면 가수를 했을 거라는 뉘앙스에 화인은 흐릿하게 웃고 말았다.

어린 시절의 한새가 얼마나 궁핍했는지 알고 있기도 했고, 한편으론 가수도 못하진 않았을 거 같다는 자신감이 마음에 들었다.

"못하는 게 없네."

그녀의 칭찬에 한순간 한새의 얼굴이 씁쓸하게 변했다.

"그건 아니야."

많은 걸 알지는 못했지만, 아레스가 그녀에게 해 주는 것을 자신이 할 수 없다는 것쯤은 안다.

처음엔 대악마와 인간이라는 것이 이렇게나 차이가 나는 건지 몰랐다.

너무 쉽게 생각한 게 화근이었다.

하지만 시간을 다시 되돌린다고 해도 지금 눈앞에 있는 화인에게 빠지지 않을 자신은 없었다.

두 사람은 어쩌면…….

처음부터 이미 예정되어 있는 새드엔딩이었다.

한새는 순간 얼굴에 떠오른 슬픈 표정을 지운 채, 화인의 흘러내린 머리카락을 조심스럽게 넘겨 주며 다시 웃었다.

그 서글픈 미소가 무엇을 의미하는지 화인은 굳이 말하지 않아도 알 수 있었다.

그래서 지금까지 꾹 눌러 왔던 말을 결국 입 밖으로 꺼내고 말았다.

"내가 없어지면 어떻게 할 거야?"

그 말 한마디에 애써 아무렇지도 않은 척 행복하게 웃던 일상이 다시 바닥으로 곤두박질쳤다.

아무리 잊으려 노력해도 두 사람이 조만간 헤어져야 한다는 사실은 변함없었다.

한새가 그늘진 표정으로 나지막이 대답했다.

"자꾸 생각하게 하지 마."

자신이라고 그녀가 사라지고 난 다음이 어떨지는 알 수 없었다.

다만 지금 자신이 아는 단 한 가지는…….

"그런 걱정 따위로 이 귀중한 시간을 날려 버리진 않을 거니까."

그것이 지금의 한새를 지탱해 주는 유일한 버팀목이었다.

지금 자신의 눈앞에는 화인이 있었고, 언제라도 만질 수 있다.

결국 울게 되더라도, 그게 지금은 아니었다.

　　　　＊　　　＊　　　＊

　한새와 보내는 시간은 마치 꿈결처럼 달콤했다.

　화인은 지금까지 자신에겐 없을 거라고만 생각했던 온갖 유치한
행동들을 매일 그와 잔뜩 했다.

　한 음료수를 두 개의 빨대로 같이 나눠 먹기도 하고, 신혼부부처
럼 마트에서 장도 봤다. 또 커플 잠옷을 구매하고, 같이 음식을 만
들어 먹는 등…….

　여태까지 생각해 본 적도 없는 많은 일들을 한새와 함께하고 있
었다.

　그런데 꿈에도 바라지 않았던 이런 일들이 왜 이렇게도 행복한
것인지…….

　마음속에 차오르는 행복감만큼, 앞으로 다가올 상실감이 두려웠
다.

　한새는 자신의 앞에선 아무렇지도 않다는 듯이 웃었지만, 밤이
되면 여전히 두려움에 떨면서 자신의 존재를 확인하고 또 울었다.

　아슬아슬한 행복.

　하지만 그럼에도 너무나도 행복한 나날들이 지나가고 있었다.

　스윽—

　잠이 든 한새의 얼굴을 바라보다가 화인이 조용히 침대 바깥으
로 나왔다.

　발소리를 죽이며 방을 나선 그녀는 얇은 카디건을 걸치고 정원

으로 향했다.

서늘한 밤공기가 답답한 마음을 조금은 트이게 해 주는 것 같았다.

"하아."

화인이 깊숙이 숨을 들이마시며 야외 테이블에 앉을 때였다.

바스락.

나뭇잎을 밟으며 다가오는 희미한 발걸음 소리에 화인은 뒤도 돌아보지 않은 채 입을 열었다.

"언제부터 거기 있었어?"

새까만 어둠 속에서 희미한 달빛 아래로 점점 모습을 드러내는 건 바로 아레스였다.

검은색 물감을 여러 번 덧칠한 것처럼 아레스의 머리색은 선명한 암흑이었다. 그에 대비되는 하얀 피부와 보랏빛 눈동자가 어둠 속에서 날카롭게 빛났다.

아레스가 나지막이 말했다.

"너야말로 여기까진 왜 나온 거지?"

"그렇게 내 일거수일투족을 알고 있다는 듯이 물어오니까, 왠지 내 스토커 같잖아."

놀리듯이 내뱉은 화인의 말에 아레스가 영문을 모르겠다는 듯 되물었다.

"스토커?"

그게 뭐냐고 물어 오는 아레스의 질문에 화인은 그저 희미하게 웃고는 나직하게 말했다.

"그런 게 있어. 그냥 머리가 좀 복잡해서 바람이나 쐬려고 나왔어."

"인간의 몸인데 조심하지 않으면 감기 걸리겠다."

아레스가 말과 동시에 화인이 뭐라고 대답하기도 전에, 자신이 입고 있던 겉옷을 벗어서 그녀의 어깨에 덮어 주었다.

그의 옷에서 느껴지는 따뜻한 온기에 화인이 잠시 고개를 돌려 아레스를 쳐다봤지만 그뿐이었다.

어차피 마력이 강한 아레스가 추위나 더위를 딱히 느끼지 않는다는 걸 잘 알기에, 화인은 별다른 말없이 그가 베푸는 호의를 받아들였다.

그리고 곧이어 생각에 잠긴 듯, 화인은 어느 한 곳을 응시했다.

그런 그녀의 옆을 아레스는 아무런 말없이 지키며 서 있었다.

그렇게 무거운 침묵이 감돌았지만, 둘 중 어느 누구도 이것을 불편하게 여기지 않았다.

두 사람 모두 말수가 적었기 때문에 마계에서도 흔히 있던 일이었다.

하지만 시간이 어느 정도 흘렀을 때, 아레스가 굳게 닫혀 있던 입을 열었다.

"지금 고민하는 이유가 인간 때문인가?"

"……."

화인은 아무런 대답도 하지 않았다.

대답하기 곤란해서가 아니라 아레스와 고민을 나누고 싶은 마음이 없어서였다.

아레스는 조금도 동요하는 기색 없이 앉아 있는 화인의 옆모습을 바라보다가 다시 입을 열었다.

"후회 안 돼? 네가 모든 죄를 뒤집어쓰고 이렇게 형벌을 받게 된 거."

"내가 결정하고 한 행동이니, 네가 참견할 바가 아니야."

"난 후회 돼. 그날 너를 그렇게 보내 버린 게."

아레스는 화인이 끌려가는 걸 속수무책으로 지켜봤던 그 순간을, 이미 그녀를 보내고 난 후에 얼마나 후회했는지 모른다.

그리고 인간 세상으로 내려온 뒤에, 우습게도 그 날의 후회는 더욱 깊어졌다.

그녀를 인간 세상으로 보내는 게 아니었다.

그녀를…… 이한새라는 인간과 만나게 하는 것이 아니었다.

아레스는 무거운 눈빛으로 화인의 얼굴 저 너머로 보이는 벨로나의 흔적을 찾아 헤맸다.

핏빛을 머금은 머리카락과 타오를 듯 빛나던 불꽃같은 눈동자.

천상의 신이 심혈을 기울여 조각한 듯한 아름다운 그녀의 외모를.

"그걸 왜 아직까지……."

화인은 이해할 수 없다는 듯이 아레스를 올려다보았다.

이미 오래전의 일인데도 아레스의 말투에는 아직까지 짙은 여운이 진득하게 묻어 나왔기 때문이다.

아레스는 화인의 눈동자를 가만히 들여다보다가 나지막이 말했다.

"······흔들리지 마라."

한낱 인간, 아무것도 아닌 미천한 존재에게.

화인은 자신의 속마음을 꿰뚫어 본 것 같은 아레스의 말에 아무런 반박도 할 수가 없었다.

한새와의 시간이 너무나도 달콤해서 자꾸만 흔들리는 게 사실이었으니까.

그렇다고 뭘 할 수 있는 건 아니었다.

아니, 자신이 여기서 뭘 어떻게 해야 할지 모르겠다.

분명한 건 한새와 헤어지고 싶지 않다는 마음이 강해져서 그녀를 칼날처럼 찌르고 있다는 사실이다.

"······네 눈에도 보여?"

이성적으로 생각하면 아레스의 말이 무조건 옳았다.

하지만 마음속으로는 한새와 이별하지 않기를. 언제까지나 그의 얼굴을 볼 수 있기를 간절히 바라고 있었다.

한새가 한밤중에 혼자 숨죽여 우는 소리를 듣게 될 때면, 화인의 가슴도 와르르 무너져 내렸다.

이렇게 자신이 떠나 버리면 정말로 홀로 남겨진 한새는 망가져 버릴지도 모른다.

한새뿐만이 아니었다. 이미 그녀의 마음도 고장 나 버린 것 같았다.

눈으로 보이지도, 또 만져지지도 않는 사랑 따위에 이토록 빠져 버리고 말았으니까.

화인의 눈가에서 그녀도 모르는 눈물 한 방울이 주르륵 떨어져 내렸다.

"나…… 혹시 돌아가기 싫은 걸까?"

어쩌면 그런 건지도 모른다.

그토록 바라던 일이지만, 어느 순간 자신의 간절함이 변해 버린 건지도 몰랐다.

아레스는 자신에게 건네는 질문인지, 아니면 그녀 스스로에게 하는 질문인지 모를 그 말에 아무런 대답도 할 수 없었다.

분명한 건, 그녀의 뺨을 타고 흘러내리는 눈물을 보며 그의 마음도 무너져 내렸다는 것이다.

시간이 흐를수록 가슴속의 슬픔은 곪아 갔지만, 해가 뜨면 아무 일도 없었다는 듯 행동하는데 그만큼 익숙해졌다.

화인은 오랜만에 휴대폰을 들고 한새와 전화 통화를 하고 있었다.

─난 지금 병원에 도착했으니까, 너도 조심해서 와.

수화기 너머로 들려오는 한새의 걱정 어린 목소리에 화인이 어처구니없다는 듯 웃으며 대답했다.

"날 뭐라고 생각하는 거야? 지금까지 몇 번이나 들락날락거린 병원도 못 찾아갈 거 같아?"

─넌 왠지 물가에 내놓은 어린아이처럼 걱정돼. 무단 횡단하지 말고 차 조심해.

한새가 쓸데없는 잔소리를 늘어놓자, 화인은 행복한 미소를 지으면서도 듣기 싫다는 듯 서둘러 입을 열었다.

"나도 출발할 테니까 이따 봐."

그렇게 일방적으로 전화를 끊은 화인이 가방을 챙기며 자리에서 일어났다.

평상시에 한새와 화인은 늘 같이 다녔지만, 오늘은 급한 볼일 때문에 먼저 나간 한새가 병원에 일찍 도착하게 되었다.

잠깐 떨어졌을 뿐인데 유난을 떠는 한새가 귀여워서 화인의 입가에는 여전히 흐릿한 미소가 감돌았다.

화인이 서둘러 현관을 나서며 정원을 지나쳤다.

대문을 막 잠그고 몸을 돌리는 순간, 낯선 검은색 차 한 대가 눈에 들어왔다.

차 주변을 배회하는 검은 양복을 입은 남자들이 의아했지만, 화인은 자신과 상관없는 일이라고 여겼다.

하지만 그 예상과는 정반대로 화인이 길가를 걸으려 하자, 검은 양복을 입은 남자들이 그녀의 앞을 막아섰다.

화인이 굳은 표정으로 그들을 바라보며 물었다.

"뭡니까?"

"차에 올라타시죠."

마치 여기서 자신을 기다렸다는 듯한 말투에 그녀가 날카롭게 눈을 빛내며 그들을 살펴보고 있을 때였다.

남자들은 자신들이 여기까지 찾아온 이유를 간단하게 밝혔다.

"제우 그룹 정 회장님이 찾으십니다."

그 한마디에 화인은 잊고 있었던 얼굴 하나가 머릿속에 떠올랐다.

바로 한새의 외할아버지인 정준건이었다.

* * *

화인이 반강제적으로 끌려오게 된 장소는 눈이 휘둥그레질 정도로 화려한 곳이었다.

도심이 한눈에 내려다보일 정도로 좋은 경치에, 깨끗하게 정돈된 하얀 테이블보가 한눈에 들어오지 않을 정도로 많았다.

수백 명이 앉아서 식사를 할 수 있을 정도로 넓은 장소엔 단 한 사람만이 앉아 있을 뿐이었다.

바로 그녀를 여기까지 부른 주인공, 한새의 외할아버지인 준건이었다.

검은 양복을 입은 남자들을 따라 등장한 화인을 힐끔 쳐다보며 준건이 나직이 입을 열었다.

"앉지."

그 말에 화인은 별다른 대꾸 없이 준건이 가리킨 자리에 앉았다.

억지로 끌려온 상황임에도 불구하고 화인은 조금도 당황하거나 겁먹은 기색이 없었다.

마치 이런 상황이 찾아올 거라고 짐작이라도 했던 것처럼 평온한 그녀의 반응에 준건의 눈동자가 먹잇감을 노리는 육식 동물처럼 빛났다.

"저번에 봤을 때도 느꼈지만, 웬만한 일로는 눈 하나 깜짝하지 않는 아가씨인가 보군."

"무슨 일로 보자고 하신 거죠?"

흔한 인사말도 없이 다짜고짜 본론부터 꺼내는 화인을 보며 준건이 빙긋 웃었다.

"일단 식사부터 하지."

"하실 말씀이 있어서 부른 거라면, 그 말만 듣고 갈 생각입니다."

단호한 화인의 말에 준건의 미간이 알게 모르게 찌푸려졌다.

"난 같은 이야기를 두 번 하는 걸 좋아하지 않아. 내가 분명 식사부터 하자고 이야기 한 것 같은데."

그 말에 화인의 표정 역시도 못마땅하다는 듯이 굳어졌다.

하지만 준건은 조금도 개의치 않은 채, 가벼운 손짓으로 주방장을 불렀다.

"준비한 음식을 내주게."

그 말을 시작으로 하얀 옷을 입은 주방장이 부지런히 음식을 나르기 시작했다.

한눈에 봐도 고급스러운 음식이라는 걸 알 수 있었다.

코스 요리처럼 끊임없이 나오는 요리의 양이 너무 많아서 결코 두 사람이 먹을 만한 수준이 아니었다.

하나같이 맛있어 보이는 음식이었지만, 화인은 무심하게 바라만 보고 있을 뿐이었다.

준건은 젓가락조차 들지 않는 고집스러운 그녀를 한 번 쳐다보곤, 곧 신경도 쓰지 않은 채 혼자서 식사를 하기 시작했다.

그러다 보니 얼결에 그녀가 준건이 음식을 먹는 모습을 물끄러미 지켜보는 형세가 되었다.

이렇게나 불편한 침묵 속에서도 준건은 조금도 서두르는 기색 없이 우아하게 식사를 끝마쳤다.

마침내 후식으로 나온 커피를 한 모금 마시며, 그가 먼저 입을 열었다.

"생각보다 더 고집이 센 아가씨구만."

"식사를 마치셨으면 이제 본론을 듣고 싶은데요."

준건은 한 마디도 지지 않는 화인이 조금도 마음에 들지 않았다.

한새는 자신에게 남은 유일한 핏줄이다.

마음만 먹으면 그에게 어울릴 만한 여자로 한국에서 난다 긴다 하는 모든 아가씨들을 데리고 올 수도 있었다.

하지만 대를 위해서 소를 희생해야 하는 법.

준건은 이미 마음의 결정을 내린 상태였기에, 더 이상의 고민은 하지 않은 채 말을 꺼냈다.

"그토록 원하니 단도직입적으로 말하지. 한새를 제우 그룹의 후계자로 만들어 주게나."

"저는 그런 힘이 없습니다."

"내가 보기엔 한새를 그리 만들 수 있는 건, 세상에 아가씨밖에 없는 거 같은데."

준건은 제우 그룹의 회장이었다.

그만큼 그의 눈과 귀가 미치지 않는 곳은 없었다. 한새가 그녀에게 얼마나 빠져 있는지 이미 충분히 파악이 된 상황이었다.

화인이 말했다.

"그럼 방금 한 말을 정정하죠. 설령 그럴 만한 힘이 있다고 해도,

저는 한새가 원하지 않는 일을 시킬 생각이 눈곱만큼도 없습니다."

준건은 이미 그녀의 거절을 예상했다는 것처럼, 그 대답을 귓등으로 흘려들은 채 자신이 하고 싶은 말을 계속 이어 나갔다.

"그동안 아가씨에 대해 조사를 해 봤네. 솔트에서 태어난 외동딸이지만, 가정불화로 집을 나가서 비루하게 살고 있다던데 아닌가?"

너무나도 간단명료한 말이지만, 우습게도 그중에 틀린 말은 없었다.

다른 사람의 입을 통해서 듣게 된 그녀의 배경은 정말이지 보잘것없었다.

한새를 만나기 전까지 화인은 자신의 삶에 대해 신경을 써 본 적이 없었지만, 지금 준건이 하는 말은 이상하게도 귓가를 맴돌았다.

그래서일까. 화인은 왠지 이 자리에 앉아 있는 자신이 조금 비참하게 느껴졌다.

"……그게 왜 여기서 나와야 할 말인지 모르겠군요."

"이거야말로 분명히 짚고 넘어가야 할 문제지. 앞으로도 한새와 계속 만나고 싶으면 말이야."

화인은 영문을 모르겠다는 표정으로 준건을 쳐다보았다.

그러자 준건이 설명하듯이 다시 입을 열었다.

"아가씨가 조금이라도 현실적이고 욕심이 있는 여자라면 알 것이 아닌가. 제우 그룹이라는 배경을 가지고 있는 한새와 미래를 바라보기가 쉽지만은 않다는 것을."

"무슨 말씀인지 모르겠군요."

"난 결혼에 대해서 말하고 있네. 이래도 무슨 말인지 모르겠나?

한새만 원래의 자리로 되돌려 준다면 두 사람의 결혼을 승낙하겠단 소리야."

화인은 단 한 번도 한새와의 미래에 대해서 생각해 본 적이 없었다. 왜냐면 어차피 두 사람은 곧 헤어져야만 하기 때문이다.

지금 준건이 말하는 결혼이라는 단어가 너무나도 이질적이고 멀게 느껴져서 화인은 순간 실소를 지을 뻔했다.

"아직 한새나 저나 거기까지 생각을 하고 있지 않습니다. 그런 건 저희들끼리 알아서 할 테니 신경을 꺼 주셨으면 좋겠군요."

지독히도 차가운 화인의 대답에도 준건은 마치 그럴 줄 알았다는 듯 웃었다.

그게 마치 비웃음처럼 보여서 화인의 눈이 가느다랗게 떠질 때였다.

준건이 한껏 낮아진 목소리로 말했다.

"당장은 한새와의 사이가 좋으니 자신만만한 모양인데, 그게 얼마나 갈 거 같은가? 일 년? 이 년? 사랑에도 유통 기한이 있다는데 자신할 수 있겠나?"

"⋯⋯."

화인은 그 물음에 아무런 대답도 할 수가 없었다.

지금 준건의 말이 그녀에게 뿌리 깊이 박혀 있는 갈등의 근원을 건드렸기 때문이다.

설령 모든 걸 버리고 한새를 선택한다고 해도, 자신이 원하는 만큼의 사랑을 나눌 수 있을까?

인간은 대악마인 자신과 달리 망각이라는 것을 할 줄 아는 생명

체였다.

한새를 못 믿는 건 아니지만, 몇십 년이 지나도 지금과 똑같을 거라고 장담할 수는 없었다.

얼음처럼 얼어붙어 있는 화인에게 준건이 쐐기를 박듯이 다시 입을 열었다.

"이 정도면 구미가 당기지 않는가? 아무것도 가진 것이 없는 아가씨를 제우 그룹의 안주인으로 받아 주겠다는 내 제안이 말이야."

준건은 어찌 보면 본인이 내밀 수 있는 최고의 패를 꺼내 든 것이었다.

이성적으로 화인이 대악마가 아니라 한 명의 인간이라면 충분히 구미가 당길만한 제안이긴 했다. 하지만 안타깝게도 화인은 한낱 인간이 아니었다.

그리고 법적인 부부라는 틀 안에 한새를 묶어 두고 싶은 생각도 없었다.

그녀가 원하는 건 한새에게 언제까지나 사랑을 받는 것이다.

나중에 나이가 들어 의무적으로 옆자리를 지켜 주는 그런 관계가 아니었다.

불현 듯 지금껏 그녀를 계속 쫓아다녔던 인간의 삶에 대한 불신이 전신을 휘감았다.

'……한새야.'

화인은 지금도 자신의 눈앞을 아른거리는 그의 이름을 나직하게 되뇌었다.

이십오 년 인간의 삶을 살아오면서, 아니 이 세상에 존재하고 난 이후부터 그녀를 지켜 주었던 가장 큰 버팀목은 바로 대악마라는 자긍심이었다.

그것은 아무 때나 버렸다가 다시 주워 담을 수 있는 그런 게 아니었다. 하지만 한새의 옆에 존재하기 위해선 가장 먼저 버려야만 하는 것이었다.

준건을 이렇게 눈앞에 두고 앉아 있자니, 현실이 얼마나 암담한지 새삼 깨달을 수밖에 없었다.

둘 사이를 가로막고 있는 벽은 너무나도 높고 거대했다.

그리고 화인은…… 두려웠다.

준건은 어느 시점부터 자신에게 기세가 넘어왔다고 생각했다.

당연했다. 한 마디도 지지 않던 화인이 흐릿한 눈빛으로 아무런 대답도 하지 못했으니까.

사실 현명한 여자라면 준건의 제안을 받아들이는 게 당연했다.

남녀의 연애라는 건, 늘 그렇듯 언제든지 뒤집힐 수 있는 불완전한 것이니까.

한새의 사랑을 받고 있을 때, 그를 제우 그룹의 후계자로 만들고 그녀 자신이 안주인이 되는 게 가장 큰 이득일 것이다.

준건의 입장으로서도 많은 것을 양보한 것이었다.

처음에는 화인을 협박할까, 회유할까, 온갖 방법을 다 고민했었다. 그러다가 가장 확실하고 안전한 길을 선택한 것이다.

"답은 이미 정해진 것 같은데, 시간이 더 필요한 겐가?"

은근한 준건의 목소리에 상념에 잠겨 있던 화인이 정신을 차렸다.

잠시 눈빛이 흔들렸던 게 거짓말처럼 화인은 다시 확고한 목소리로 말했다.

"그 질문에는 이미 답을 드렸다고 생각했는데요."

"⋯⋯?"

"저는 한새가 싫다고 하는 일을 시킬 생각이 없습니다."

"⋯⋯허허."

반쯤 넘어왔다고 생각했던 화인의 입에서 다시 처음과 똑같은 대답이 나오자, 준건은 저도 모르게 마른 웃음을 흘렸다.

준건이 도무지 이해할 수 없는 어투로 물었다.

"솔직히 말해 보게. 내게 뭘 더 바라는 게 있는 겐가? 제우 그룹과 맺어지는 게 아가씨네 친정한테도 결코 나쁜 조건은 아닐 텐데."

"솔트가 어떻게 운영이 되든, 그건 아버지께서 알아서 잘하시리라 생각합니다."

화인이 조금 돌려 말하긴 했지만, 제우 그룹의 힘이 없어도 솔트는 문제가 없다는 뜻이나 다름없었다.

준건의 미간이 알게 모르게 꿈틀거릴 때, 다시금 화인의 목소리가 다시 이어졌다.

"제가 한새의 곁에 있는 건 그를 사랑하고 있기 때문이죠. 만에 하나 이 마음이 변한다면 우리가 같이할 이유는 없습니다."

"똑똑한 아가씨인 줄 알았는데, 고작 사랑놀이를 하겠다는 건가?"

기가 차다는 준건의 질문에 화인은 저도 모르게 픽하고 낮게 웃고 말았다.

왠지 준건의 모습에서 과거의 자신이 보였다.

사랑 따위는 조금도 믿지 않았던 그때 그 시절이 말이다.

"사랑놀이, 막상 해 보니까 미치겠더라고요."

이성이 완전히 날아가 버릴 정도로 좋아서, 어느새 자신이 가진 전부를 걸고 싶어질 만큼 말이다.

인간의 삶, 한새에 대한 믿음.

여러 가지가 그녀의 마음을 어지럽혔지만 그중에 준건이 제안한 내용은 없었다.

준건은 그제야 화인이 자신이 내건 현실적인 제안을 모두 거절했다는 사실을 깨달았다.

그는 모르고 있었지만, 그녀가 한새의 곁에 남아 있기 위해 포기해야 되는 것은 제우 그룹의 안주인이란 자리보다 더욱 커다란 것이었다.

"말이 통하는 상대인 줄 알았는데, 이거 섭섭하군그래."

"할 말이 끝나신 거 같은데, 이만 일어나 보겠습니다."

말과 동시에 화인이 의자에서 몸을 일으키려고 할 때였다.

그녀의 뒤에 서 있던 검은 양복을 입은 남자들이 순식간에 다가오며 앞을 막아섰다.

화인은 여전히 자신을 보내 줄 마음이 없어 보이는 준건을 날카롭게 쳐다봤다.

그러자 준건이 흐릿한 미소를 지으며 나지막이 말했다.

"협상이 안 통했으니, 이젠 다른 방법을 쓸 수밖에 없지 않은가?"

콰앙!

화인은 분노를 담아서 굳게 닫힌 문을 발로 걷어찼다.

그녀의 거친 반항에 문 바깥에 있던 준건이 너털웃음을 흘렸다.

"항상 생각하는 것 이상을 보여 주는 아가씨야."

방 안에 갇힌 화인이 으르렁거리는 듯한 목소리로 준건을 향해 말했다.

"이래 봤자 소용없습니다."

"그건 내가 정하겠네. 그리고 아가씨가 날 어떻게 생각하는지 모르겠지만, 난 상황에 따라서 아가씨 하나쯤은 세상에서 지워 버릴 수도 있는 무서운 할아비가 될 수도 있다네."

준건은 농담처럼 가볍게 말했지만, 그 속에 진득한 진심이 담겨 있다는 걸 그녀는 알아차릴 수 있었다.

화인이 아랫입술을 꾸욱 깨물었다.

한새가 없는 틈을 타서 자신을 데리고 온 것이 마음에 걸렸는데, 상황 역시 자신이 원하지 않은 방향으로 흘러가고 있었다.

준건은 한새의 마음을 흔들 수 있는 화인이라는 존재를 쉽게 포기할 생각이 없었다.

"잘 지키게."

준건이 문 바깥에서 검은 양복을 입은 남자들에게 지시를 내리는 소리가 들렸다.

그리고 그 자리를 떠나기 전에, 화인을 향해 한마디를 내뱉는 것도 잊지 않았다.

"다음에 우리가 만났을 때는, 그게 무엇이라도 내가 원하는 대답을 하는 게 좋을걸세."

명백한 협박이었다.

분에 찬 화인이 굳게 닫힌 문을 노려보자, 점점 멀어지는 발걸음 소리가 들려왔다.

준건이 자신을 여기에 가둬 놓고 어딘가로 가 버렸다는 걸 자연 스럽게 알 수 있었다.

화인이 나지막이 욕지거리를 내뱉었다.

"……빌어먹을."

인간 세상으로 내려오고 이렇게 무능력하게 당해야만 하는 상황 이 가장 싫었다.

화인은 굳게 닫혀 있는 문을 다시 한 번 발로 걷어찼다.

쾅, 소리가 울려 퍼졌지만 아무도 그것을 신경 쓰지 않았다.

애써 마음을 가라앉히고 주변을 둘러보니, 이곳이 웬만한 오성 급 호텔에 버금가는 장소라는 걸 알 수 있었다.

감금당했다는 말이 무색할 만큼, 호화롭기 그지없는 방 안이었 다.

방 한가운데 털썩 주저앉아서 여기서 빠져나갈 방법을 궁리해 봤지만, 머릿속에 떠오르는 가장 확실한 방법은 하나밖에 없었다.

준건이 자신을 협박한 것은 사실이지만, 시간이 지나면 돌려보 내 줄 확률이 높다는 것쯤은 이미 알고 있다. 하지만 한새가 자신이 사라진 것을 알고 걱정하게 만들고 싶지 않았다.

더군다나 이런 식으로 소비하기엔 시간이 너무나도 아까웠다.

"……후우."

화인이 짧은 심호흡과 함께 마력을 끌어올렸다.

얼마 전 아레스에게 체내에 지니고 있던 마력을 전부 쏟아 내고 속이 뒤틀린 적이 있었다. 그래서 걱정이 좀 되긴 했지만, 가장 **빠**른 방법은 이것밖에 없었다.

가뭄처럼 바짝 메말라 있는 마력을 간신히 모아서, 힘겹게 한마디를 내뱉었다.

"아레스 도와줘."

그 말이 끝남과 동시에 화인의 온몸에서 식은땀이 비 오듯 쏟아졌다.

아레스가 준 광석을 복용한 뒤, 두 번째로 마력을 사용하는 것이었다. 그리고 처음 사용했을 때보다 지금이 더 몸에 무리가 가고 있었다.

휘이이이이잉—

사방이 막힌 방 안에 바람이 불 리가 없는데도, 한차례 서늘한 기운이 휩쓸고 지나가는 것 같았다.

그와 동시에 검은색의 웅장한 날개가 연기처럼 나타나기 시작했다.

거짓말처럼 아레스의 모습이 방 한가운데 등장했다.

자신의 부름을 듣자마자 나타나 준 그를 보며, 화인이 창백하게 질린 얼굴로 희미하게 웃었다.

"다행히 빨리 와 줬네."

"대체…… 무슨 일이야?"

바닥에 주저앉아 있는 화인을 발견한 아레스의 표정이 단숨에 딱딱하게 굳어졌다.

지금 그녀의 안색이나 흐르는 땀을 보건대, 상태가 심상치 않았다.

금방이라도 쓰러질 것 같은 화인을 부축하며 아레스가 재차 물었다.

"이게 어떻게 된 일이냐고."

"너를 부르느라 마력을 사용해서 그래. 잠깐 쉬면 곧 괜찮아질 거야."

"그러니까 왜 마력을……."

아레스가 곧 말을 멈추고, 매서운 눈동자로 굳게 잠겨 있는 문을 쳐다봤다.

손잡이를 직접 돌려 본 건 아니지만, 저 문을 안에서 열 수 없다는 사실을 단번에 눈치챘다.

그가 씹어뱉듯이 말했다.

"감히 누가, 너를 가둔 거지?"

화인은 그게 아니라고 부정하고 싶었지만, 금방 들통날 거란 걸 알기에 순순히 대답했다.

"어쩌다 보니 상황이 이렇게 됐는데 별거 아니야."

"너한텐 그럴지 몰라도 나한텐 아니야. 하나도 남김없이 죽여 버리겠어."

화가 난 그의 보랏빛 눈동자가 순식간에 날이 시퍼렇게 선 칼날처럼 변했다.

당장이라도 문을 열고 바깥에 있는 남자들은 물론 결국에는 한새의 외할아버지까지 죽여 버릴 그를 알기에, 화인은 힘겹게 손을 올려 그의 소매를 붙잡았다.

"……하지 마."

"이미 늦었어, 말리지 마."

아레스나 화인이나 이미 마계에 있을 때 수많은 전투로 단련된 몸이었다.

손에서 피가 마르지 않는 나날들이었고, 여기서 조금 더 피를 묻힌다고 해도 둘 다 아무런 상관이 없었다.

하지만 지금은 안 된다.

"상대는 한새 외할아버지야."

화인의 나지막한 말에 아레스의 몸이 눈에 띄게 경직되었다. 그러곤 반듯했던 미간이 와락 구겨졌다.

그가 분노에 찬 목소리로 입을 열었다.

"그래서 나보고 참으라고?"

"내가 널 부른 이유는 날 여기서 빼내 달라는 거야. 앙갚음을 해도 내가 직접 해. 그러니까 넌 상관하지 마."

"벨로나, 지금 내가 보고 있는 게 대체 누구인 거지?"

지금 자신의 손안에 있는 게 벨로나라는 것을 안다. 그런데 동시에 그녀가 누구인지 모르겠단 생각이 들었다.

벨로나지만 벨로나같지 않은, 아레스가 느끼기에 지금의 그녀는 그저 인간일 뿐이었다.

화인이 힘없는 얼굴로 어처구니없다는 듯 웃었다.

"그거 대답할 가치가 있는 질문이야?"

그 말에서 순간 아레스는 아무런 반박도 할 수가 없었다.

화인의 강인한 눈동자를 들여다보고 있자니 자연스럽게 알 수밖에 없었다. 아무리 달라졌다고 하여도 이 여자가 바로 자신이 그토록 그리던 벨로나라는 사실을.

그것을 부정할 수는 없었다.

설령 찢기고 부딪치고 상처 입는다 해도, 언제나 강하고 아름다운 나의 여신.

아레스는 그녀를 부축하고 있는 양팔에 저도 모르게 힘을 주었다.

조금만 힘을 주어도 꺾일 것만 가녀린 느낌이 마음에 들지 않았지만, 이건 이것대로 아레스의 마음을 애달프게 만들었다.

"……난 한 번도 네 말을 듣지 않은 적이 없지."

벨로나, 나는 왜 이렇게 네 말을 무시할 수가 없는 걸까.

스스로도 납득이 가지 않아서 그녀에게 물어보고 싶을 지경이었다.

하지만 아레스의 낮은 중얼거림에 화인은 만족스럽다는 표정으로 대꾸했다.

"고맙게 생각하고 있어."

이런 인사치레나 받으려고 꺼낸 말이 아니었지만, 자신은 화인이 원한다면 그 무엇이라도 해 줄 수 있었다.

그리고 그건 지금도 마찬가지였다.

당장이라도 문을 열고 나가서 하나도 남김없이 모조리 죽이고 싶었지만, 화인이 원치 않았기에 들끓는 분노를 참아 내야만 했다.

"나의 여신, 네가 원하는 것이라면 그게 무엇이라도⋯⋯."

세상을 멸망시키자면 그럴 것이고, 같이 불구덩이로 뛰어들자고 해도 고개를 끄덕일 것이다.

네가 인간을 사랑한다기에 참았고, 너를 괴롭히는 자들도 네가 원한다면⋯⋯.

"⋯⋯눈감아 주마."

＊　　＊　　＊

한새는 어느 순간부터 연락이 닿지 않는 화인이 걱정돼서 집으로 돌아오는 길이었다.

철컥.

그가 현관문을 열며 집 안으로 들어섰다.

"화인아."

혹시나 하는 마음에 나지막하게 그녀를 불렀지만, 들려오는 대답은 없었다.

집안을 살펴보며 서둘러 방 안으로 들어가 볼 때였다.

거기엔 전혀 생각지도 못한 장면이 펼쳐져 있었다. 아레스가 잠든 화인을 양팔로 안은 채, 조심스럽게 침대에 내려놓고 있는 것이다.

한새의 두 눈이 크게 떠졌다.

"지금 뭐하는 거야?"

잔뜩 가라앉은 목소리와 함께, 한새는 재빨리 화인이 있는 침대를 향해 다가갔다.

하지만 그가 도착하기 전에 아레스는 이미 그녀를 침대에 눕힌 상태였다.

안색이 좋지 않은 화인의 얼굴을 발견하곤, 한새가 찌푸린 표정으로 아레스를 향해 재차 물었다.

"이게 어떻게 된 거야?"

아레스는 무심한 눈빛으로 한새를 쳐다보더니, 이내 나지막이 대답했다.

"네 가족한테 물어보지그래."

화인이 원했기에 그들에게 손끝 하나 대진 않았지만, 그렇다고 그걸 한새에게까지 감추고 싶진 않았다.

오히려 아레스는 오늘 일을 계기로 두 사람이 한시라도 빨리 떨어지기를 바랐다.

한새가 의아하다는 듯 반문했다.

"가족?"

지금 그의 머릿속에 떠오르는 건, 병실에 누워 있는 한울이와 외할아버지인 준건이다.

혹시라도 외할아버지가 화인에게 무슨 짓을 한 건 아닐까, 거기까지 생각이 미치자 등줄기가 서늘해졌다.

"자세히 설명해 봐. 그게 무슨 소리지?"

"나머진 네가 직접 알아보라고."

한새는 중요한 부분에서 입을 다물어 버리는 아레스가 못마땅했지만, 그의 말마따나 자세한 건 직접 알아보면 될 일이었다.

우선 그와의 신경전을 뒤로한 채, 한새는 창백하게 질린 화인의 이마를 짚었다. 그녀의 이마에 맺힌 땀방울이 흥건했다.

한새가 화인의 얼굴을 닦아 주는 걸 가만히 바라보고 있는 아레스의 눈빛에서는 불똥이 튈 것만 같았다.

아레스가 저도 모르게 주먹을 세게 말아 쥔 채로 나직이 말했다.

"인간, 넌 아무것도 모른다. 벨로나가 어떤 존재인지, 또 얼마나 아름다운지조차."

지금까지 한새가 봐 온 건, 고작 인간의 껍데기에 갇혀 있는 화인의 모습이었다.

그녀의 진정한 모습을 한새는 결코 보지 못할 것이다.

그 아름다운 불꽃을.

한새는 화인에게서 시선조차 돌리지 않은 채로 나직하게 대꾸했다.

"별로 궁금하지 않아. 화인이는 지금 이대로도 충분히 예쁘니까."

그 말에 아레스는 울컥해서 무언가 더 말을 내뱉고 싶었지만, 지금 자신의 행동이 얼마나 유치하고 치졸한지 알기에 참았다.

한새를 건드리지 않기로 화인과 약속을 했으니, 내키지 않더라도 그것을 어길 수는 없었다.

덕분에 할 수 있는 게 고작 이런 말장난뿐이라 가슴이 더욱 답답했다.

"뭐가 그렇게 자신만만한 거지? 마력을 조금 가지고 있는 인간, 그것 말고 네 가치가 뭔데?"

"그거 내가 화인이를 가졌기 때문에 받아야 하는 시기라면 얼마든지 받아 주지."

아레스는 자신을 향해 건방진 표정을 짓고 있는 한새를 보고 있자니, 당장이라도 죽이고 싶은 충동을 참아 내느라 이를 악물어야 했다.

계속 같은 공간에 있다가는 화인과의 약속을 지키지 못할 것 같았기에, 두 사람만 남겨 놓는 게 마음에 들지 않았지만 무거운 발걸음을 뗄 수밖에 없었다.

아레스가 저벅저벅 방을 나서면서 낮은 목소리로 말했다.

"……언제까지 건방 뗄 수 있는지 지켜보지."

한새는 뒤를 돌아보지 않았지만, 달칵하고 문이 닫히는 소리가 들려왔기에 아레스가 방에서 나갔다는 사실을 알 수 있었다.

식은땀을 흘리고 있는 화인의 얼굴을 조심스럽게 쓸어 주며 한새가 나지막이 중얼거렸다.

"그거 알아? 신이 있다면 난 악마가 되게 해 달라고 빌었을 거야."

화인에게 무슨 일이 벌어졌는지 알 수는 없었지만, 그래도 단 한 가지 사실은 분명했다.

자신이 돕지 못한 일을 아레스는 도왔다는 것.

아레스의 말마따나 자신은 아무런 힘도 없는 인간일 뿐이었다.

그처럼 검은 날개가 달리지도, 대단한 능력을 사용할 수도 없었다.

요즘은 화인이 자신은 가진 것이 없다고 말했던 심정을 조금씩 이해하고 있었다.

지금 한새의 마음이 꼭 그랬으니까.

화인에게 해 줄 수 있는 게 아무것도 없었다.

어느 노래 가사처럼 그저 사랑한다는 말밖에, 사랑한다는 마음밖에 줄 수 있는 게 없다.

시간이 갈수록 자신은 그녀에게 완벽한 남자가 아니라는 사실을 깨닫는다.

하지만, 그럼에도 불구하고…….

"……사랑해, 네가 너무 좋아서 미쳐 버릴 만큼."

줄 수 있는 건 아무것도 없는데, 그녀가 이렇게 아픈 걸 보면 꼭 그만큼 자신도 아팠다.

아프지 마, 아프지 마. 아프면 안 돼.

잠이 든 그녀에게 끊임없이 속삭이며, 한새는 그녀의 곁을 지켰다.

*   *   *

탁탁탁.

일정하게 손톱을 두드리는 소리가 들렸다.

그건 한울이의 몸속에 들어온 악마, 시리아가 깊은 생각에 잠겼을 때 하는 행동이었다.

병실 안에는 환자복을 입은 채 침대에 기대어 앉아 있는 한울이뿐, 다른 사람은 아무도 없었다.

오전에 잠깐 한새가 들리긴 했지만, 무슨 일이 생긴 건지 금방 다시 나갔기 때문이다.

여기서 문제는…….

오늘 병실에 방문한 것이 한새뿐만이 아니라는 것이다.

한새가 잠깐 의사와 상담을 하러 간 사이, 아레스가 마치 누군가를 찾는 것처럼 그녀의 병실을 찾아왔었다.

그러곤 다시 다급히 마력을 사용해 어딘가로 순간 이동을 해 버렸다.

그 모습을 시리아가 목격하게 된 건 순전히 우연이었다. 정말이지, 운이 좋았다고밖에 할 수 없었다.

아레스가 마력을 사용하는 것을 직접 눈으로 보고 나니, 그가 현재 어느 정도의 마력을 쓸 수 있는지 알아차릴 수 있었으니까.

순간 이동에도 여러 가지 단계가 있다.

마력이 높은 존재일수록 아무래도 그것을 쉽고 간편하게 이용했다.

그런데 검은 날개를 꺼내야만 순간 이동을 할 수 있다는 것은, 시리아로 하여금 여러 가지 사실을 유추할 수 있게 만들었다.

처음 아레스가 병실에 모습을 드러냈을 때는, 잠이 든 척 눈을 감고 있었기에 그가 어떻게 등장했는지 알 수 없었다.

하지만 아마 그때도 검은 날개를 꺼내어 이동해 왔을 게 분명했다.

"풉, 뭐야?"

긴장했던 것에 비해 현실은 너무 시시해서 웃음이 흘러나왔다.

검은 날개를 꺼내야만 순간 이동을 할 수 있다는 것.

그것은 자신의 예상했던 것보다 아레스가 인간 세상에서 사용할 수 있는 마력이 현저히 적다는 사실을 알려 주고 있었다.

이미 며칠 동안 잠이 든 척 침대에 누워서 꾸준히 마력을 흡수하고 있던 시리아다.

이대로라면 조만간 자신이 가진 마력이 아레스를 앞지를 수 있을 것이다.

마계에서 그를 이기는 건 불가능했을지 몰라도, 지금 이곳 인간 세상에선 다르다.

시리아는 인간의 몸에 흡수되는 주술을 성공하기 위해서 몇천 년이라는 시간을 보냈다. 더군다나 이 순간만을 기다리며 그녀가 준비한 것은 상상을 초월할 정도다.

"역시 하늘도 내 편을 들어주는구나. 생각보다 일이 쉽게 풀리겠는데?"

하늘의 별처럼 높았던 대악마를 자신이 이길 수 있다는 사실이 너무나도 짜릿했다.

역시나 처음 생각했던 대로 인간 세상에서 자신보다 강한 존재는 있을 수 없었다.

그게 새삼 흥분돼서 그녀는 곧 어깨가 들썩거릴 정도로 크게 웃음을 터뜨렸다.

일단 변수가 될지도 모르는 대악마 아레스를 제압하고 난 다음에는…….

이한새를 죽인다.

방해만 없다면 인간 남자 한 명을 죽이는 건, 식은 죽 먹기나 다름없었다.

그렇게 되면 지금 자신의 몸속에 남아 있는 한울의 의지도 완전히 꺾을 수 있으리라.

이 몸만 차지하고 나면 시리아가 두려워해야 할 건 아무것도 없었다.

"……이제부터가 정말 재밌겠네."

7

행복하게 살아야 한다

화인은 상상 이상으로 아팠다.

형벌이 줄어드는 광석을 복용한 이후, 처음 마력을 사용했을 때도 몸 상태가 좋지 않았기에 어느 정도 리스크가 따를 거라고는 예상했었다.

하지만 이렇듯 두 번째로 마력을 사용하게 되자 예상보다 훨씬 극심한 고통이 따랐다.

"……으으."

화인은 저도 모르게 열에 달뜬 신음 소리를 냈다. 마치 온몸이 불타는 것처럼 뜨거웠다.

그런데 희미하게 정신을 차릴 때마다 누군가가 몸속의 뜨거운 열기를 차가운 물수건으로 가라앉혀 주는 게 느껴졌다.

자신을 보살피는 그 손길이 너무나도 따스해서, 화인은 왜인지 안심이 되었다.

그렇게 거의 반나절을 침대에서 기절하듯이 잠들었던 화인이 눈을 떴다.

내내 흐릿하던 시야에는 익숙한 방 안의 풍경이 들어왔다.

무의식적으로 주변을 살피기 위해 고개를 돌리자, 이마 위에서 아직도 축축한 물기가 느껴지는 차가운 물수건이 떨어졌다.

그리고 곧이어 침대에 기대어 잠들어 있는 한새의 얼굴이 보였다.

엎드려 잠든 한새의 옆에 놓여 있는 세숫대야와 방금 이마에서 떨어진 것과 똑같은 모양의 물수건이 하나 더 있는 걸 보니, 지금까지 자신을 간호해 준 사람이 누구인지 자연스레 알 수밖에 없었다.

"내가 아픈 게 뭐 대수로운 일이라고 이렇게 자고 있어. 바보같이……."

퉁명스러운 중얼거림과 달리, 화인은 조심스럽게 손을 뻗어서 한새의 이마를 가리고 있는 머리카락을 넘겨 주었다.

반듯한 이마 아래에 감겨 있는 두 눈, 그리고 오뚝한 콧날과 굳게 다물어 있는 입술.

이리 봐도, 저리 봐도 변함없이 사랑스러운 자신의 남자였다.

마음 한편이 더 이상은 못 참겠다는 듯 찌르르하고 울려왔다.

앞으로 살아가면서 이보다 더 사랑스러운 존재를 만날 수 있을까?

한새는 매 순간 지금까지 그녀가 느껴 보지 못한 감동을 준다.

잠들어 있는 한새의 모습을 눈에 담으려는 것처럼 화인이 빤히 쳐다보고 있을 때였다.

그런 그녀의 뜨거운 시선을 느껴서일까. 얕은 잠에 빠져 있던 한새가 깨어났다.

곧바로 벌떡 상체를 일으킨 한새는 정신을 차린 화인의 모습을 확인하고, 손을 뻗어서 그녀의 이마에 남아 있는 열을 재었다.

"후, 다행히 열은 좀 내렸네."

"아레스는 어디 가고, 언제부터 네가 여기 있었던 거야?"

화인은 동생을 돌보고 있어야 할 한새가 자신의 병간호를 했다고 생각하자 미안한 마음이 들었다. 이런 식으로 걱정을 끼칠 줄 알았다면, 차라리 그냥 감금 당해 있는 게 더 나을 뻔했으니까.

하지만 화인의 입에서 나온 아레스라는 이름에 한새의 이마가 미미하게 찌푸려졌다.

"아레스가 아니라, 내가 있어서 불만이야?"

"……뭐?"

생각지도 못한 질문에 화인이 당황한 표정으로 한새를 쳐다보았다.

그러자 한새가 방금 전보다 더 가라앉은 눈빛으로 낮게 말했다.

"분명히 말하지만, 난 상대가 누구라 해도 너 양보 안 해."

한새는 아레스가 엄청난 대가를 치르고 화인에게 왔다는 사실을 알고 있다.

아레스가 그녀에게 해 줄 수 있는 것을, 자신은 무엇 하나 해 줄 수 없다는 것도 안다.

분명 두 사람 사이에는 한새가 죽도록 노력해도 끼어들 수 없는 무언가가 있었다.

대악마인 그들과 견주어 봤을 때, 당연히 인간인 한새는 비천했다. 시간이 지날수록 점점 그 사실을 온몸으로 깨닫고 있는 중이다.

다 안다, 다 아는데…….

그래도 포기할 수 없었다. 아레스한테 티끌만큼도 양보하기 싫었다.

"너, 내 거야. 다른 남자한테 간호 받게 그냥 놔둘 줄 알았어?"

단호하게 말하는 한새를 보고 있자니 화인은 순간 할 말을 잃고 말았다.

그가 아레스를 이런 식으로 생각하고 있을 줄은 몰랐다.

화인이 오묘한 표정으로 머리를 긁적거리다가 나지막이 입을 열었다.

"지금, 질투하는 거야?"

"보면 모르겠어?"

당연한 걸 왜 물어보냐는 한새의 대답에, 화인은 저도 모르게 목 안쪽으로 작게 웃었다.

의미를 모를 그 웃음에 한새의 표정이 조금 굳어질 때였다.

꾸욱.

화인이 집게손가락으로 한새의 볼을 쥐었다.

그러곤 더는 참지 못하겠다는 듯, 미간을 찡그리며 입꼬리를 올렸다.

"요망한 남자 같으니."

"뭐라고?"

전혀 예상치 못한 화인의 말에 한새가 조금 놀란 눈빛으로 쳐다봤다.

"내 눈엔 너밖에 안 보여. 그래서 다른 남자가 들어올 틈 따위 없어."

화인의 거침없는 말에 한새의 얼굴이 조금 붉어졌다.

한새도 그녀에게 지나치게 직진이었지만, 그건 화인도 못지않았다.

그녀의 솔직한 말에 한새의 표정이 한결 누그러졌지만, 그럼에도 내키지 않는다는 듯이 한마디를 덧붙였다.

"……지금까지는 너 말고 다른 악마를 본 적이 없어서 몰랐어."

"무슨 말이야?"

"네가 전에 그랬잖아, 나 정도로 생긴 악마는 널리고 널렸다고."

한새의 말에 화인은 잊고 있었던 기억이 하나를 떠올렸다.

살면서 얼굴로 꿀려 본 적이 없다고 말하는 한새에게, 화인은 마계에 가면 널리고 널린 외모라고 거짓말을 한 적이 있었다.

어차피 다른 악마들을 볼 기회가 없다고 생각해서 한 말이었다.

"그걸 아직도 기억하고 있었어?"

"아니, 잊고 있었는데 아레스의 얼굴을 보니까 자연스럽게 떠올랐어. 그땐 안 믿었는데 네 말이 거짓말은 아니더라고……."

"아……."

화인은 순간 뭐라고 대답해야 할지 머리를 굴릴 수밖에 없었다.

악마라는 존재가 그렇듯, 어지간해선 아름다운 외모를 가지고 있는 게 사실이다. 하지만 아레스는 그중에서도 특출하였다.

그는 마력이 아주 높은 대악마였으니까.

당연하지만 악마들이 전부 아레스만큼 잘생긴 것은 아니었다. 하지만 그 사실을 모르는 한새는 통명스러운 표정으로 말을 이었다.

"……얼굴을 중요시하는 여자라 마음을 놓을 수가 있어야지."

"지금 누가 얼굴을 본다는 거야?"

"너지, 누구야. 나한테 제일 마음에 드는 게 얼굴이라고 했잖아."

"언제적 기억을 끄집어내는 건지……."

"틀린 말은 아니잖아. 내 여자가 얼빠라서 잘생긴 남자만 보면 걱정이 앞서거든."

짓궂은 표정으로 말하는 한새를 쳐다보며, 화인은 기가 막힐 수밖에 없었다.

물론 한새의 외모가 자꾸 눈에 들어온 건 사실이다.

하지만 그가 잘생겨서 사랑에 빠진 것은 아니었다. 아니, 정확하게는 이젠 모든 것이 다 좋아져서 무엇이 제일 좋은지 뽑기가 어려웠다.

"쓸데없는 걱정하지 마. 누가 내 눈에 콩깍지를 씌어 놔서 다른 남자들은 다 오징어로 보이니까."

그 말에 한새가 더는 못 참겠다는 듯 낮게 웃음을 터뜨렸다.

"……큭."

잘생긴 남자만 보면 걱정이 앞선다는 말은 진심이지만, 그래도 장난스럽게 건넨 자신의 말에 이렇듯 만족할 만한 대답을 주는 화인이 예뻤다.

스윽.

한새가 긴 팔을 뻗어 침대에 앉아 있는 화인의 뒷목을 끌어당겼다.

그러곤 가볍게 버드 키스로 화인의 입술을 맛보다가, 이내 그녀의 입술을 자신의 입술로 덮었다.

사랑받고 있다는 게 여실히 느껴질 만큼 부드러운 키스였다.

한참 서로를 탐닉하던 입술이 잠시 떨어졌지만, 한새는 그새를 참지 못하고 젖은 화인의 입술에 또다시 입맞춤을 했다.

한새는 그대로 화인의 작은 머리를 자신의 품 안으로 끌어당기며, 그녀에게 고개를 기울인 채로 나지막이 속삭였다.

"……다시는 아프지 마."

웃으면서 대화했던 조금 전과 달리 한새의 눈동자가 순간 어두워졌다.

사실 그녀에게 묻고 싶은 말이 많았다. 왜 갑자기 이렇게 아픈 건지, 혹시 그게 자신의 외할아버지와 연관이 된 건 아닌지…….

하지만 한새는 목구멍까지 차오른 그 질문을 모조리 참아 냈다.

정말 자신과 관련이 된 거라면, 화인이 사실대로 대답해줄 리도 없거니와 그녀를 더욱 신경 쓰이게 할 테니까.

"이젠 괜찮으니까 걱정 마."

담담한 화인의 말에 한새는 눈을 꽉 감은 채로 나직하게 대답했다.

"두 번은 안 돼……."

그녀를 아프게 한 게 자신이라면, 두 번은 용서할 수 없을 것 같
았다.

*   *   *

콰앙!

제우 그룹의 회장실 문이 거칠게 열렸다.

한새가 모습을 드러낸 것과 동시에, 뒤에서 그를 말리려는 여러
남자들이 보였다.

"도련님, 여기서 이러시면 안 됩니다."

"비켜."

지독히도 차가운 한새의 태도에 남자들은 진땀을 흘릴 수밖에
없었다.

그는 제우 그룹 정 회장의 하나뿐인 외손자다.

한새의 앞길을 막아선다거나 힘으로 제압할 순 없었기에 발만
동동 구를 뿐이었다.

그 광경을 마치 자신과는 전혀 상관없다는 듯이 지켜보고 있던
준건이 느긋하게 입을 열었다.

"그냥 두거라."

준건의 말 한마디에 지금까지 어찌할 바를 모르던 남자들이 일
제히 행동을 멈췄다. 그러곤 준건을 향해 꾸벅 고개를 숙이고는 조
용히 문을 닫고 나갔다.

준건은 갑자기 들이닥친 한새를 평온한 표정으로 맞이했다. 하

지만 그의 입에서 흘러나온 말까지 그러한 것은 아니었다.

"네가 이곳에 찾아오기를 그렇게 바랐는데, 겨우 여자 하나 때문에 올 줄은 몰랐구나."

한새가 모든 걸 알고 찾아온 것인지, 아닌지 그것은 준건에게 중요하지 않았다.

어차피 처음부터 발뺌할 생각이 없었으니까.

하지만 그 말을 들은 한새의 눈빛이 형형하게 변했다.

"지금 겨우 여자 하나 때문이라고 했습니까?"

"그럼 아니더냐? 그 아이가 얼마나 대단하다고……."

준건이 말을 하면서도 어처구니없다는 듯 실소를 짓고는 이내 다시 입을 열었다.

"뭐. 너를 여기까지 이끈 걸 보면, 네 약점이라는 사실은 틀림없구나."

"그래서 건드렸습니까? 제 약점이라서?"

"당연한 질문을 하는구나. 너와 연관이 된 여자가 아니면 내가 귀찮게 만나고 있을 이유가 없지. 왜? 내가 이러는 게 싫어서 그 여자와 헤어지기라도 할 테냐?"

준건은 마치 게임을 즐기는 사람처럼 흥미로운 표정으로 한새의 반응을 살폈다.

하지만 한새는 서늘한 시선으로 준건을 가만히 쳐다보고 있을 뿐이었다. 준건이 일부러 자신을 도발하고 있다는 사실을 알고 있기 때문이다.

화가 머리끝까지 치밀었기에 오히려 겉모습은 차분하기 그지없었다.

"앞으로도 제가 화인이와 헤어지지 않는 한, 제 약점이라는 걸 아셨으니 끊임없이 건드리시겠군요."

"당연한 걸 묻는구나."

준건의 뻔뻔한 대답을 들으며, 한새는 처음으로 입매를 한쪽으로 비스듬히 올렸다.

그건 누가 봐도 명백한 비웃음이었다.

전혀 예상치 못한 한새의 반응에 준건의 눈빛이 날카롭게 빛났다.

뭔가 말로 설명할 수는 없었지만, 지금까지와 다르다는 게 느껴졌기 때문이다.

한새가 말했다.

"원하는 게 제가 제우 그룹을 물려받는 거라고 하셨죠?"

"왜? 이제야 구미가 좀 당기느냐?"

"이런 짓을 할 정도로 원하시는데, 제가 언제까지 거부할 수는 없겠네요."

"네 말은······!"

지금까지 포커페이스였던 준건의 표정에 처음으로 뚜렷한 감정의 변화가 드러났다.

순식간에 그의 얼굴은 감출 수 없는 기쁨과 환희로 물들어 갔다.

그 반응을 한새가 무감각한 시선으로 쳐다보다가 나지막이 말을 이어 나갔다.

"저번에 저한테 했던 말 기억하세요? 제우 그룹을 망하게 해도 좋으니 제가 맡았으면 좋겠다고 하셨죠."

"당연하지. 혈육이 아닌 사람에게 넘겨줄 바에야 차라리 손해를 감수하더라도……."

"그 말대로 해 드리죠."

준건은 한새의 대답이 기쁘면서도, 순간 뭔가 잘못됐다는 생각이 들었다.

자신이 놓친 게 무엇인지 다시금 이어지는 한새의 말을 듣고 깨달을 수밖에 없었다.

"그토록 물려주고 싶으시다면 제가 제우 그룹 받겠습니다. 그리고 돌아가시기 전에 산산조각을 내 드리죠."

"……뭐?"

"설마 이렇게나 큰 기업인데 비리 하나 없지는 않겠죠. 제가 후계자가 되는 그 순간 제우 그룹에 관한 모든 비리를 인터넷과 방송사에 뿌릴 겁니다."

"……!"

준건의 눈이 크게 부릅떠졌다.

제우 그룹의 망하더라도 한새의 손에서 운영되기를 바란 것은 사실이지만, 그가 이렇게나 악감정을 가지고 무너뜨리기를 바란 것은 아니었다.

이건 준건이 일평생을 받쳐 가꿔 놓은 제우 그룹을 고의적으로 몰락시키겠다는 것과 다름없었다.

지금껏 준건은 자리가 사람을 만든다는 말을 믿었다.

한새에게 제우 그룹만 물려주면 조만간 욕심이 생겨서 곧잘 해

널 거라고 생각했다.

그리고 거기서 비롯되는 실수들은 충분히 감싸 줄 수 있다고 여겼다.

하지만 그게 이런 식은 아니었다.

아무런 대답도 하지 못하는 준건을 바라보며, 한새가 지독하리만치 차가운 목소리로 말했다.

"왜 그렇게 놀라세요? 그토록 원하시니 제가 물려받겠다고 하지 않습니까?"

"……한새야."

"제 이름 부르지 마세요."

준건을 한 번도 가족이라고 생각해 본 적 없지만, 그럼에도 외할아버지라서 이만큼 참고 있는 것이었다.

어렸을 때부터 준건은 한새에게 달콤한 독이었다.

언제라도 준건이 내민 손만 잡으면, 구질구질한 생활을 버리고 그에게 도망갈 수 있었다.

그것이 유년 시절의 한새를 미치게 만들었다.

준건의 손을 잡는다는 것은, 동생인 한울이를 버리겠다는 것이었으니까.

그 유혹을 완전히 떨쳐 내는데 몇 년이 걸렸는지 모른다.

그런 준건이 또다시 자신이 사랑하는 여자를 건드리게 놔둘 수는 없었다.

가뜩이나 해 줄 수 있는 게 아무것도 없는 여자다.

언젠가는 자신의 곁을 떠나 훨훨 날아가 버릴 바람과 같은 여자였다.

그런 그녀가 잠시 머무르고 있는 지금 이 순간을, 한새는 아무에게도 방해받고 싶지 않았다.

"마지막으로 드리는 경고입니다."

한새의 어두운 눈동자가 준건을 똑바로 직시했다. 그러곤 한껏 낮아진 허스키한 목소리로 말을 이었다.

"화인이 건드리지 마세요."

*　　*　　*

폭풍처럼 들이닥친 한새가 사라지고 난 후, 준건은 허망한 표정으로 혼자 의자에 앉아 있었다.

그가 나가 버린 문을 가만히 바라보고 있는 준건의 눈빛은 복잡했다.

"……고얀 놈."

제우 그룹의 회장이 된 이후, 그 누군가에게 위협을 당해본 적이 없었다.

물론 그의 인생에 몇 번의 위기가 찾아오긴 했지만, 모두 잘 극복했기에 이 자리에 앉아 있는 것이었다. 그런데 말년에 하나뿐인 외손자에게 협박을 당하게 될 줄이야.

그것도 이렇게 따끔하게 당할 줄은 정말로 몰랐다.

한마디로 표현하자면, 준건이 한새에게 제대로 한 방을 먹었다.

한새가 이 정도로 반발심을 갖고 있다면 억지로 후계자로 만들어 봤자 아무런 소용도 없었다.

화인을 건드리지 말라고 경고하던 한새의 목소리가 지금까지도 준건의 귓가에 남아 맴돌았다.

그런데 우습게도 화인 역시 과거에 준건에게 똑같은 말을 했었다.

"경고 하나 하는데, 한새 건드리지 마세요. 분명히 말씀드리지만, 제 경고는 한 번뿐입니다."

그 둘은 마치 서로가 서로의 가장 큰 약점이라는 것처럼 행동했다.

"……허허."

준건이 입가에서 메마른 웃음이 새어 나왔다.

사람은 누구에게나 약점이 있다. 허나 건드려도 되는 것과 건드리면 안 되는 것이 분명히 존재했다.

어떤 약점은 그것만 손에 쥐면 상대방을 뜻대로 조종할 수 있었지만, 어떤 것은 그게 그 사람의 전부라서 목숨을 걸고 달려들 수도 있었다.

상대는 고작 여자 한 명이었다.

당연히 전자라고 생각했는데, 한새에게 화인이라는 여자는 후자였다.

오늘 만난 한새는 지금까지 준건이 본 것 중에 가장 화가 난 모습이었다.

직감적으로 알 수밖에 없었다.

화인을 건드리면 한새가 물불을 가리지 않고 달려들 거라는 것을.

"쯧, 이놈이나 저놈이나 다들 사랑 타령은……."

그러고 보면 한새는 자신의 딸을 닮은 게 틀림없었다.

사랑에 눈이 멀어서 제우 그룹이고 뭐고 다 내팽개치고 한새의 아버지를 따라 떠났으니까.

한새를 임신하고 행복하게 웃고 있던 딸의 모습이 마치 엊그저께처럼 생생했다.

준건이 저도 모르게 씁쓸한 미소를 입가에 지었다.

그때 문득 한새에게 물어보지 못한 한 가지 사실이 떠올랐다.

방 안에 갇혀 있던 화인은 어떻게 그곳을 빠져나간 걸까?

문 앞을 지키고 있던 남자들만 해도 여러 명이었다. 그런데 모두의 눈을 감쪽같이 속이고 도망쳤다는 게 쉬이 이해가 되지 않았다.

창문을 열고 뛰어내렸다기엔 그곳의 높이가 상당했다.

화인은 마치 마법이라도 부린 것처럼 그곳에서 사라졌다.

풀리지 않는 수수께끼에 준건이 고개를 기울였지만, 이제 와서 그 의문을 풀 방법은 없었다.

한새는 이미 회장실에서 나가 버린 후였고, 고작 이 궁금증을 풀기 위해 화인을 다시 붙잡아 올 수도 없는 노릇이었으니까.

*　　*　　*

행복하게 살아야 한다 273

그로부터 며칠이 지났다.

한새는 몸이 완전히 회복된 지 얼마 지나지도 않았는데, 혼자서 외출을 하려고 하는 화인을 걱정스러운 눈길로 쳐다보았다.

"조금만 더 쉬지. 뭐가 그리 급해서 벌써 나가는 건데?"

"집에만 틀어박혀 있어서 뭐해. 그리고 다 나았다니까, 언제까지 환자로 취급할 생각이야?"

사실 화인은 꼬박 하루를 앓고 난 다음, 상태가 꽤나 많이 호전되었다. 하지만 한새가 유난을 떠는 바람에 며칠을 가만히 누워서 요양할 수밖에 없었다.

한새로선 어쩔 수 없는 일이었다.

치유력이 사라진다는 말만 들었지, 그녀가 그렇게 아픈 모습을 보는 게 처음이었으니까.

열에 들끓던 화인의 모습이 아직도 눈에 선명했다.

더구나 화인이 아팠던 날 무슨 일이 있었던 건지 자세히 알진 못했지만, 자신의 외할아버지와 연관이 되어 있다는 것만큼은 분명했다.

한새는 그녀가 이렇게 아픈 게 자신 때문인 것 같았기에 더욱 신경이 쓰였다.

"내가 네 걱정을 안 하면 누가 해."

당연한 거 아니냐는 듯이 말하는 한새를 보며, 화인은 저도 모르게 흐릿한 미소를 지었다.

두 사람은 이제 자연스럽게 곧 헤어져야 한다는 사실을 숨겼다.

마치 약속이라도 한 것처럼 그런 일이 벌어질 거라는 걸 모르는 사람들처럼 행동했다.

그러다 보니 평상시와 다름없는 일상으로 점점 되돌아가고 있었다.

서로가 마음속으로 얼마만큼의 슬픔을 간직하고 있는지 알 수는 없었지만, 최소한 그것을 상대방에게 드러내려고 하지 않았다.

두 사람 모두, 이 금방이라도 끊어져 버릴 것 같은 아슬아슬한 행복을 지키기 위해 노력하고 있는 것이다.

화인이 말했다.

"걱정해 주는 건 고마운데, 이제는 정말 괜찮아. 그리고 오늘은 꼭 가 봐야 할 곳이 있어."

"어디 가는데?"

한새의 질문에 화인은 순간 말문이 막혔다.

자신도 이곳을 가야 할지, 말아야 할지에 대해 수도 없이 고민했다.

그렇게 어렵게 마음을 정하고, 예약을 잡은 날짜가 바로 오늘이었다.

한새에게 뭐라고 대답할지 잠시 고민하던 화인이 곧이어 나직하게 입을 열었다.

"자세한 건 다녀와서 대답해 줄게."

화인이 무언가를 이유 없이 감추는 성격이 아니라는 걸 잘 알기에, 한새는 궁금증이 치밀었지만 더 이상 물어볼 수 없었다.

그저 커다란 손으로 화인의 머리를 쓰다듬으며 나지막이 당부할 뿐이었다.

"알았어, 조심히 다녀와."

"응. 먼저 한울이 병원에 가 있어. 금방 따라갈 테니까."

"나 없다고 무단 횡단하지 말고, 차 조심하고."

한새의 반복되는 잔소리에 화인은 픽하고 웃음을 흘릴 수밖에 없었다.

사실 이번에 아프고 난 다음에, 화인에게 남은 형벌의 시간이 비약적으로 줄어들었다.

아직 아무에게도 말하지 않았지만, 이대로라면 금방이라도 한새와 작별 인사를 해야 할지도 모른다. 시간이 줄어드는 속도도 훨씬 빨라져서 이제는 계산조차 되지 않을 지경이었으니까.

그만큼 화인의 몸은 완전히 인간처럼 변해 버렸다.

지금은 손가락이 베이면 피가 나고 조금도 치유가 되지 않았다. 그뿐만 아니라 희미하게나마 몸 안을 맴돌던 마력마저도 완전히 사라졌다.

이것이 부작용 때문인지, 아니면 형벌의 시간이 급속도로 줄어들면서 당연히 겪게 되는 현상인지 알 수는 없었다.

지금까지 이런 방법으로 형벌을 피한 악마는 단 한 명도 없었으니까.

하지만 괜한 걱정은 하지 않았다.

한새 하나만을 생각하기에도 화인에겐 너무나 벅찬 순간들이었으니까.

벌컥, 화인이 현관문을 열고 나서자 한새가 배웅하려는 듯 따라나왔다.

"나중에 봐."

"그래."

짤막한 인사와 함께 두 사람은 서로를 향해 웃었다.

금방이라도 햇살 속으로 아스라이 사라져 버릴 것 같은 아련하고 반짝이는 미소였다.

그렇게 화인은 터벅터벅 몇 걸음을 걷다가 불현듯 뒤를 돌아봤다.

그러곤 자신의 모습이 사라질 때까지 그 자리에 우두커니 서 있을 한새를 향해 가볍게 손을 흔들었다.

여느 때와 조금도 다르지 않은 하루였다.

*   *   *

"후우."

화인은 그녀답지 않게 깊게 심호흡을 했다.

어쩔 수가 없었다. 세상에 단 한 사람, 이 사람을 만날 때만큼은 그녀도 긴장을 할 수밖에 없었으니까.

지금 화인이 앉아서 기다리고 있는 곳은……

바로 한 정신 병원의 면회실이었다.

화인이 용기를 내서 만나러 온 사람은 다름 아닌 자신의 엄마였다.

시간이 지날수록 인간 세상을 떠나기 전에 꼭 한 번은 만나야겠다는 생각이 들었다.

해준에게 부탁하긴 했지만, 그래도 마계로 돌아가 버리면 이제 두 번 다시 볼 수 없을 테니까.

화인이 초조하게 엄마를 기다리고 있을 때였다.

벌컥, 문이 열리면서 환자복을 입고 있는 중년의 여인이 간호사와 함께 들어왔다.

조금 초췌하게 변하긴 했지만, 그럼에도 여전히 고운 자태를 뽐내고 있는 엄마였다.

화인은 눈으로 엄마를 확인하자마자, 저도 모르게 자리에서 벌떡 일어섰다.

"……엄마."

그녀가 떨리는 눈동자로 가만히 엄마를 쳐다보고 서 있자, 옆에 서 있던 간호사가 사무적인 목소리로 말했다.

"면회 시간 준수해 주시고요, 밖에서 기다릴 테니 무슨 일이 있으면 부르세요."

"네."

화인은 무의식적으로 대답하며, 눈으로는 끊임없이 엄마를 쫓았다.

간호사는 엄마를 반대편 의자에 앉혀 주고는 바깥으로 나갔다. 그제야 화인은 다시 자리에 앉아서 엄마를 마주 볼 수 있었다.

조금도 표정을 읽을 수 없는 엄마의 얼굴을 들여다보면서 화인이 조심스럽게 입을 열었다.

"잘…… 지냈어요?"

"……."

"혹시 병원에서 불편한 건 없고요?"

"……왜 왔니?"

엄마의 그 짤막한 말에 화인은 순간 움찔할 수밖에 없었다.

예전처럼 냉랭한 표정은 아니었지만, 그렇다고 자신을 반겨 주는 것은 아니었다.

화인의 마음속에는 언제나 가장 무거운 짐처럼 엄마가 남아 있었다.

내가 엄마의 딸로 태어나지 않았다면, 많은 것들이 달라지지 않았을까.

그런 생각이 꼬리에 꼬리를 물었기에, 이따금씩 엄마를 떠올릴 때마다 죄책감이 들었다.

상처를 많이 받은 것도 사실이지만, 자신이란 존재가 엄마에게 상처를 준 것 또한 사실이다.

화인이 어두운 눈동자로 엄마를 바라보며 말했다.

"……저 멀리 떠나게 됐어요. 그래서 아마 다시는 찾아뵙지 못할 것 같아요. 마지막으로 엄마 얼굴 한번 보고 싶어서 왔어요."

"왜?"

너무나도 짧은 질문이었다.

그런데 그 안에 너무 많은 것이 담겨 있었다.

멀리 떠나는 와중에 대체 왜 자신이 보고 싶었냐는 엄마의 물음에 화인은 뭐라고 대답해야 할까.

화인이 어렵게 입을 열었다.

"……그냥이요."

무슨 특별하고 대단한 이유가 있는 것은 아니었다.

엄마는 인간 세상으로 내려오고 처음으로 사랑한 인간이자, 처음으로 사랑받고 싶었던 인간이었다.

그래서일까. 항상 자신의 가슴속에 절대로 빠지지 않는 가시처럼 박혀 있었다.

자신이 조금 특이하더라도 사랑해 줄 순 없었냐고 원망이 생기는 반면에, 엄마를 이렇게 정신 병원에 입원시킨 주범이 자신이라는 생각에 미안한 마음이 들었다.

애증, 어쩌면 두 사람은 그런 관계였다.

사랑하지만 그럼에도 미워할 수밖에 없는…….

그런데 막상 인간 세상을 떠난다고 하니까 왜 자꾸 엄마의 얼굴이 아른거리는 것일까.

화인도 그 이유를 정확히 알 수는 없었다.

"혹시 해준이가 찾아오진 않았어요? 아버지가 일 때문에 바빠서 엄마를 챙기지 못할까 봐 제가 부탁을 해 놨어요. 혹시 힘든 일이 있으면……."

"어디로 갈 예정이니?"

갑작스러운 엄마의 질문에 화인은 조금 망설이다가 나지막이 대답했다.

"여기서 아주 먼 곳이요."

"다신 안 돌아온다고?"

"네."

"잘 됐구나."

감정이 전혀 느껴지지 않는 엄마의 건조한 표정을 바라보며, 화인은 여전히 가슴이 따끔거린다는 사실을 알 수 있었다.

오랜 시간이 지났는데도 불구하고 아직도 엄마의 말 한마디에 상처를 받는 자신이 존재했다.

대악마의 시간으로 계산하자면, 인간 세상에서 살아온 세월은 정말 별거 아니었다.

눈 한 번 깜짝할 정도면 흘러가 버릴 그 짧은 시간이 왜 이리도 기억에 남는 것일까.

마치 아직도 마음속 어딘가에 유치원을 다니던 꼬마 화인이가 남아서 엄마의 사랑을 갈구하고 있는 것 같았다.

화인은 자신의 슬픈 표정을 감추기 위해 일부러 작게 헛기침을 몇 번 했다. 그러곤 아무렇지 않은 표정으로 다시 말을 이어 나갔다.

"그러니까, 저 없어도 몸조심……."

"다시 볼 일이 없으니 내가 널 또 상처 입힐 일은 없겠어."

"……네?"

갑작스러운 엄마의 말이 도무지 이해가 되질 않아서, 화인은 바보처럼 눈을 동그랗게 뜬 채로 엄마를 쳐다볼 수밖에 없었다.

자신이 지금 무슨 말을 들은 걸까?

누가 누구를 상처 입힌다고 한 건지, 도통 알아들을 수가 없었다.

화인의 놀란 표정을 바라보며, 엄마가 느릿하게 입을 열었다.

"내가 혹시라도 널 또 상처 입힐까 봐 지금까지 만나고 싶어도 참았다. 언제부턴가 맨정신을 유지하는 게 힘들었어. 그래서 네 아빠한테도 이럴 바엔 정신 병원으로 보내 달라고 부탁했지."

"지금 뭐라고……."

화인의 두 눈이 경악으로 물들었다.

지금까지 자신은 전혀 알지 못했던 사실이었다. 더구나 정신 병원에 입원하게 된 게 엄마의 의지였다니…….

너무나도 갑작스러운 이야기라 쉽게 믿기지가 않았다.

"차라리 다신 못 본다니까 마음이 편하구나. 이젠 내가 보고 싶어도 널 부를 수 없고, 혹시라도 네가 날 찾아올까 봐 전전긍긍하지 않아도 되니까."

"저를…… 걱정하셨어요?"

"당연한 걸 묻는구나. 엄마가 자기 딸을 걱정하지 않을 리가 없잖니."

그 말을 들은 화인의 눈가에는 거짓말처럼 눈물이 가득 맺혔다.

이 순간이 마치 꿈처럼 느껴졌다. 갑작스러운 대화가 머릿속으로는 완전히 이해되지 않았지만, 가슴이 먼저 알아듣고 눈물을 흘렸다.

"이해가 안 가요. 그동안 왜 말하지 않으셨어요?"

"내가 괴물이라고 불렀을 때…… 네가 상처받은 눈빛이 잊히지가 않아서."

순간 화인은 금방이라도 흐느낌이 새어 나올 것 같아서, 두 손으로 입을 막았다.

이런 사실을 왜 지금까지 말하지 않았냐고 더 다그치고 싶었다.

그런데 막상 목이 메어서 단 한 마디도 내뱉을 수가 없었다.

엄마가 자신을 사랑하지 않은 게 아니라고 한다.

부모에게 버림받았다고 생각했던 지난날들이 진실이 아니라고 알려 준다.

엄마가 말했다.

"너도 알다시피 나는 네 아빠와 정략결혼으로 맺어진 사이었어. 처음부터 삐걱거렸지, 나는 사랑을 원했고 그는 성공을 원했으니까. 너를 갖기 전부터 정신과 약을 복용해 왔단다."

"……아."

대내외적으로 두 분은 조금도 문제가 없는 부부 사이였다.

화인이 기억하는 모습조차 너무나도 평화로웠기에 이런 속사정이 있다는 것을 알지 못했다.

"다른 아이들과 조금 다른 네가…… 엄마는 어려웠단다. 이제 와 변명을 한다고 해도, 자격이 없는 엄마라는 사실은 변함이 없겠지만 말이야."

"아니, 아니에요. 엄마."

화인은 쥐어짜 내는 목소리로 고개를 좌우로 흔들면서 엄마의 말을 부정했다.

정신이 쇠약한 엄마에게 대악마라는 자신의 존재는 마치 불난 집에 기름을 들이부은 것처럼 그녀를 불행하게 만들었을 것이다.

엄마는 울먹이는 화인의 손을 부드럽게 잡아 주었다.

거기서 느껴지는 따뜻한 온기가 지금까지 꽁꽁 얼어붙었던 화인의 차가운 마음을 순식간에 녹아내리게 만들었다.

"엄마는 아직도 정신이 온전치가 못해. 그래서 너한테 다시 상처를 줄까 봐 지금도 두렵구나."

화인의 시야는 이제 눈물로 완전히 가려져서 더 이상 엄마의 모습이 보이지 않았다.

입술을 깨물며 끅끅 울음을 참고 있는 화인에게 엄마가 다정한 목소리로 다시 말을 이었다.

"어디를 가더라도 행복하게 살아야 한다, 화인아. 그리고 다시는 엄마를 찾지 말거라."

"……으흑!"

화인이 더는 못 참겠다는 듯이 상체를 벌떡 일으켜서 엄마를 끌어안았다. 그러곤 인간으로 태어나서 처음으로 목 놓아 엉엉 울어 버렸다.

도저히 멈출 수가 없었다.

처음으로 사랑했고, 사랑받고 싶었던 대상에게…….

자신은 정말로 사랑받고 있었다.

화인은 퉁퉁 부은 눈을 손으로 누르며 문질렀다.

이렇게 소리 내어 울어 본 적은 처음이었다. 그런데 후회가 되기는커녕 속이 후련했다.

엄마와 더 많은 이야기를 나누지는 못했다.

그저 서로를 끌어안고 눈물만 흘리다가, 아쉬운 마음으로 정신병원을 나오는 길이었다.

화인은 길거리를 걸으면서 멍하니 내리쬐는 태양을 쳐다봤다.

세상은 방금 전과 조금도 변하지 않았다.

선선히 부는 바람도, 유달리 화창한 하늘도 여전히 그대로였다. 그런데 화인의 마음속에 무언가가 엄마를 만나기 전과 달라져 있었다.

어디를 가더라도 행복하게 살라던 엄마의 목소리가 아직도 귓가를 맴돌았다.

행복, 그것이 무엇일까.

우습지만 지금까지 단 한 번도 생각해 보지 않은 단어였다.

인간 세상으로 내려온 후, 처음부터 자신의 목적은 오로지 단 하나였다.

다시 대악마로 되돌아가는 것.

그것을 위해 살아왔고, 오직 그것을 이루기 위해 달려왔다. 그런데 대악마로 돌아가면 행복하냐고 누군가 묻는다면 선뜻 대답할 수 없었다.

아름다운 외모, 강인한 힘. 그리고 자신을 따르는 수많은 악마들.

무엇 하나 부족함 없는 삶이라는 것은 확실했지만, 그렇다고 행복한 것은 아니었으니까.

실제로 대악마 벨로나로 살아오면서 본인이 행복하다고 느낀 적은 별로 없었다.

'행복이라……'

너무나도 추상적인 단어였다.

그런데 그 한마디에 가슴이 술렁거렸다.

자신이 행복해지기 위해서 가장 필요한 게 무엇인지 알고 있었기 때문이다.

한새가 없는 자신이 과연 행복할 수 있을까?

작은 의문 하나가 마음속에 파문을 일으키며 점점 커지고 있을 때였다.

"……윽!"

갑자기 어깨에 타는 듯한 통증이 느껴져서 화인은 길거리에 주저앉고 말았다.

왜인지 모르겠지만, 형벌의 시간이 적혀 있는 부근이 마치 화상을 입은 것처럼 뜨거웠다.

주변을 지나치는 사람들의 힐끔거리는 시선이 느껴졌지만, 그런 걸 신경 쓸 정도로 상태가 좋지 못했다.

화인은 비틀거리는 걸음으로 가장 가까이에 있는 건물 안으로 들어갔다. 그러곤 아무도 없는 비상계단에 앉아서 입고 있던 옷을 어깨까지 내렸다.

그러자 문신처럼 새겨진 형벌의 시간이 붉은빛으로 변한 게 보였다.

"이게 뭐야, 대체."

몸에 무언가 이상한 변화가 생겼다는 걸 알 수 있었다. 하지만 그보다 더욱 화인의 시야를 잡아끄는 것은, 형벌의 시간이 이젠 거의 남지 않았다는 것이다.

한새를 만나기 전까지만 해도 만 단위였던 숫자가 지금은 12라고 적혀 있었다.

원래는 하루에 하나씩 카운터처럼 줄어드는 게 맞았지만, 한새를 만나고 또 아레스가 준 광석을 복용하고 난 뒤에는 하루에도 수백 개의 숫자가 줄었다.

그렇다는 건, 오늘 안에 남은 형벌의 시간을 모두 소진할 수 있다는 뜻이었다.

그 사실을 깨닫자마자 화인의 머릿속에 가장 먼저 떠오른 얼굴은 한새였다.

아직도 오늘 아침에 그와 손을 흔들면서 인사하던 장면이 눈에 선했다.

"……안 돼."

그게 끝일 순 없었다.

지금까지 그랬던 것처럼 슬픔을 마음속 깊이 감춘 채로 한새와 웃으면서 작별 인사하고 싶지 않았다.

화인은 욱신거리는 어깨를 한 손으로 짚으며, 얼굴을 미미하게 찡그렸다.

"대체 뭐하고 있는 거지, 나."

대악마 벨로나는 지금까지 단 한 번도 자신의 의지대로 움직이지 않은 적이 없었다.

주군으로 모시던 두 번째 황자 칼리드의 죄를 대신 뒤집어쓰고, 인간 세상으로 내려오는 형벌을 받은 것도 다름 아닌 자신의 결정이었다.

그런데 지금 자신은 원하지 않는 이별을 하려고 했다.

왜? 도대체 왜?

한새의 짧은 수명, 인간에 대한 불신. 그리고 대악마라는 긍지까지.

지금까지 화인이 했던 수많은 고민들이 머릿속에 떠올랐다가 이내 다시 사라졌다.

'……나, 언제부터 이렇게 겁쟁이가 된 거지?'

제 뜻대로 되지 않는 삶을 살아오면서 거칠 것이 없던 대악마 시절을 그리워했다.

그런데 정작 자신은 원하지 않는 이별을 강요받고 있었다.

인간의 삶이 힘들었지만, 그럼에도 화인은 본인이 원하지 않는 길을 걷지는 않았다. 그랬기에 어린 나이에도 불구하고 부유했던 집안을 박차고 나온 것이다.

아름다움이 퇴색되고, 설령 한 줌의 힘조차 쓸 수 없다고 해도…….

자신은 여전히 변함없는 대악마 벨로나였으니까.

애초에 한새와 원치 않는 이별을 한다는 게 말이 되지를 않았다.

화인이 그토록 대악마로 돌아가고 싶었던 가장 큰 이유는 바로 자신이 지닌 나약함 때문이었다.

아무런 힘도 없고, 약했기에 사랑받지 못한다고 여겼으니까.

결코 누군가에게 필요한 존재가 될 수 없다고 그렇게 생각했다. 그래서 대악마의 삶만을 그리며 돌아가기를 간절히 바랐던 것이다.

하지만 이제는 알았다.

자신을 미워한다고 여겼던 엄마가, 사실은 그 누구보다 화인을 생각하고 있었다는 사실을 알고 깨달았다.

자신의 가치가 오로지 대악마이냐, 아니냐에 따라 정해지는 게 아니란 것을.

화인은 힐끔 자신의 어깨를 내려다보았다. 그러자 이제는 11로 변한 숫자가 눈에 들어왔다.

그 순간 자신이 대악마로 되돌아가면 가질 수 있는 수많은 것들이 떠올랐다.

그런데 뭐? 어쩌라고.

숫자는 순식간에 화인이 보는 눈앞에서 다시 하나가 줄어들었다.

10, 9…… 3, 2, 1.

화인은 이제 무심한 눈빛으로 그것을 내려다보고 있었다.

이것이 0으로 변해서 마계로 돌아갈 수 있다 하여도, 그것을 결정하는 건 자신이어야 했다.

대악마의 삶과 행복, 그것 중에 과연 지금 자신이 진정으로 원하는 것이 무엇인지 숫자가 줄어드는 그 시간 동안 화인은 계속해서 고민했다.

자신에게 인간 세상의 삶을 포기하게 만들었던 엄마. 그리고 그런 상처로 인해 냉소적인 삶을 살아오던 자신의 인생에 잔잔한 파문을 만들어 내고, 결국 커다란 파도가 되어 밀려온 한새라는 남자까지.

사실 화인은 처음부터 알고 있었다.

그녀의 마음이 계속해서 말해 왔으니까.

이곳에 남고 싶다고.

한새의 옆에 있고 싶다고.

알면서도 외면했을 뿐이다.

엄마에게 받았던 상처에서부터 시작된 오해들. 그 오해들이 낳은 인간으로서의 나약함이 두려움이 되어 다가왔으니까.

허나 이제는 안다.

그 모든 것이 미움이 아니었음을.

그리고 인간으로 나약했기에 받아야 할 고통이었던 것이 아니라는 것도 알아 버렸다.

화인이 주먹을 꽉 움켜쥐었다.

스스로에게 던지는 이 질문은 사실 아무런 의미가 없었다. 이미 마음 한편에 답이 내려진 질문이었으니까.

겁이 나 피하고 있었을 뿐, 그 답은 언제나 하나였다.

그렇게 화인은 마음을 정했다.

그녀의 답은…… 사실 오래전부터 한새였다.

그게 바로 스스로의 행복을 위해 내린 선택이었다.

대악마로는 돌아가지 않는다.

박화인이라는 인간으로 한새의 곁에 남을 것이다.

한 치 앞도 보이지 않는 칠흑 같은 미래라도, 그 끝에 한새가 있다면 용기 내어 한 걸음 내디뎌 보겠다.

인간으로 살아가야 하는 앞날이 두려웠지만, 한새가 없는 삶보단 나을 테니까.

"하아, 하…… 하하."

화인은 후련한 표정으로 크게 웃어 버렸다.

지금까지 머리 터져라 고민하던 것이 이렇게 쉬운 것인지 몰랐다.

마음의 결정을 내린 화인은 누구보다 빨리 자신의 생각을 한새에게 전하고 싶었다.

마계로 돌아가지 않겠다는 자신의 말을 들은 한새가 찬란하게 웃는 모습을 떠올리니, 벌써부터 가슴 언저리가 뻐근해지는 느낌이었다.

서둘러 한새에게 전화를 걸자, 오래 기다리지 않아 그의 허스키한 목소리가 수화기를 통해 들려왔다.

―여보세요.

화인이 소리 없이 미소 지으며 나지막이 입을 열었다.

"지금 어디야?"

―병원 근처인데, 잠깐 밖에 나왔어.

"왜 한울이 병실에 안 있고, 밖으로 나왔어?"

―자세한 건 나중에 만나서 얘기해 줄게. 네가 깜짝 놀랄 만한 소식이거든.

"나도 네가 들으면 좋아할 만한 일이 하나 있는데."

―좋은 일? 그게 뭔데?

"나도 만나서 말해 줄게. 전화로 할 말은 아닌 것 같으니까."

―알았어, 볼일은 다 끝낸 거지?

"응, 바로 갈 테니까 조금만 기다려."

할 말을 마친 화인이 전화를 막 끊으려고 하는 찰나였다.

수화기 너머로 한새의 부드러운 목소리가 속삭이듯이 들려왔다.

—……보고 싶으니까, 빨리 와.

화인의 얼굴에 순식간에 행복한 미소가 번졌다.

다른 누구도 안 된다. 이건 오롯이 한새에게서만 느낄 수 있는 따뜻한 감정이었다.

화인이 목소리에 힘을 주어 말했다.

"기다려, 뛰어갈게."

지금 당장 한새가 너무나 보고 싶었다.

그의 단단한 품 안에 안겨 이제는 끝이 없는 사랑을 속삭이고 싶었다.

머나먼 미래의 일은 잘 모르겠다.

지금 당장 그녀가 가장 원하는 것은, 바로 한새의 따뜻한 품 안이었다.

*   *   *

"……으윽."

아레스의 입에서 삼켜내지 못한 신음이 흘러나왔다.

잔뜩 찌푸려진 이마가 지금 그가 참아 내는 고통이 얼마나 큰지를 대변해 주는 것 같았다.

아레스가 바닥에 쓰러져서 고통스러워하는 모습을 한울이가 즐겁다는 듯이 바라보고 있었다.

"많이 아파?"

장난스럽게 묻는 한울이의 질문에 아레스의 표정이 미세하게나

마 더 구겨졌다.

"넌 대체……."

"그러게 왜 인간 세상에 내려와서 쓸데없이 이런 굴욕을 당하는 거야? 대악마면 마계에서 떵떵거리고 살면 되잖아. 이제 여기는 내 구역이라고."

아레스가 잔뜩 일그러진 보랏빛 눈동자로 한울이를 서늘하게 째려보며 말했다.

"너 인간의 몸에 흡수되는 주술을, 성공한 모양이군."

"맞아, 내가 그 어려운 걸 해냈지 뭐야?"

방긋 웃는 한울과 반대로 아레스의 입가에서 가느다란 선혈이 흘러내렸다.

갑작스러운 공격을 당한 것도 사실이지만, 그보다 마력의 차이가 너무 컸다.

한울은 지금 마계에 있는 상급 악마 수준으로 마력을 자유자재로 사용하고 있었다. 그에 반해 아레스는 인간 세상에서 쓸 수 있는 마력이 제한적이라 속수무책으로 당할 수밖에 없었다.

"괜히 반항하지 마. 아레스 너를 완벽하게 쓰러뜨릴 수 있을 때까지 힘을 비축해 둔 거라 여기선 다시 덤빈다고 해도 소용없어."

한 손으로 턱을 괸 채로 아레스를 내려다보던 한울이가 기분이 좋은지 이내 깔깔 웃음을 터뜨리며 다시 말을 이었다.

"이유야 어찌 됐든 이렇게 대악마를 이기고 나니까, 기분이 째질 것 같네."

한울이 만족스럽게 웃음을 흘리다가 이내 아레스에게서 몸을 돌렸다.

어딘가로 뚜벅뚜벅 걸어가는 그녀의 뒷모습을 바라보다가 아레스가 힘겹게 입을 열었다.

인간 세상에서 이렇게 강력한 존재와 만나고 나니 문득 화인의 신변이 걱정되었기 때문이다.

"어디 가는 거지?"

"이제 마지막 피날레를 장식하러 가야 할 시간이거든."

의미를 알 수 없는 한울의 말이 너무나도 불길했지만, 아레스는 바닥에 쓰러진 상태에서 조금도 몸을 움직일 수가 없었다.

그가 '제기랄.'하고 나직하게 욕지거리를 내뱉으며, 속으로 화인의 얼굴을 떠올렸다.

제발, 그녀에게 아무 일도 없어야 할 텐데.

*   *   *

한새는 한울이가 병실에 남긴 쪽지대로 찾아가고 있었다.

아직 몸을 움직일 정도로 회복이 된 건 아닐 텐데, 그녀가 바깥으로 나가겠다고 고집을 부리고 마음대로 외출을 한 모양이었다.

그리고 혹시라도 한새가 병실에 오면 볼 수 있도록, 자신의 위치를 적어서 남겼다.

나중에 만나면 멋대로 외출한 것을 혼내야겠지만, 마음 한편으론 그동안 병원이 얼마나 갑갑했을까 하는 안쓰러운 마음도 들었다.

그동안 잠든 한울의 얼굴은 숱하게 봤지만, 정신을 차린 그녀와 대화를 나눈 적은 한 번도 없었기에 한새의 가슴이 설레어 왔다.

저벅저벅, 긴 다리로 걸음을 재촉할수록 점점 인적이 드문 공사장으로 향하는 길이 나왔다.

무언가 이상하단 생각이 들었지만, 이런 곳에 한울이 혼자 있을 거란 사실에 마음이 더욱 조급했다.

그렇게 점점 안으로 들어갈 때였다.

어느 순간 한새의 뒤편에서 가느다란 여자의 목소리가 들려왔다.

"안녕, 아름다운 오빠."

한새가 소리가 들려온 방향으로 몸을 틀자, 높은 위치에 아슬아슬하게 앉아 있는 한울의 모습이 눈에 들어왔다.

"이한울!"

깜짝 놀란 그가 그녀의 이름을 부르며 서둘러 걸음을 옮겼다.

"거기 가만히 있어. 오빠가 지금 올라갈 테니까."

화를 내는 것 같이 말하면서도 지금 한새의 표정은 온통 걱정으로 물들어 있었다.

그 모습을 가만히 지켜보고 있던 한울이 아쉽다는 듯이 입맛을 다셨다.

"전에 봤을 때도 느꼈지만, 오빠는 그냥 죽이기에 꽤나 아까운 얼굴이야."

중얼거리는 그녀의 목소리를 듣지 못한 채, 한새는 부지런히 한울이 있는 곳으로 다가가고 있었다.

한울은 손가락 하나를 세워서 점점 가까워지는 한새를 가리켰다. 그러곤 나지막이 말을 이었다.

"하지만 어쩌겠어. 이 몸을 차지하려면 널 죽이는 수밖에 없거든."

그 말과 동시에 한울의 입매가 비스듬히 올라갈 때였다.

한울의 손가락을 타고 나간 무형의 기운이 한새의 머리 위쪽에 있는 철근을 움직이기 시작했다.

곧이어 철근이 저절로 움직이며 우르르 떨어져 내렸다.

슈슈슉―

강한 바람 소리와 함께 철근이 당장이라도 한새를 덮칠 것처럼 쏟아졌다.

무언가 이상함을 느낀 한새가 뒤늦게 자신의 머리 위로 떨어지는 철근을 발견하고 망연하게 쳐다보고 있을 때였다.

그때 누군가가 달려오는 발걸음 소리가 들렸다.

타닥타닥!

숨이 턱 끝까지 차오를 정도로 빠르게 달려오고 있는 사람은 화인이었다.

한새가 문자로 찍어 준 장소로 택시를 타고 온 화인은 다행히 오래 헤매지 않고 그의 모습을 찾을 수 있었다.

그런데 점점 한새에게 다가갈수록 무언가 섬뜩한 기운이 느껴졌다.

악마나 뿜어낼 수 있는 그러한 종류의 힘.

놀란 화인은 곧장 그 기운이 향하는 한새를 향해 움직였다. 그리고 그곳에서 한울이에게 다가가는 한새를 발견할 수 있었다.

순간 한새의 위편에서 꿈틀거리기 시작하는 철근들의 모습이 눈에 들어왔고, 그것까지 확인하는 순간 화인은 뒤도 보지 않고 곧바로 한새를 향해 내달렸던 것이다.

지금 엄청난 속도로 한새를 향해 돌진하고 있는 화인의 심장은 터져 버릴 것만 같았다.

'빌어먹을! 조금만 더 빨리! 인간으로 살더니 정말 약해져 버린 거야?'

화인은 자신의 달리기 속도가 너무 느려서 속으로 몇 번이나 '제발, 좀 움직여라!' 하고 두 다리를 채근해야 했다.

그리고 결국 한새의 바로 앞까지 다가간 순간이었다.

짧은 찰나, 두 사람의 눈이 마주쳤다.

화인은 저도 모르게 한새를 향해 희미하게 웃어 보였다.

한새는 자신을 향해 달려드는 그녀를 보며 눈을 크게 뜰 수밖에 없었다.

소리 내어 말하지 않아도 그녀의 목소리가 귓가에 들린 것 같았다.

'……내가 지켜 준다고 했잖아, 이한새.'

화인이 온 힘을 다해 힘껏 한새를 바깥으로 밀쳐내고, 그가 서 있던 곳에 그녀가 대신 자리했다.

콰르르르릉—

우당탕탕!

커다란 폭음과 함께 거대한 철근이 수십 개가 바닥으로 떨어졌다.

한새는 화인의 덕분에 안전한 곳으로 밀려서 넘어졌지만, 그가 서 있던 자리는 완벽하게 철근으로 덮쳐진 상태였다.

자욱하게 먼지가 피어오른 그 자리를 바라보며, 한새가 피를 토하는 것 같은 목소리로 소리쳤다.

"화인아!"

눈 깜짝할 새에 벌어진 일이었다.

한새가 비틀비틀거리는 걸음으로 방금 전까지 자신이 서 있던 자리로 걸어갔다.

그러자 거기에는 피를 잔뜩 흘리며 쓰러져 있는 화인의 모습이 보였다.

정확히 어디를 다쳤는지 눈으로 찾아볼 수도 없을 정도로, 그녀의 온몸이 붉은 피로 물들어 가고 있었다.

그 앞에 털썩 무릎을 꿇고 주저앉은 한새의 시야가 순간 새까맣게 날아갔다.

한새의 손이 벌벌 떨렸다.

창백하게 질려 있는 화인의 모습이 마치 시체 같아서 한새의 가슴이 철렁하고 떨어졌다.

언젠간 화인의 죽음을 봐야 할지도 모른다고 생각했다.

그녀가 대악마로 돌아가기 위해선 인간의 몸은 죽어야 한다고 말했으니까.

몇 번이나 굳게 마음을 먹어 봤지만, 그때마다 도저히 상상조차 되지 않아서 포기했었다.

그런데 정말 화인이 자신의 눈앞에 피를 흘리며 쓰러져 있었다.

'……이건 아니야.'

이런 죽음은 아니었다.

화인이 자신을 구하고 대신 죽는다는 건 생각조차 해 본 적이 없었다.

'화인아, 이건 아니잖아.'

분명 떠나기 전에 신호를 주면 작별 인사를 하기로 약속했었다. 그런데 이렇게 한마디 말도 없이 그녀를 보낼 수는 없었다.

아직 하지 못한 말이 너무나도 많았다.

아니지? 아직은 아니지?

이제는 거의 사라져 버렸다던 치유력이 다시 발동돼서 화인이 다시 일어났으면 좋겠다는 생각만이 머릿속에 간절하게 들 뿐이었다.

한새가 입술을 꽉 깨물며, 피로 물든 화인의 상체를 끌어안고 오열을 터뜨릴 때였다.

화아아아아아―

갑자기 화인의 몸에서 붉은빛이 감돌기 시작했다.

그것이 너무 강해서 마치 하늘에 뜬 태양 같다고 느껴질 정도였다.

한새가 잠시 넋을 놓고 그 광경을 쳐다보고 있자, 누군가 화인의 몸에서 분리되며 모습을 드러냈다.

타오르는 불꽃 같은 머리카락에 백옥같이 새하얀 피부.

강인하지만 아름다운 눈동자가 똑바로 한새를 응시하고 있었다.

한새는 그녀와 눈이 마주치는 순간 알았다.

바로 이 모습이 아레스가 그토록 말하던 대악마 벨로나라는 사실을.

그리고 동시에 그녀가 대악마로 되돌아가기 위해선 인간의 몸이 죽어야 한다는 사실이 떠올랐다.

'설마……'

짙은 그림자가 내려앉은 한새의 눈동자에서 한 방울의 눈물이 다시금 떨어졌다.

8

세상에 단둘뿐이어도 좋았다

눈물로 잔뜩 흐려진 한새의 시야에 대악마의 모습을 되찾은 화인의 얼굴이 슬픔으로 일그러지는 게 들어왔다.

두 사람은 아무런 말없이 서로를 바라봤다.

마치 지금 이 순간, 모든 게 멈춰 버린 것만 같았다.

서로를 가만히 응시하는 시선에는 차마 전하지 못한 많은 말들이 오가고 있었다.

'거 봐, 후회한다고 했잖아.'

그렇게 묻는 화인의 시선에 한새가 일렁거리는 눈빛으로 답했다.

'한 번도…… 널 만난 걸 후회한 적 없어.'

한새는 결국 이렇게 헤어져야 한다는 사실을 알았음에도 마음을 접지 못했다.

무엇으로도 채워지지가 않았던 허전한 가슴이었다.

그런데 화인을 만나서 처음으로 사랑이란 걸 알게 되고, 누군가
와 함께하는 기쁨을 배웠다.

왜 그녀였는지는 모른다.

하지만 처음부터 그녀여야만 했다.

피투성이가 된 화인을 한 손으로 끌어안은 채로, 한새가 나머지
한 손을 천천히 눈앞에 서 있는 벨로나를 향해 뻗어 보았다.

대악마라는 비현실적인 존재만큼이나 그녀의 진정한 모습은 완
벽하리만치 아름다웠다.

얼굴이나 몸매는 이루 말할 것도 없었고, 바람결에 흩날리는 머
리카락 한 올까지도 한 폭의 그림 같았다.

스윽.

점점 다가오는 한새의 손을 향해, 화인도 자신의 손을 뻗을 때였
다.

두 사람의 손끝이 마주치려고 하는 순간, 화인의 모습이 흐릿하
게 변하기 시작했다.

점점 투명해지는 그녀의 모습은 금방이라도 완전히 사라져 버릴
것만 같았다.

한새의 눈동자가 커지며 다급하게 입을 열었다.

"화인아, 화인아!"

입 속으로 수만 가지의 말들이 맴돌았다.

그런데 정작 입 밖으로 나온 말은 그녀의 이름뿐이었다.

사랑한다는 말 한 마디로 지금 한새의 감정을 표현할 수 없었다.

겨우 보고 싶을 거라는 말로 앞으로 그녀 없이 견뎌내야 할 수많은 날들의 그리움을 전할 수는 없었다.

그저 잠시만 더…….

화인이 조금만 더 자신의 곁에 머물러 주기를 바라는 간절한 마음에 한새는 애가 타도록 그녀의 이름을 부를 뿐이었다.

하지만 그런 한새의 마음과 달리, 화인의 모습은 거짓말처럼 그의 눈앞에서 사라져 버렸다.

애초부터 존재한 적이 없는 것처럼, 그렇게 흔적도 없이 말이다.

한새는 이젠 텅 비어 버린 공간을 바라보며, 더는 억누르지 못한 흐느낌을 터뜨렸다.

붉은 피가 끊임없이 흘러나오는 화인의 몸을 더욱 세게 끌어안으며 한새는 그녀의 어깨에 고개를 묻었다.

"……죽지 마. 또 나만 혼자 남겨 두지 마."

한새가 사랑한 사람들은 모두 그의 곁에서 너무나도 빨리 떠나 버렸다.

부모님도, 어느 순간부터 깨어나지 않았던 한울이도.

그리고 세상 그 무엇보다 사랑했던 화인이도 그를 이렇게 떠나 버렸다.

심장이 난도질당한 것만 같았다.

자신은 괜찮을 거라고, 웃으면서 화인을 보내 줄 거라고 수없이 다짐했지만 다 소용없었다.

할 수만 있다면 가지 말라고 무릎이라도 꿇고 애원하고 싶었다.

세상에 단둘뿐이어도 좋았다. 그것으로 충분했다.

그런 그녀가 떠났다.

한새는 싸늘한 화인을 안고 지금껏 참아왔던 눈물을 쉴 새 없이 쏟아 냈다.

＊　　　＊　　　＊

세상이 무너진 것처럼 울고 있는 한새를 바라보며, 화인은 더 이상 참아 내지 못한 눈물을 흘렸다.

그가 꼭 이렇게 울 것만 같았다.

그동안 자신이 떠나고 난 뒤에 혼자 남겨진 한새가 이런 모습일 것 같아서 두려웠다.

화인은 방금 전 그에게 닿지 못했던 손을 다시 뻗어서, 울고 있는 한새의 뺨을 어루만져 주었다.

그럼에도 한새는 감촉이 느껴지지 않는지, 그녀가 근처에 있다는 사실을 알아차리지 못한 채 하염없이 눈물만 흘릴 뿐이었다.

눈앞에서 사라져 버렸기에 한새는 화인이 그대로 마계로 돌아간 거라고 생각했지만, 그녀는 방금 전 그 자리에 여전히 서 있었다.

화인은 지금 인간의 신체에서 벗어나 완전한 대악마로 돌아왔다.

심해의 마녀와 계약을 하고 인간 세상에 내려온 아레스나, 한울의 몸 안에 들어가 있는 시리아와는 완전히 달랐다.

지금 이곳에 서 있는 그녀는 대악마 벨로나 그 자체였다.

그렇기에 본체가 없는 그녀의 본모습을 한새가 더 이상 볼 수 없었던 것이다.

잠시나마 그녀의 모습을 본 것도, 한새의 몸 안에 마력이 미약하게나마 존재하기 때문이었다.

"울지 마, 한새야. 네가 이렇게 울면…… 내 가슴이 찢어질 것만 같아."

화인은 마계로 돌아가고 싶지 않았다.

이렇게나 사랑스러운 남자를 내버려 둔 채, 그녀는 떠나고 싶지 않았다.

인간으로 죽을 때까지 네 옆에 있겠다고, 그렇게 말하려던 순간이었다.

이제는 끝이 정해지지 않은 사랑을 속삭이려던 바로 그 찰나였다.

그런데 원하지 않은 이별을 하고 말았다.

눈물로 얼룩진 화인의 얼굴이 천천히 들어 올려졌다. 매섭게 뜨여진 그녀의 눈동자가 어느 한 곳에 닿았다.

거기에는 고층의 건물 뒤로 몸을 숨긴 채, 창백하게 질린 한울이가 서 있었다.

"히, 히익!"

눈이 마주치자 시리아는 마치 귀신이라도 본 것 같은 사람처럼 재빨리 뒤편으로 도망쳤다.

시리아가 서둘러 있는 힘껏 마력을 끌어올렸지만, 화인의 앞에선 무기력할 뿐이었다.

화인의 신형이 순간 흐릿하게 변하더니 순식간에 시리아의 등 뒤에서 나타났다.

콰당!

그러곤 다른 공간으로 도망치려던 시리아의 목덜미를 잡아채서 거칠게 바닥으로 내팽개쳤다.

먼지가 가득 쌓인 바닥을 구르던 시리아는 정신을 차리기도 전에, 화인이 서 있는 방향으로 일말의 망설임도 없이 무릎을 꿇었다.

"잘못했습니다. 하, 한 번만 용서해 주세요."

화인은 무감각한 눈동자로 시리아를 내려다보며 나지막이 물었다.

"무엇을 잘못했지?"

"저 인간이 대, 대악마 벨로나님의 권속이라는 사실을 모르고……."

"몰랐다? 지금 그 말을 나보고 믿으라고?"

"제발, 제발 한 번만 용서해 주세요. 무엇이든 다 하겠습니다."

시리아는 마음에도 없는 눈물을 짜내면서 최대한 불쌍한 척 울었다.

속으로는 아직도 진정되지 않은 심장이 두근거리며 크게 뛰고 있었다.

설마 박화인이라는 인간이 대악마 벨로나일 줄이야, 그녀로선 상상도 하지 못한 일이었다.

인간의 몸에 흡수되는 주술을 성공시키기 위해 시리아는 마계에서 오랜 시간 동안 잠적해 있었다.

그런 그녀가 이십오 년 전에 대악마 벨로나가 인간으로 살아야 하는 형벌을 받고 이곳에 내려왔다는 사실을 알 리가 만무했다.

만약 알았다면 이렇게 쉽게 건드리지 않았을 것이다.

이제야 아레스가 왜 인간 세상에 모습을 나타냈는지 어렴풋이 이해가 되었다. 그도 벨로나를 만나기 위해 온 것이 틀림없었다.

시리아의 머리는 상황이 상황이니 만큼 재빠르게 굴러가고 있었다.

자신은 이미 힘이 약해진 아레스를 공격했다. 벨로나가 그 사실까지 알아차린다면 결코 자신을 살려 줄 리 없었다.

죽을힘을 다해 주술을 성공시키고 어렵사리 여기까지 왔는데, 고지를 바로 눈앞에 두고 여기서 돌아갈 순 없었다.

어떻게든 지금 상황을 모면하고 다음 기회를 노려야만 했다.

시리아가 말했다.

"벨로나님의 권속이라는 사실을 몰라보고 건드릴 뻔한 것은 제 크나큰 잘못이지만, 전 정말 아무것도 몰랐어요. 그리고 다행히 결과적으로 저 인간은 털 끝 하나도 다치지 않았습니다."

"그래서 한 번만 봐 달라?"

"네. 사실 저는 그저 한낱 인간 한 명을 죽이려 했을 뿐입니다. 아무것도 알지 못했던 제 사정을 조금만 이해해 주셨으면……."

"그래, 한새가 내 권속인지 몰랐다고 가정한다면, 너는 고작 인간한 명을 죽이려 든 거 뿐이겠지."

화인의 수긍에 시리아의 안색이 한순간 밝아졌다.

솔직히 한새가 화인의 권속이라는 사실이 중요한 것이지, 악마인 시리아가 인간을 죽이려고 든 게 문제가 되는 것은 아니었다.

"바로 그겁니다! 제발 한 번만 자비를 베푸시어 용서해 주세요."

시리아는 가엾은 표정으로 화인을 올려다보았지만, 겉모습과 반대로 속으로는 이미 쾌재를 부르고 있었다.

화인도 자신의 사정을 이해하는 것 같았기 때문이다.

상급 악마인 그녀가 이렇게까지 넙죽 고개를 숙이고 빌었는데, 대악마 벨로나라고 할지언정 용서를 안 해 줄 이유가 없었다.

화인이 말했다.

"그래. 네가 이렇게나 용서를 비는데, 나도 한 번은 자비를 베풀어야겠지."

"감사합니다, 감사합니다. 벨로나님."

시리아는 이마를 바닥으로 쿵쿵 내려찍을 정도로 엎드려 절을 했다.

그때였다.

우우우웅—

커다란 마력의 파장이 느껴졌다.

시리아가 고개를 슬쩍 들어 보니, 눈앞에 화인이 마력으로 만든 검을 쥐고 있는 게 보였다.

한 번은 용서해 주겠다는 말과는 전혀 다른 화인의 행동에 시리아가 영문을 모르겠다는 듯이 물었다.

"벨로나님? 이게 무슨……?"

"한새가 내 권속인지 모르고 공격하려고 했다는 네 말은 믿어 주지."

"그, 그런데 왜?"

"내 자비론 하나밖에 눈감아 줄 수가 없는데, 네가 한새를 공격한 걸 이해한다고 쳐도…… 너 때문에 내 인간의 삶이 끝나 버렸거든."

화인의 설명에도 시리아는 도무지 이해가 되지 않았다.

인간의 신체에서 벗어나 대악마 벨로나로 돌아온 것은 축하를 받아야 할 일이지, 그녀가 이렇게 분노를 해야 할 일이 아니었다.

그러고 보니 시리아는 지금까지 너무나도 놀라서 한 가지 간과한 사실을 떠올렸다.

바로 지금 화인의 눈가에 묻어 있는 눈물자국이었다.

대악마 벨로나가 한낱 인간이 우는 모습을 지켜보면서 눈물을 보였다.

그건 어떻게 봐도 이상한 행동이었다.

시리아는 자신이 모르는 사이 무언가 잘못되었다는 생각이 들었다. 그리고 동시에 머릿속에서 적색경보가 미친 듯이 울리기 시작했다.

시리아가 덜덜 떨리는 목소리로 입을 열었다.

"저는 이게 어떤 상황인지 도무지……."

"길게 말 안 해. 한울이의 몸, 원래대로 돌려놔."

"……!"

시리아의 눈이 크게 떠졌다.

상황이 왜 이렇게 흘러가 버린 건지 그녀로선 전부 이해할 순 없었지만, 그래도 한 가지 사실은 명확하게 알아차릴 수 있었다.

화인은 애초부터 시리아를 용서해 줄 생각이 없었다는 것이다.

시리아는 조금 전까지 짓고 있던 불쌍한 표정을 지우고, 표독스러운 얼굴로 소리쳤다.

"이 정도로 용서를 빌었으면 됐지. 대악마면 다야? 내가 잘못한 게 대체 뭐야!"

시리아의 악에 받친 외침에 화인의 얼굴에 순간 섬뜩한 기운이 어렸다.

이 자리에 서 있는 그녀는 완전히 과거로 돌아간 대악마 벨로나, 그 모습 그대로였다.

"우습구나. 감히 나를 상대로 잘잘못을 따지는 건가?"

시리아는 자신을 오만하게 내려다보고 있는 그녀를 보고 있자니, 지금 자신이 상대하고 있는 사람이 누구인지 다시 한 번 깨달을 수밖에 없었다.

전쟁의 여신, 대악마 벨로나.

그녀의 심기를 거스르고 살아남은 자는 없었다. 그게 어떤 이유이든 간에 말이다.

시리아가 아무런 거리낌 없이 인간을 죽이려고 한 것처럼, 대악마 벨로나가 자신보다 약한 악마를 죽이는데 굳이 이유가 필요하지 않았다.

마계란 그런 곳이었다.

힘이 절대적으로 작용하는 약육강식의 세계.

새삼 그 사실을 깨달은 시리아의 눈동자가 두려움으로 물들었다.

저도 모르게 본능적으로 벌벌 떨고 있는 시리아를 내려다보며, 화인이 차갑게 말했다.

"그 몸에서 나오라는 내 말을 듣지 않겠다면, 직접 *끄집어내 주지.*"

그 말과 동시에 화인의 손이 한울의 목을 한 손으로 움켜쥐었다.

그러자 한울의 몸 안에 있던 시리아의 본모습이 그 손에 붙들려 그대로 바깥으로 끌려나왔다.

"켁켁!"

드디어 드러난 시리아의 원래 얼굴은 숨이 막혀서 벌겋게 물들어 있었다.

화인은 그 모습을 아무런 감흥 없이 쳐다보다가 나지막이 말을 내뱉었다.

"너를 소멸시켜야 하는 이유는 셀 수도 없이 많지만, 정 궁금하다면 그중에 딱 하나만 알려 주마."

"......?"

화인의 말에 시리아의 낯빛이 시커멓게 변했다.

지금 그녀가 자신을 죽이려고 한다는 사실이 온몸으로 느껴졌기 때문이다.

반항을 하고 싶었지만 마력의 차이가 너무 커서 그녀의 손아귀에서 빠져나오는 것조차 쉽지 않았다.

화인이 눈짓으로 한새가 있는 방향을 가리키며 나직하게 말을 이었다.

"너 때문에 한새가 울고 있거든."

화인은 시리아의 행동에 설령 어떤 이유가 있었다 해도 상관없었다. 그녀가 진심으로 잘못을 뉘우친다 해도 조금도 관심 없다.

결론적으로 시리아의 공격으로 인해 한새가 위험해졌고, 그를 구하기 위해 박화인이라는 인간의 신체가 죽어야 했으니까.

그 때문에 지금 한새가 울고 있었다.

그리고 그가 흘리는 눈물만큼 화인의 가슴이 무너져 내렸다.

화인이 시리아를 죽이고 싶은 이유는 그것만으로도 충분했다.

시리아의 눈동자가 경악으로 물들었다.

"고, 고작 그런 이유 때문에……!"

화인이 모든 사실을 알게 된다면 당연히 시리아를 죽이고 싶을 것이다.

하지만 화인은 아직 자신이 아레스를 공격한 사실도 알지 못하는 상태였다.

그런데 고작 인간 하나가 울고 있다는 이유만으로 상급 악마인 자신을 소멸시키려한다는 것을 시리아는 이해할 수 없었다.

하지만 화인의 손속은 가차 없었다.

오러가 둘러진 마력의 검은 순식간에 시리아의 목을 갈라 버렸다.

뎅구르르르.

그러자 시리아의 잘린 목이 바닥을 굴렀다.

얼마 지나지 않아서 시리아의 분리된 머리와 몸이, 불에 탄 것처럼 붉게 그을려지며 순식간에 재가 되어 공기 중으로 사라졌다.

너무나도 압도적인 힘의 차이였다.

화인은 그 장면을 눈으로 한 번 힐끗 쳐다보곤, 곧장 쓰러져 있는 한울이를 향해 다가갔다.

가까이 다가갈수록 한울이가 쌕쌕거리며 내쉬는 고른 숨소리가 들려왔다.

그녀를 깊은 잠에 빠지게 한 원흉을 빼내서 제거했으니, 한울은 정말로 조만간 눈을 뜨게 될 것이다.

여동생을 살려 주는 건 한새와 처음 만났을 때 했던 약속이었다. 그리고 화인이 마계로 돌아가기 전에 한새에게 줄 수 있는 마지막 선물이었다.

대악마의 모습을 되찾은 화인은 인간 세상에 오래 머무를 수가 없었다.

최대한 버티더라도 아마 조만간 강제 소환될 것이다.

그녀의 존재자체가 이 세계의 균형을 무너뜨리고 있기 때문이다.

화인은 높은 건물 위에 우두커니 서서 피 흘리는 자신을 끌어안은 채 울고 있는 한새를 쳐다보았다.

'……울지 마.'

당장이라도 달려가서 그가 흘리는 눈물을 닦아 주고 싶었다.

하지만 그녀가 할 수 있는 건 아무것도 없었다.

이렇게 손을 놓은 채, 한새가 우는 모습을 지켜보는 것밖에는.

이런 아픈 모습이라도 이제는 다시 못 본다고 생각하니 조금이라도 더 눈에 담아두고 싶었다.

그래서 우는 한새의 얼굴 구석구석을 눈에 새기듯이, 화인이 슬픈 얼굴로 쳐다보고 있을 때였다.

저벅저벅, 그녀를 향해 다가오는 불안정한 발걸음 소리가 들려왔다.

화인이 시선이 무심코 소리가 들려온 방향으로 향하자, 그곳에서 익숙한 얼굴이 눈에 들어왔다.

"……벨로나?"

아레스는 어디를 다친 건지 절뚝거리는 걸음으로 화인을 향해 걸어왔다.

하지만 다친 몸 상태와 달리, 대악마의 모습으로 돌아온 그녀를 발견한 아레스의 표정은 밝았다.

상처투성이인 아레스의 얼굴을 바라보며 화인이 나지막이 입을 열었다.

"어쩌다 그렇게 다친 거야?"

"아아, 그런 일이 있었어. 나중에 직접 갚아 줄 생각이니 넌 신경쓰지 마. 그보다 이런 모습으로 만나니 새삼 반가운걸?"

아레스는 인간 세상으로 내려온 상급 악마가 혹시라도 화인에게 해를 끼치지 않을까, 걱정이 돼서 전력을 다해 달려온 것이었다.

그런데 예상과 다르게 오히려 대악마의 모습으로 되돌아온 화인의 모습을 보게 되니, 이 상황이 기쁘지 않을 리가 없었다.

아레스가 그답지 않게 환한 미소를 지으며 말했다.

"어서 돌아가자."

"……싫어."

"뭐?"

상상과 전혀 다른 화인의 반응에 아레스의 표정이 급격히 굳어졌다.

화인이 다시 입을 열었다.

"난 강제 소환될 때까지 최대한 한새의 곁에 있을 거야. 그러니까 돌아가고 싶으면 먼저 가."

"무슨 소리를 하는 거야? 어차피 마계로 가야하는데 그걸 조금 늦춘다고 해서 달라지는 게⋯⋯."

화인은 울고 있는 한새에게로 다시 시선을 돌린 채, 한껏 낮아진 목소리로 아레스의 말을 잘랐다.

"한새 얼굴, 조금이라도 더 보고 싶어."

"⋯⋯."

아레스는 아무런 대꾸도 할 수 없었다.

한새를 향하는 화인의 애절한 눈빛과 말투만 들어도 지금 심정이 어떤지 절절하게 전해져왔기 때문이다.

그건 아레스가 짐작했던 감정 이상이었다.

최소한 마계로 돌아가야 할 때 화인이 망설일 거라고는 생각하지 않았으니까.

아레스가 복잡한 눈빛으로 화인을 쳐다보고 있을 때였다.

화인이 갑자기 상체를 구부리며 한 손으로 자신의 심장을 움켜쥐었다. 그러곤 입가에서 고통스러운 신음 소리가 흘러나왔다.

"⋯⋯읏."

깜짝 놀란 아레스가 그녀를 부축하려고 하자, 화인이 한 손을 들어 그의 행동을 제지했다.

그러곤 잔뜩 커진 눈으로 한새가 안고 있는 자신의 몸을 쳐다보았다.

인간 박화인의 신체에서 은은하게 푸른빛이 흘러나오고 있었다. 그리고 그 기운은 가느다란 실처럼 연결이 돼서 대악마가 된 그녀에게까지 닿아 있었다.

정신을 집중해 보니 무언가가 느껴졌다.

두근!

그건 바로 인간의 신체가 아직 죽지 않고, 미약하게나마 심장이 뛰고 있는 소리였다.

대악마 벨로나의 영혼이 빠져나왔는데 인간인 신체가 아직도 살아 있다는 건 말이 되지 않았다.

그런데 그 말도 안 되는 상황이 지금 화인의 눈앞에서 벌어지고 있었다.

"도대체 어떻게……?"

화인의 머릿속으로는 도무지 납득이 되지 않는 의문이 떠올랐다.

하지만 인간의 신체를 희미하게 맴도는 푸른빛의 기운을 보고 있자니 곧 그 이유를 알아차릴 수 있었다.

저건 바로 자신이 복용했던 광석에게서 뿜어져 나오는 기운이었다.

완전히 대악마가 된 그녀의 눈에는 아직도 인간의 몸 안에 남아 있는 옹어리진 광석의 힘이 똑똑히 보였다.

대악마가 이런 광석을 이용해서 형벌을 피하는 건 분명 처음 있는 일이다.

그녀가 마력을 사용할 때마다 심하게 앓았기 때문에 그게 어떤 식으로든 부작용이 생기진 않을까, 걱정이 되었던 것도 사실이다.

'설마 이게 부작용인 건가?'

곰곰이 생각해 보니 형벌의 시간이 예상보다 너무 빨리 소진되었다.

그뿐만 아니다. 어깨에 사라진 숫자가 사라질 때도 붉게 물들면서 고통이 찾아왔었다.

이 일련의 현상들이 뭔가 심상치 않았다.

대체 어떤 작용으로 인해서 이런 일이 벌어진 건지는 모르겠지만……

지금 중요한 것은 아직 인간의 신체가 살아 있다는 것이다.

화인의 두 눈이 반짝하고 희망으로 빛났다.

'어쩌면……'

인간 세상에서 한새와 함께 살아갈 수 있을지도 모른다.

점점 밝아지는 화인의 표정을 바라보며, 아레스도 지금의 상황을 눈치챘다.

완전히 대악마가 된 그녀처럼 선명하게 기운을 볼 순 없었지만, 그에게도 희미한 마력의 파동과 완전히 꺼지지 않은 생명의 기운이 느껴졌기 때문이다.

"벨로나, 설마…… 인간의 몸으로 다시 들어가려는 건 아니겠지?"

아레스의 질문에 화인이 확고한 눈빛으로 그를 바라보며 입을 열었다.

"너한텐 미안하게 생각해. 나 때문에 큰 희생을 치르면서 여기까지 왔는데, 내가 그걸 아무것도 아니게 만들어 버렸으니까."

그 말을 들은 아레스가 딱딱하게 굳은 표정으로 크게 소리쳤다.

"그건 안 돼. 벨로나 정신 차려!"

인간의 신체가 왜 아직까지 살아 있는지 알 수 없었지만, 중요한 것은 다시 벨로나가 그 안에 들어가려 한다는 것이다. 그건 너무나 위험했다.

대악마 벨로나가 그 몸에서 빠져나왔다는 것은, 그녀를 속박하고 있던 모든 것들이 사라졌다는 사실을 의미했다.

상급 악마인 시리아만 해도, 인간의 몸에 들어가기 위해 오랜 시간을 투자해서야 간신히 이뤄 내지 않았던가.

설령 저 신체가 방금 전까지 대악마 벨로나를 담고 있던 거라고 해도, 이미 한 번 빠져나온 이상 다시 되돌아가는 건 말처럼 쉽지 않았다.

자칫 잘못하면 벨로나가 완전히 소멸해 버릴지도 모른다.

아레스가 깊게 가라앉은 눈빛으로 진지하게 말했다.

"네가 인간으로 더 살다가 오겠다고 결정했다면 길어 봐야 백 년이 더 걸릴 뿐이지. 하지만 지금 저 몸으로 들어가다가 잘못되면 완전히 소멸할지도 몰라."

그런 아레스의 경고에도 화인의 눈빛은 조금도 흔들리지 않았다.

화인이 나지막이 입을 열었다.

"……이미 각오했어."

세상엔 알고 있다고 해도 도저히 어쩔 수 없는 것이 존재했다.

화인에게 지금의 선택이 그랬다.

다시 인간으로 되돌아가는 게 얼마나 위험한지 알고 있다.

하지만 그게 한새를 내버려 둔 채로 마계로 돌아가야 할 이유가 되지는 못했다.

이미 한새의 곁에 있기 위해 한때 끔찍하게 여기기도 했던 인간의 삶을 더 살아가기로 마음먹었다.

그 순간 화인은 자신이 가지고 있던 모든 걸 내놓은 것이다.

소멸할지도 모른다는 두려움이 지금 그녀의 발목을 붙잡을 순 없었다.

아레스가 다급하게 재차 입을 열었다.

"다시 한 번 생각해 봐. 네 전부를 걸고 얻어내는 게 고작 인간의 삶이다."

화인은 그 말에 처음으로 멈칫했다.

한새를 만나기 전 그녀가 살았던 인간의 삶은 불행하기만 했다.

다시 인간이 된다고 해도 그게 변하는 것은 아니었다.

아레스의 말마따나 아무것도 가진 것 없는 인간의 삶을, 자신이 가진 모든 것을 걸고 얻어 내야만 하는 것이다.

한새를 사랑하게 됐다고 해서 인간으로 살아왔던 불행한 과거가 사라지는 것은 아니었다.

분명 끊으래야 끊을 수 없는 굴레란 것이 존재했다.

하지만 그럼에도 그 끝에 한새가 존재했기에…….

화인은 망설이지 않았다.

"내가 살아날 확률이 얼마라도 상관없어. 조금의 가능성이라도 있다면 난 이대로 한새를 포기하지 않을 거고, 한새가 날 잊어버리게 놔두지도 않을 거야."

언제부턴가 한새에게는 무엇을 줘도 아깝지 않을 거라고 생각했다.

그리고 지금, 화인은 정말로 그에게 모든 것을 걸어 볼 생각이다.

고작 백 년의 삶이라 해도 상관없다.

한새와 함께할 수 있다면 그 시간은 충분히 그만한 가치가 있었다.

아레스는 화인의 단호한 얼굴을 바라보며 순간 아무 말도 할 수가 없었다.

익히 잘 아는 표정이었다.

아마도 화인이 인간으로 살아야 하는 형벌을 받았을 때 지었던 표정.

아레스는 그녀가 이런 얼굴이 될 때는, 누구의 말도 듣지 않는다는 걸 잘 알았다.

하지만 이미 한 번 그녀를 보내 버리고 난 뒤에 얼마나 후회했는지 잘 알기에. 그 후회를 바보처럼 또다시 반복하고 싶지는 않았기에……

아레스가 잔뜩 억눌린 목소리로 입을 열었다.

"……그래도 다시 생각해. 네가 죽을 지도 모르는데 이대로 널 보낼 순 없어."

"제대로 생각하고 결정한 거야. 이한새와 계속 함께 있을 수 있는 방법."

화인의 거침없는 대답에 아레스의 심장이 저릿하게 아려 왔다.

이렇게 대악마로 변한 본모습으로 저런 말을 하니, 더욱 가슴속 깊이 와 닿았다.

아레스가 순간 아무 말도 하지 못하자, 화인이 울고 있는 한새를 슬픈 눈으로 쳐다보며 말을 이었다.

"……이게 내 사랑 방식이야."

더는 참다못한 아레스가 크게 소리쳤다.

"대체, 저 인간의 어디가 그렇게 좋은 거야? 그냥 이대로 나와 함께할 수는 없나?"

갑작스러운 아레스의 고백에 화인의 놀란 표정으로 그를 쳐다보았다.

아레스는 화인에게 많은 것을 줄 수 있었다.

어쩌면 그녀에게 누구보다 잘 어울리는 남자였다.

두 사람이 함께한다면 그 미래가 찬란할 거라는 사실을 충분히 예상할 수 있었다.

아레스가 간절한 눈빛으로 화인을 쳐다보며, 한층 낮아진 목소리로 말했다.

"……이런 내 마음 몰랐다고 하지 마. 널 위해 내가 버리지 못하는 게 없다는 거 알잖아. 그냥 날 선택해, 내 손을 잡아. 그래준다면 앞으로 오직 너만을 위해 살아가겠다."

지금 아레스가 내뱉은 말의 무게가 얼마나 무거운 건지, 여태까지 외면하고 있었던 그의 감정이 얼마나 깊은지, 화인은 새삼 깨달을 수밖에 없었다.

잠시 멈칫했던 화인이 희미하게 웃어 보였다.

아레스는 지금 그녀의 얼굴에 지어진 미소가 거절의 의미를 품고 있다는 사실을 깨달았다.

심장이 바닥으로 툭 떨어져 내리는 것 같았다.

화인이 말했다.

"나를 위해 이곳까지 와 줘서 고마워. 내가 소멸되지 않고 살아난다면 나중에 마계로 돌아가서 너를 주군으로 모실게. 앞으로 너의 적은 영원히 나의 적이 될 것이라고 맹세하지."

아레스는 지금 그녀가 하는 말에 의미를 잘 알았기에 아무런 대답도 할 수가 없었다.

화인은 자신 때문에 아레스가 마력의 절반을 잃어버린 것에 대해 보상을 해 주려 하고 있었다. 그래서 이전보다 힘이 약해진 아레스를 주군으로 모시고 그의 적을 상대하겠다고 밝힌 것이다.

아레스의 마음에 대한 명백한 거절이었다.

지금껏 묵혀 둔 빚을 청산하려는 것만 같은 그녀의 태도에 아레스가 저도 모르게 어금니를 꽉 깨물었다.

자신이 원한 건, 이런 것이 아니었다.

아레스가 슬픔으로 얼룩져 번들거리는 눈빛으로 화인을 향해 낮게 입을 열었다.

"……내가 지금 죽어 버리면?"

정확히 누구라고 지칭한 것은 아니지만, 화인은 지금 그가 말하는 상대가 한새라는 사실을 알아차렸다.

지금 한새를 없애 버리면 그녀가 목숨을 걸고 인간으로 돌아갈 이유가 사라지는 것이었으니까.

아레스의 협박에 화인이 흐릿한 미소를 지으며 나직하게 대꾸했다.

"내가 얼마나 싫어할지 알면서 할 수 있겠어?"

지금까지 아레스는 단 한 번도 화인이 싫다고 한 행동을 한 적이 없었다.

아레스는 아니라고, 그녀를 위험하게 만들 바에는 미움을 받을 각오를 하더라도 이한새를 죽여 버리겠다는 말이 목구멍까지 차올랐지만…….

끝내 내뱉지 못했다.

그녀가 싫어할지도 모른다는 그 이유 단 하나만으로도, 아레스는 아무것도 할 수 없었으니까.

서로의 눈빛이 복잡하게 얽혀 들었다.

그때였다.

화인은 인간의 신체와 연결되어 있는 생명의 기운이 점점 희미해진다는 사실을 느끼고, 더 이상 망설일 시간이 없다는 사실을 알아차렸다.

인간의 심장이 완전히 멎어 버리기 전에 그 안으로 들어가야 했다.

화인은 한새가 있는 곳을 향해 서둘러 한 발자국을 내디디며, 마지막으로 아레스를 향해 뒤돌아보곤 나직하게 말했다.

"그럼 뒤를 부탁할게."

그 말을 마친 화인의 몸에서는 검은색의 커다란 날개가 웅장하게 뻗어져 나왔다. 그러곤 순식간에 한새가 있는 곳까지 날아갔다.

어쩌면 정말 마지막이 될지도 모르는 그녀의 뒷모습을 아레스는 석상처럼 굳은 채로 지켜봤다.

화인이 떠나는 순간 그녀를 붙잡고 싶어서 손을 뻗었지만, 그 손은 끝내 닿지 못한 채 떨어트려야 했다.

'……그렇게 행복한 얼굴로 뛰어가 버리면 더 이상 붙잡을 수가 없잖아.'

오랜 세월 동안 대악마 벨로나는 바람과 같은 여자라서 아무도 소유할 수 없을 거라고 생각했다.

그런데 이제는 그 바람이 오롯이 한 남자만을 향해 불고 있었다.

모든 걸 다 버리면서도 저렇게 행복한 듯이 가는 여자를 아레스는 알지 못했다.

저 멀리서 대악마의 영혼이 다시금 인간의 신체로 들어가는 모습이 보였다.

그녀를 상징하는 붉은색의 빛이 찬란하게 쏟아졌다.

잠시 후, 그 자리에 남아 있는 건 모든 상처가 씻은 듯이 치유된 화인이었다.

그녀가 한새의 품 안에서 마치 잠을 자듯이 누워 있었다.

*   *   *

한 달이 지났다.

추웠던 겨울이 끝나고 날씨는 점점 따뜻해지고 있었다.

그 당시에 죽은 줄만 알았던 화인의 모든 상처가 순식간에 나아 버린 모습을 보고, 한새는 서둘러 그녀를 병원으로 옮겼다.

누구도 설명해 주진 않았지만, 무언가 희망이 생겼다는 사실을 자연스럽게 알 수 있었다.

하지만 시간이 얼마 지나지 않아서 정신을 차린 한울과 달리, 화인은 여전히 잠에서 깨어나지 않았다.

이제는 조금씩 몸을 움직이기 시작한 한울이가 한새에게 다가와 위로를 건넸다.

"오빠, 금방 깨어날 거야. 그러니까 너무 걱정하지 마."

그 말에 한새는 수척해진 얼굴로 그저 고개를 희미하게 끄덕일 뿐이었다.

그때의 상황을 뜻밖에도 한울이에게 조금 전해 들을 수 있었다.

한울이는 시리아가 자신의 몸을 지배했던 기억들을 모두 가지고 있는 상태였다.

그래서 화인이 시리아를 빼내어 자신을 구해 줬다는 것과 그녀의 정체가 대악마라는 사실까지도 알고 있었다.

다만 시리아가 사라진 후, 정신을 잃은 한울이는 그 뒤에 무슨 상황이 벌어졌는지 알지 못했다.

한새는 대체 어떻게 화인이 다시 살아난 것인지 알 수 없었지만, 이미 한 번 그녀를 잃었다고 생각한 상태에서 다시 찾아온 기회였다.

그러니까 괜찮았다.

언제까지라도 기다릴 수 있었다.

*　　*　　*

봄이 지나고, 유난히 더운 여름이 찾아왔다.

한새는 모든 게 다 제자리인데, 그녀 하나만 없는 일상을 보내고 있었다.

여전히 톱 모델로 활동하면서, 원인 불명의 혼수상태에 빠진 화인의 곁을 지켰다.

다행히 한울이는 완전히 기운을 차려서 다시 공부를 시작했다.

한새는 오늘 하루 동안 있었던 일들을 누워 있는 화인에게 보고했다.

"……정말 어처구니가 없지만, 한울이한테 벌써 남자 친구가 생긴 것 같아."

얼마 전에 한울이를 집 앞까지 바래다주던 남자와 마주치고 난 다음에 한새는 묘하게 신경을 쓰고 있는 중이었다.

아무래도 부모님이 안 계시니 여동생에 관해서 더욱 엄격해질 수밖에 없었다.

"통금 시간을 정해야 하나 고민 중이야. 네가 들으면 너무 고지식하다고 놀리려나?"

한새가 자조적으로 픽하고 웃음을 흘릴 때였다.

마침 조용한 병실 안에 그의 휴대폰이 요란하게 울리기 시작했다.

발신자는 역시나 찬우 형이었다.

한새가 미미하게 인상을 찌푸린 채로 전화를 받았다.

"내가 병원에 있는 시간에는 연락하지 말라고 했지?"

—야, 한 번만 봐줘. 급한 일이 생겼는데 어떻게 해.

"무슨 일인데?"

한새는 간략하게 찬우와 통화를 끝내고, 꽤 오랫동안이나 앉아 있던 병실에서 일어났다.

이제는 다시 일을 하러 가야 할 시간이었다.

일을 하지 않는 모든 시간은 화인을 위해 쓰고 있었지만, 여전히 한새의 인기는 좋았기에 바쁜 나날들을 보내고 있었다.

한새가 못내 아쉽다는 듯, 눈을 감고 있는 화인에게 말을 건넸 다.

"저녁에 다시 올게."

* * *

화인이 그렇게 잠이 든 채로 여름이 끝났다.

낙엽이 떨어지는 가을이 지나고, 그녀를 처음 만났던 겨울이 다 시 찾아왔다.

입을 열면 하얗게 입김이 나올 만큼 추운 날씨였다.

한새는 오는 길에 들러서 사 온 분홍색 장갑을 화인의 작은 손에 끼워주었다.

"잘 어울리네."

자신이 사 준 장갑을 끼고 있는 화인의 모습을 감상하듯이 흐뭇하게 바라보다가 한새가 나지막이 다시 말을 이었다.

"요즘 날씨가 추우니까 장갑 잘 끼고 있어. 전에도 말했지만 여자는 몸이 따뜻해야 좋다고 하잖아."

스케줄을 끝마치고 왔더니, 어느새 어둠이 짙게 깔린 늦은 시각이었다.

너무 늦어서 내일 올까도 싶었지만, 화인이 보고 싶었기에 무리해서 온 것이다.

창밖에는 한밤중에 흰 눈이 내리고 있었다.

아마도 올해의 첫 눈이었다.

한새가 바람에 휘날리는 새하얀 눈을 바라보다가 화인을 향해 다시 입을 열었다.

"작년에는 너랑 같이 눈 내리는 거 못 본 거 같은데, 그래도 올해에는 이렇게 같이 있으니까 좋다."

한새는 잠이 든 것처럼 누워 있는 화인의 볼을 쓰다듬다가, 어느 순간 상체를 숙여 그녀를 끌어안았다.

그러자 귓가에 두근두근하고 뛰는 그녀의 심장 소리가 느껴졌다.

화인이 대악마가 되어 마계로 돌아갔다면 이렇게 살아 있을 리가 없다.

그러니까 언젠가는 아무렇지도 않은 얼굴로 일어날 것이 분명했다.

그렇게 철석같이 믿고 있으면서도 아주 가끔은 덜컥 겁이 났다.

한새가 낮은 목소리로 말했다.

"……나 있잖아, 가끔은 악몽을 꿔."

꿈속에서 화인은 이대로 잠이든 채 깨어나지 않았다.

사실은 대악마가 되어 마계로 돌아가 버린 상태인데 한새 혼자서만 착각을 하고 있는 것이다.

그녀가 깨어날 거라고, 그래서 언젠가는 함께할 수 있다고 그렇게 말이다.

화인이 일어나지 않은 채 시간이 갈수록 한새의 악몽은 점점 더 심해졌다.

무서웠다.

정말로 이렇게 혼자 남겨진 것일까 봐.

한새는 저도 모르게 화인의 몸을 더욱 세게 끌어안으며 나지막이 중얼거렸다.

"얼른 일어나, 화인아. 그럼 내가 뭐든지 다 해 줄게."

가끔은 숨이 막힐 정도로 너무 그리워서, 도저히 혼자서는 감당이 되지 않았다.

일을 할 때도, 밥을 먹을 때도, 그리고 잠이 들 때조차도…….

한새의 머릿속에는 늘 화인에 대한 생각뿐이었다.

"……보고 싶어."

자꾸만 겁이 나고, 간절해진다.

그녀가 보고 싶어서.

9

이 길의 끝에 네가 있기를

화인은 어둠 속을 걷고 또 걸었다.

뒤를 돌아봐도 지나온 길이 보이지 않았고, 앞을 봐도 언제까지 걸어가야 할지 까마득했다.

온통 깜깜한 어둠, 그 속에 그녀는 혼자 남겨져 있었다.

"……한새야."

어렵사리 입을 열어봐도, 혹은 큰 소리로 외쳐 봐도 아무도 나타나지 않았다.

자신의 목소리는 누구에게도 닿지 않는 것 같았다.

몸서리쳐질 정도로 외로움이 깊어지자, 자신의 마음속에서 누군가가 속삭였다.

「꼴좋다. 내가 결국 이런 꼴이 될 줄 알았지.」

비아냥거리는 목소리는 매우 익숙했다.

당연했다. 그것은 바로 그녀의 마음 깊은 곳에서 흘러나온 것이었으니까.

인간이 된 화인의 옆으로 어느새 대악마 벨로나의 모습이 나타났다.

벨로나가 구박하듯이 재차 입을 열었다.

「아레스한테 당당하게 모든 걸 걸겠다고 하더니, 이렇게 될 줄 몰랐어? 넌 고작 인간 하나 때문에 모든 걸 다 잃은 거야.」

"시끄러워."

「어디서 큰소리야? 넌 모든 걸 각오했다고 했지만 머릿속에는 한새와 행복하게 사는 것밖에 없었어. 정말로 소멸이 될 거라고는 눈곱만큼도 생각하지 않았다고.」

"……아직 소멸이 된 건 아니잖아."

지금 화인은 실낱같은 희망을 가슴속에 품고 있었다.

이렇게 자신의 의지가 남아 있다는 것 자체가 아직 소멸이 되지 않았다는 뜻이었으니까.

인간의 신체에 들어오고 곧바로 정신을 잃기는 했지만, 그때의 감촉은 아직도 생생히 떠올랐다.

분명히 성공했다.

인간의 몸과 대악마의 영혼이 합쳐지는 느낌은 또렷하게 남아 있었다.

그런데 왜 무의식에서 깨어나지를 못하는 걸까.

이 어둠뿐인 공간은 대체 어디인 걸까.

끝도 없는 의문이 떠올랐지만, 그것을 속 시원히 해결할 방법은 없었다.

원래는 죽었어야 할 인간의 신체가 살아 있는 것도 광석이 가지고 있던 미지의 힘 때문이다.

그것도 원래의 목적대로 이뤄진 것이 아니라 부작용으로 인해 만들어진 상황이었다.

어떻게 된 건지 제대로 파악을 하기도 전에, 인간의 몸에 들어오는 시도를 한 거라 어떤 변수가 생길지는 사실 미지수였다.

터벅터벅.

화인은 그저 묵묵히 끝도 없는 미로를 걸었다.

이 어둠 속에서 그녀가 할 수 있는 건 앞을 향해 나아가는 것밖에 없었다.

이 앞에 한새가 있을 거라고, 그래서 그와 다시 만날 수 있을 거라고 그렇게 믿었다.

시간이 얼마나 지났는지 확인할 수조차 없는 이 공간에서 억겁의 세월을 보낸 것 같았다.

한새가 혹시라도 자신의 존재를 잊어버리진 않았을까.

이 공간에서 영영 벗어나지 못하면 어떡하지?

불현듯 두려움이 들 때면, 자신의 마음속에서 어김없이 벨로나가 나타나 말을 걸었다.

「넌 이대로 박화인으로 깨어나는 걸 실패한 채, 소멸하게 될 거야.」

"제발 좀 조용히 해."

「왜? 정곡이 찔리니까 뜨끔해?」

"……."

화인은 대꾸조차 하기 싫다는 듯, 고개를 돌린 채 말없이 걸었다.

자신의 마음속에서 나온 존재라 그런지 누구보다 지금 그녀가 두려워하는 걸 잘 알고 있었다.

두렵지 않을 리가 없었다.

이대로 한새를 다신 보지 못하게 될까 봐.

상대조차 해 주지 않는 화인을 향해 벨로나가 다시 한 번 입을 열었다.

「넌 그냥 마계로 돌아갔어야 했어!」

그 말에 울컥한 화인이 발길을 멈추고 벨로나를 매섭게 째려볼 때였다.

갑자기 어둠 속에서 낮은 허스키한 목소리가 들려왔다.

"……보고 싶어."

이 목소리가 누구의 것인지 화인이 모를 리가 없었다.

바로 한새다.

그가 자신에게 건네는 말이었다.

어쩌면 자신의 상상 속에서 만들어 낸 것인지도 모르겠다. 하지만 그렇다 하더라도 좋았다.

화인은 자신도 모르게 차오른 눈물을 감추기 위해 소매로 눈가를 슥 닦아 냈다.

마치 지금까지 한 마음고생에 대한 보상을 받은 느낌이었다.

화인이 다시 길을 걷기 위해 한 발자국 내디뎠을 때, 무언가 이상하다는 걸 깨달았다.

바로 자신의 옆에 있던 벨로나도 멍하니 선 채로 허공을 올려다보고 있었다.

끊임없이 투덜거렸지만, 그녀조차도 한새의 목소리에 반응을 한 것이다.

어찌 보면 당연했다.

자신의 마음속에 있는 존재라면 한새를 사랑하지 않을 리 없었다.

화인이 그 모습을 바라보다가 나지막이 입을 열었다.

"죽기 전에…… 아니, 그냥 나라는 존재가 사라지기 전에 한새를 딱 한 번만 더 봤으면 좋겠어."

마지막으로 봤던 장면이 한새가 우는 모습이라서 자꾸만 그게 떠올랐다.

아무리 기억을 뒤져 봐도 한새가 행복하게 웃는 얼굴보단 슬프게 눈물 흘리는 모습이 더 선명히 남아 있었다.

그가 웃는 모습을 한 번만 더 볼 수 있다면…….

"……그럴 수만 있다면, 난 내가 한 선택을 후회하지 않아."

한새를 위해 가지고 있던 모든 걸 걸었다.

가장 좋은 해피엔딩은 그의 곁에 함께 살아가는 것이지만, 그게 안 된다면 마지막으로 한 번만 더 그의 얼굴을 보고 싶었다.

그것만 허락해 준다면 대악마로서 모든 영광을 포기한 걸 후회하지 않을 수 있었다.

벨로나가 어처구니없다는 듯 흐릿하게 웃었다.

사실 이성적으로는 도무지 납득이 되지 않는 말이었다.

머릿속으로 아무리 계산기를 두들겨 봐도 이해타산이 맞지 않았기 때문이다.

고작 얼굴 한 번 보는 것에 전부를 걸겠다니.

하지만 어느 순간 벨로나는 화인의 옆자리에 서서 같이 어둠 속을 걷고 있었다.

그녀의 마음도 화인과 다르지 않았으니까.

이 길의 끝에 한새가 있기를.

그래서 다시 만날 수 있길.

인간이 된 화인도, 대악마인 벨로나도 간절히 바라고 또 바랐다.

그렇게 끝도 없는 어둠을 하염없이 헤매고 있을 때였다.

갑자기 눈이 부실 정도로 강렬한 빛이 시야 안으로 가득 쏟아졌다.

"……아!"

화인이 두 눈을 깜빡거리며 저도 모르게 멍하니 새하얀 천장을 쳐다보았다.

그러자 옆에서 비명에 가까운 소리가 들려왔다.

"서, 선생님! 박화인 환자가 깨어났어요!"

소리가 들린 방향으로 무심코 고개를 돌려 보니, 간호사가 눈을 동그랗게 뜨고 자신을 쳐다보고 있는 게 보였다.

화인은 분홍색 털장갑을 끼고 있는 자신의 손을 내려다보곤 이

내 느릿하게 병실 안의 풍경을 훑어보았다.

더 이상 어둠 속이 아니었다.

자신은 정말로 인간 세상으로 돌아온 것이었다.

창밖으로 내리쬐는 햇빛을 보고 나서야 화인은 그 사실을 깨달을 수 있었다.

*　　　*　　　*

한새는 화인이 정신을 차렸다는 소식을 듣자마자 미친 듯이 달려오고 있는 중이었다.

너무 달려왔더니 심장이 바깥으로 터져 나올 것 같았다.

벌컥!

한새가 거칠게 병실의 문을 열고 들어섰다.

그러자 매일 밤 기도했던 것처럼 새하얀 병실의 침대에 앉아 있는 화인의 모습이 눈에 들어왔다.

그걸 확인하자 한새의 눈가가 저도 모르게 뿌옇게 흐려지는 것 같았다.

'신이시여……'

세상에 존재하는 모든 신에게 감사드리고 싶었다.

화인을 자신에게 돌려주어서, 지금까지의 간절한 기도를 들어줘서 감사하다고 말이다.

한새는 거친 숨을 내쉴 정도로 달려와 놓고는 막상 그녀에게 가까이 다가가지 못했다.

석상처럼 우두커니 서 있는 그를 바라보며, 화인이 조금은 야윈 얼굴로 희미하게 웃어 보였다.

"언제까지 거기 서 있을 거야?"

꿈에 그리던 화인의 목소리를 듣자, 한새는 정말로 왈칵 눈물이 쏟아져 나올 것 같았다.

"······이제 일어나면 어떻게 해."

원망이 가득 담긴 한새의 말에도 화인은 여전히 웃고만 있을 뿐이었다.

한새는 혹시라도 손을 대면 사라져 버릴 환상일지 몰라서, 금방이라도 자명종 소리가 들리면서 꿈에서 깨 버릴 것 같아서 숨조차 크게 내쉴 수가 없었다.

기쁨과 슬픔이 뒤섞인 한새를 표정을 가만히 바라보다가 화인이 나지막이 말했다.

"나, 이젠 아무것도 없어. 어쩌다 보니 하나도 남은 게 없네. 마력도 전부 잃어버렸고······."

"무슨 소리를 하는 거야?"

한새는 전혀 생각지도 못한 말을 내뱉는 화인에게 천천히 다가갔다. 그리고 자신을 똑바로 쳐다보고 있는 그녀의 눈동자를 들여다봤다.

그러자 정말로 화인의 맑은 눈동자에 자신의 모습이 비추는 게 보였다.

그게 너무나도 감동스러워서 한새는 당장이라도 울음이 터져 나올 것 같았다.

"……너 말곤 아무것도 필요 없어."

정말이지 조금도 변하지 않은 한새의 모습에 화인은 방금 전보다 더 환하게 웃어 보였다.

다시 돌아왔다.

그토록 바라던 한새의 품으로.

화인은 그를 향해 양팔을 활짝 벌리면서 나지막이 입을 열었다.

"안아 줘. 너 만지고 싶어."

거침없는 화인의 발언에 한새가 더는 못 참겠다는 듯이 빠른 걸음으로 다가갔다. 그러곤 무너지듯 상체를 숙이고 화인을 으스러질 정도로 세게 끌어안았다.

그녀의 체온을 느끼고 나니 이게 정말로 꿈이 아니라는 사실을 깨달을 수 있었다.

한새는 지금의 상황을 되새기듯, 그녀의 어깨에 고개를 묻으며 나지막한 목소리로 말했다.

"이젠 나를 혼자 두지 않겠다고 말해 줘. 죽을 때까지 내 곁에 있겠다고 맹세해."

화인이 없던 그 긴 시간들을 다시는 견뎌 낼 수 없을 것 같았다.

예전엔 아무리 나쁜 일이 있어도 그녀를 보며 웃었는데, 그녀가 사라지고 난 뒤엔 아무리 좋은 일이 생겨도 웃을 수가 없었다.

그 고통스러웠던 나날들로 다시 돌아가고 싶지 않았다.

한새의 품에 안긴 화인은 알겠다는 듯 고개를 자그맣게 끄덕였다. 그리고 그녀에게서 연이어 나지막한 목소리가 새어 나왔다.

"……사랑한다, 한새야."

그 말 한마디가 마치 앞으로의 영원한 사랑을 맹세하는 것 같았다.

분명 대악마가 된 모습을 봤는데 어떻게 돌아온 것인지, 지금까지 왜 일어나지 못해서 사람 속을 시꺼멓게 태운건지 물어보고 싶은 게 산더미 같았다.

하지만 당장은 그런 질문보다 더 급한 것이 있었다.

한새는 화인의 작은 얼굴을 두 손으로 감싸 쥐고, 고개를 내려 그녀에게 입을 맞췄다.

열기 어린 두 입술이 한 치의 빈틈도 허용치 않겠다는 듯 맞붙었다.

서로가 너무나도 그리던 입맞춤이었다.

*   *   *

화인이 왜 혼수상태에 빠지게 된 건지 이유를 알았지만, 한새는 혹시 모른다며 이 기회에 화인의 건강 상태를 꼼꼼히 체크했다.

화인이 돌아올 수 있었던 건 정말 다행이었지만, 다음에는 이런 기회가 없을 것이다.

이제 화인에겐 상처가 순식간에 나아 버리는 치유력이나, 절대로 죽지 않았던 불사의 신체가 사라졌다.

정말로 인간이나 다름없어진 그녀가 죽게 되면 두 사람은 다시 헤어져야 했다.

물론 인간이라면 당연히 겪는 일이었지만, 한새는 그녀와 건강하게 오랫동안 같이 있고 싶었기에 그만큼 노력을 하는 수밖에 없었다.

드르르륵—

커다란 캐리어를 끌고 집 안으로 들어오는 한새의 뒤를 따라 화인이 모습을 나타냈다.

"집은 아무것도 변한 게 없네."

"대신에 지금은 군식구가 하나 늘었지."

한새의 말에 화인은 그동안 잊고 있었던 한울이의 존재를 떠올렸다.

그리고 보니 정신을 차린 후에 그녀를 만난 적이 없었다.

"한울이는 지금 어디 있어?"

"해외로 어학연수 떠났어. 나중에 돌아오면 네가 일어난 걸 보고 시끄럽게 굴 거야."

"실제로 만난 적이 없어서 궁금하네."

화인이 본 것은 한울의 몸을 차지한 시리아였다.

제대로 한울이와 대화를 나눠 본 적이 없었기 때문에 그녀의 성격이 어떨지 조금 궁금했다.

하지만 그런 화인의 생각과 달리 한새의 머릿속에는 다른 걱정을 하고 있었다.

"……그 녀석이 돌아오면 방해가 될 것 같은데."

중얼거리듯 내뱉는 한새의 목소리에 화인이 의아하다는 얼굴로 재차 물었다.

"뭐라고?"

"아니야, 아무것도……."

한새는 아무렇지 않은 얼굴로 입꼬리를 슬쩍 올려 웃고는, 병원에서 그녀가 쓰던 짐이 담긴 캐리어를 한 곳으로 밀어 두었다.

더 귀찮아지기 전에 짐을 정리하려고 했던 화인은 그런 한새의 태도에 입을 열었다.

"왜 거기 놔둬. 짐부터 정리……."

"집에 얼마 만에 돌아온 건데, 짐부터 정리한다는 거야."

"무슨……."

화인의 말은 끝까지 이어지지 않았다.

한새가 장난스럽게 눈을 휘어 웃더니, 화인을 그대로 번쩍 들어 올렸기 때문이다.

그의 어깨에 짐짝처럼 매달려 끌려가면서 화인이 어처구니없다는 듯이 말했다.

"뭐하는 거야?"

"정말 몰라서 물어? 너 일어나고 병원에서 며칠을 있다가 퇴원한 건 지 모르겠어?"

"그러게 쓸데없는 검사 안 받겠다고……."

"이렇게 둘만 있는 시간이 얼마 만에 찾아왔는데, 나한테 지금 다른 게 눈에 들어올 것 같아?"

"……!"

화인은 순간 아무런 말도 하지 못했다.

지금 한새가 하는 행동이 무엇을 뜻하는지 알아차렸기 때문이다.

한새는 우악스럽게 끌고 온 것과 반대로 조심스럽게 그녀를 침대에 내려놓았다.

그러곤 한 손으로 화인의 뺨을 어루만지면서 나지막이 말했다.

"나한테 지금 여유가 있을 리 없잖아."

진지하게 가라앉은 한새의 눈동자가 평소보다 더욱 짙게 변해 있었다.

그의 뜨거운 시선을 받고 있자니 괜스레 화인도 얼굴에 열기가 몰리는 것 같았다.

그의 체온이 그리웠던 건 화인도 마찬가지였지만, 갑자기 펼쳐진 이런 상황에 그녀는 할 말을 찾지 못한 채 입술만 달싹거렸다.

당연했다.

겨울이라는 걸 알고 잠든 지 얼마 되지 않은 줄 알았는데, 나중에 알고 봤더니 벌써 일 년이 지났다고 한다.

일 년만에 사랑하는 남자의 품에 안기는데 긴장이 되지 않을 리가 없다.

"이건 너무 급한……."

한새는 화인의 말이 들리지 않는다는 듯, 그녀의 얼굴에 마구잡이로 입을 맞추고 있었다.

쪽쪽, 조금은 장난스러운 소리가 들려왔지만, 흘러가는 분위기는 전혀 그렇지 않았다.

그리고 한새가 눈을 가늘게 휘며 정말로 위험한 미소를 지으며 입을 열었다.

"화인아……."

그저 이름을 불렀을 뿐이다. 그뿐인데 화인의 귓가가 확 붉게 변했다.

그의 목소리가 계속 언저리에 남아서 목덜미를 간질이는 느낌이다.

마치 유혹을 당하는 것 같은 분위기에 화인은 결국 풋하고 웃음을 터뜨리고 말았다.

한새가 이런 식으로 나오면 화인은 거부할 수 없었다.

그녀가 웃음기 어린 목소리로 말했다.

"어린애도 아니고 정말⋯⋯."

한새에게서 느껴지는 뜨거운 열기가 마치 전염병처럼 옮겨왔다. 화인의 가슴도 어느샌가부터 두근두근, 숨 가쁘게 뛰기 시작했다.

화인이 느릿하게 한새의 뒷목덜미를 잡아서 자신의 쪽으로 끌어당기며 나지막이 속삭였다.

"⋯⋯너 왜 이렇게 귀여워졌어?"

"난 지금 너 때문에 죽을 것 같아."

금방이라도 입술이 닿을 것처럼 가까워진 상태에서 두 사람의 눈이 마주쳤다.

그러자 누가 먼저랄 것도 없이 서로를 향해 웃어 보였다.

*　　　*　　　*

잠을 자고 있던 화인은 불현듯 따사로운 느낌이 들어서 눈꺼풀을 들어 올렸다.

그런데 눈을 뜨고도 한참이나 제자리에 누워서 움직이지 못했다.

지금 눈앞에 보이는 광경이 마치 꿈인 것만 같았다.

제집처럼 그리웠던 한새의 방 안 풍경과, 창밖에서 스며드는 따스한 햇살, 그리고 옆자리에서 느껴지는 한새의 따뜻한 온기까지.

이 장면을 어둠 속에서 혼자 헤매면서 얼마나 그렸는지 모른다.

그렇게 바라고 바랐던 지금 이 순간이 이대로 소리 없이 흘러가 버린다는 게 너무나도 아쉽게 느껴질 정도로, 가슴을 꽉 채우는 행복감이 느껴졌다.

수없이 많은 것을 버리고 여기까지 왔다.

그런데 후회는커녕 오히려 망설이지 않고 이 길을 선택한 자신에게 잘했다고 칭찬을 해 주고 싶었다.

바로 이것이었다.

그 행복이라는 것은.

두근두근, 기분 좋은 소리를 내며 뛰는 심장이 느껴졌다.

잠든 한새의 얼굴을 바라보고 있자니 세상의 모든 것을 가진 것 같았다.

아니, 설령 세상 전부를 발아래 두었다고 해도 지금만큼 만족스럽진 못할 거라고 확신할 수 있었다.

누군가는 바보라고 손가락할지도 모르겠다. 하지만 자신은 이 남자 하나만 있으면 됐다.

대악마라는 것보다, 그 어떤 강력한 힘보다, 불사의 삶보다도…… 이한새라는 남자가 가장 필요했다.

화인은 곤히 잠들어 있는 한새를 빤히 바라보다가 이내 못 참겠다는 듯 그의 품 안에 파고들었다.

그러자 맨살이 닿는 부드러운 감촉이 느껴졌다. 그게 좋아서 얼굴을 살짝 비비자 머리 위에서 한새의 허스키한 목소리가 들려왔다.

"벌써 깼어?"

아침이라 그런지 조금은 가라앉은 그의 목소리가 평상시보다 더 섹시하게 느껴졌다.

화인은 그의 단단한 가슴팍에 고개를 기대며 나지막하게 대답했다.

"응."

"잘 잤어?"

한새는 질문과 동시에 한 손으로 화인의 머리카락을 부드럽게 쓸며, 그대로 고개를 숙여 그녀의 정수리에다가 입을 맞췄다.

자연스러운 그의 스킨십에 화인이 저도 모르게 입술 끝을 올려 흐릿하게 웃었다.

기분이 좋았다.

사랑받는다는 사실이 흘러넘칠 정도로 느껴졌기에.

"병원에 있을 때보다 잘 잤어, 아무래도 집이 편한가 봐."

"집이 편해서가 아니라 나 때문이겠지."

뻔뻔스러울 정도로 당당한 한새의 대답에 화인이 조금은 어처구니없다는 듯 쳐다봤다.

그러자 한새가 의아하다는 표정으로 물었다.

"아닌 것 같아?"

한새의 굵은 팔이 순식간에 화인의 겨드랑이 사이로 들어오더니, 그녀의 몸을 그대로 침대 위로 끌어올렸다.

그보다 조금 아래에 누워서 안겨 있던 화인은 눈 깜짝할 사이에 한새와 얼굴을 마주 보는 위치가 되었다.

화인은 자신을 붙잡고 있는 힘줄이 솟은 팔뚝을 쳐다보다가 이내 한새에게로 다시 시선을 돌렸다.

그러자 한새가 장난스럽게 웃고 있는 게 눈에 들어왔다.

"누구라도 어제처럼 움직이면 깊은 잠에 빠질 수밖에 없을 거 같은데……."

한새의 말에 화인의 얼굴이 순간 붉게 변했다.

오랜만이라서인지 평상시보다 훨씬 뜨거웠던 밤이 떠올랐기 때문이다.

할 말을 찾지 못한 채 입술만 달싹거리는 화인이 너무나 사랑스러워서, 한새는 그대로 그녀의 머리를 끌어당겨서 이마에 몇 번이나 입을 맞췄다.

그러곤 순식간에 상체를 일으켜서 화인의 가녀린 몸 위를 덮었다.

화인은 자신을 가두듯이 세워진 한새의 굵은 팔을 내심 불안한 시선으로 쳐다보았다.

한새는 그런 눈빛에 조금도 아랑곳하지 않은 채, 화인의 머리카락을 가볍게 쓸어 넘겨 주며 조금은 쉰 듯한 목소리로 입을 열었다.

"네가 내 말을 못 믿겠다면……."

"……?"

"어쩔 수 없이 다시 한 번 알려 주는 수밖에."

"설마 또 하자고……?"

화인이 기가 막힌다는 표정으로 쳐다봤지만, 한새는 여전히 개구지게 눈웃음을 짓고 있을 뿐이었다.

그게 마치 그녀가 사랑스러워서 못 견디겠다는 것처럼 보였다. 한새의 눈동자에는 화인의 모습만을 한가득 담고 있었으니까.

그 애정이 가득 담긴 시선에 화인이 순간 할 말을 잃고 그를 쳐다보고 있자, 한새의 허스키한 목소리가 다시금 이어졌다.

"아무리 안아도 부족해. 네가 지금 이렇게 내 곁에 있다는 게 꿈만 같아서…… 자꾸만 확인하고 싶어."

그건 화인도 같은 마음이었다.

한새와 함께하는 지금 이 시간이 마치 기적과도 같아서 매 순간이 감동으로 다가왔으니까.

화인이 손을 올려 한새의 얼굴을 조심스럽게 쓰다듬으며 말했다.

"이게 꿈이면…… 깨지 말자, 한새야."

한새가 자신의 얼굴을 어루만지는 그녀의 손을 잡아채서 손바닥에 진하게 입을 맞췄다. 그 상태로 그녀를 쳐다보며 나지막이 대답했다.

"너만 내 곁에 있다면, 꿈이 아니라 지옥이라고 해도 상관없어."

화인은 자신의 위에서 그림 같은 미소를 짓고 있는 한새를 바라보며, 결국 행복한 얼굴로 웃음을 터뜨릴 수밖에 없었다.

화인이 못 말리겠다는 듯이 말했다.

"언젠가 난 너한테 정기를 다 빨려서 죽을 거야."

"……누가 할 소리를."

한새의 장난스러운 눈동자가 점점 짙게 가라앉기 시작했다.

순식간에 남자의 눈빛으로 변한 그의 시선이 무엇을 원하는지 화인이 모를 수가 없었다.

어젯밤도 자신이 기절할 때까지 놓아주지 않았으면서 또 이렇게 눈을 뜨자마자 덤비는 한새 때문에 몸이 남아나질 않을 것 같았다.

하지만 그녀는 한새의 치명적인 유혹을 뿌리칠 수 없었다.

사랑하는 남자가 주는 열기는 너무나도 달콤했기 때문이다.

그렇게 두 사람의 뜨거운 밤은, 해가 뜨고 난 뒤에도 계속 이어졌다.

*   *   *

샤워를 마친 화인이 젖은 머리카락을 수건으로 털어 내며 거실로 나왔다.

그러다가 문득 거실에 장식되어 있는 여러 장의 사진이 눈에 들어왔다.

예전에도 이 벽면에는 한새가 모델 활동을 하며 찍은 사진이 잔뜩 걸려 있었다.

하지만 그녀가 기억하는 사진은 사라지고, 새로운 걸로 바뀌어 있었다.

이제껏 집안에서 아무것도 달라진 게 없다고 생각했는데, 그건 아니었던 모양이다.

더구나 정 가운데에 위치한 커다란 액자에는 화인도 익히 잘 아는 사진이 걸려 있었다.

바로 한새와 자신이 커플 티를 입고 찍은 사진이었으니까.

괜스레 부끄러운 마음에 화인이 그 자리에 멈춰 서서 얼굴을 붉히고 있을 때였다.

저벅저벅, 발걸음 소리가 들리더니 어느새 옆으로 다가온 한새가 나지막이 말했다.

"너랑 찍은 사진이 이것밖에 없어서."

"……누가 뭐래?"

퉁명스러운 화인의 말에 한새는 픽하고 웃으며 다시 말을 이었다.

"앞으로는 많이 찍어 둘 생각이야. 그래서 여기에 너랑 찍은 사진들로 도배를 하려고."

한새는 일부러 집안의 인테리어를 바꾸지 않았다.

가능한 자그마한 물건들까지도 화인이 잠들기 전과 똑같이 유지했다.

혹시라도 그녀가 일어나고 난 다음에 자신이 없었던 시간의 공백을 느끼고, 쓸쓸한 마음이 들까 봐 걱정이 됐기 때문이다.

하지만 살다가 몇 가지 부득이하게 바꾼 부분이 있는데, 그중에 하나가 바로 이 사진들이었다.

다른 건 몰라도 화인과 찍은 커플 사진만큼은 눈에 띄는 곳에 걸어 두고 싶었기 때문이다.

꼭 여기가 아니라도 한새의 휴대폰 바탕 화면에서 그녀와 찍은 사진이 지워지는 일은 없었지만, 그럼에도 항상 그녀와 같이 있었던 순간을 기억하고 싶었으니까.

못 보던 사진을 구경하던 화인이 자그맣게 입을 열었다.

"이건 어디서 찍은 거야?"

화인의 눈길이 향하는 사진을 쳐다보며, 한새가 설명하듯 입을 열었다.

"유럽에서 패션쇼 하다가 찍은 건데, 너 일어나면 자랑하려고 걸어 뒀어."

그 말에 화인은 나지막이 웃음을 터뜨릴 수밖에 없었다.

하지만 그럼에도 한새는 어서 칭찬해 달라는 얼굴로 다시 입을 열었다.

"내가 모델 일하는 모습이 멋있다면서."

한새는 화인이 혼수상태에 빠지고 난 다음에 지독한 무기력감에 시달렸다.

아무것도 하고 싶지 않았고, 아무것도 생각하기 싫었다.

그대로는 미쳐 버릴 것만 같아서 조금씩 일을 시작한 건 사실이지만, 그래도 화인이 그가 모델 일을 하는 게 멋있다고 말했던 게 크게 차지했다.

사랑하는 여자에게 멋있게 보이고 싶은 게 당연했으니까.

그녀가 일어나면 그동안 자신이 활동한 사진들을 이렇게 보여 주며, 자랑할 수 있는 순간이 찾아오길 얼마나 바랐는지 모른다.

화인은 마치 그 마음을 알아차린 것처럼 까치발을 들고 한새의 머리를 쓱쓱 쓰다듬었다. 그러고는 흐릿하게 웃으며 말했다.

"그래, 잘했어."

한새는 그걸로 부족한지 그대로 화인의 허리를 잡고 번쩍 들었다. 자신보다 더 높아진 그녀의 얼굴에다가 그 상태로 몇 번이나 입을 맞췄다.

화인이 못 말리겠다는 표정으로 입을 열었다.

"스킨십이 왜 이렇게 많이 늘었어?"

"그동안 계속 참았으니까."

한새는 화인과 조금도 떨어지기 싫다는 듯, 그녀를 품에 안은 채로 주방으로 들어갔다.

식탁 위에는 뜨거운 김이 모락모락 피어오르는 먹음직스러운 스파게티가 놓여 있었다.

그것을 발견한 화인이 눈을 동그랗게 뜨고는 한새를 쳐다보며 물었다.

"설마, 네가 만들었어?"

"응. 네가 씻는 동안."

화인의 기억 속에 있는 한새는 요리에 영 소질이 없었다.

그런데 이렇게 그럴듯하게 음식을 만들어 낸 모습을 보고 있자니 내심 놀랄 수밖에 없었다.

빤히 스파게티를 쳐다보고 있는 화인을 향해 한새가 다시 입을 열었다.

"너한테 요리 한 번 못 해 준 게 생각나서 너 없는 동안에 조금 연

습했어."

"이건 조금 연습한 수준이 아닌데?"

한새의 품에서 내려온 화인이 식탁 의자에 앉아서 곧바로 포크를 들고 스파게티를 먹어 보았다. 그녀는 금새 자신의 입맛에 꼭 맞는 요리라는 걸 알아차릴 수 있었다.

한새는 살짝 긴장한 표정으로 화인의 맞은편 의자에 앉으며 물었다.

"맛있어?"

"응, 최고야."

조금의 망설임도 없이 흘러나오는 그녀의 칭찬에 한새는 그제야 긴장이 풀린 듯 희미하게 웃었다. 그러자 그를 바라보고 있던 화인도 덩달아 같이 미소 지었다.

한새가 말했다.

"네가 원하면 언제든 해 줄게."

"나중에 말 바꾸기 없기야."

"나를 어떻게 보는 거야?"

그렇게 서로를 쳐다보며 행복하게 웃던 두 사람은 식사를 하기 시작했다.

지금처럼 집에서 느긋하게 보내는 시간마저 마치 꿀처럼 달콤했다.

무엇 하나 특별할 게 없어도, 서로가 함께 있다는 사실이 가장 중요했기 때문이다.

식사를 끝마친 화인이 무심코 떠오른 생각에 입을 열었다.

"혹시 나랑 하고 싶었던 건 없어?"

과거에 한새는 자신의 여권이 나오면 해외여행을 가자는 둥, 이것저것 많은 것을 함께하자고 말했었다.

그때는 얼마 못 가 헤어질 거라는 사실을 알았기에 이렇게 물을 수 없었지만 지금은 다르다.

이제는 앞으로의 미래를 약속할 수 있었다.

그래서 그동안 자신이 일어나기만을 기다린 한새에게 혹시라도 하고 싶은 게 있는지 물어본 것이다.

그런데 그 말을 들은 한새의 표정이 생각보다 진지하게 굳어졌다.

"……보여 주고 싶은 게 있어."

한새는 화인의 손을 잡아끌며, 어느 방 안으로 같이 걸음을 옮겼다.

방문을 열자마자 사방을 가득 채운 사진들이 보였다.

마치 범죄 영화에서 누군가를 추격하기 위해 세계 지도를 놓고 사진을 군데군데에 붙여 놓은 것처럼 말이다.

어떤 사진은 음식이었고, 또 어떤 것은 해외에 있는 풍경사진 같았다.

주제를 찾기 힘든 여러 가지 사진들이 줄지어 늘어져 있는 모습을 신기하게 바라보던 화인이 물었다.

"이게 다 뭐야?"

"내가 너랑 하고 싶은 거."

"……뭐?"

전혀 생각지도 못한 한새의 대답에 화인은 깜짝 놀랄 수밖에 없었다.

그런 그녀를 향해 한새가 설명하듯이 입을 열었다.

"네가 잠들어 있는 동안 계속 생각했어. 네가 깨어나기만 하면 이거 해야지, 저거 해야지 하고…… 그러다 보니까 이렇게 많아졌지만."

화인은 저도 모르게 입을 살짝 벌린 채로 벽면 가득하게 붙어 있는 사진들을 둘러보았다.

처음 보았을 때와는 조금 다른 시선으로 쳐다볼 수밖에 없었다.

이 모든 게 한새가 꿈꿔 왔던 것들이었으니까.

눈이 내리는 풍경을 들여다보다가 저기에 한새와 자신이 걷고 있는 모습을 상상했다.

맛있는 음식이 붙어 있는 사진을 보면서도 그와 함께 먹고 있는 모습을 그려 보았다.

막연히 장소와 음식들이 찍혀 있는 사진들에 자신과 한새의 모습을 대입해 보자, 갑자기 울컥하고 감정이 복받쳐 올라왔다.

이 사진을 한 장, 한 장 붙이면서 한새가 자신을 얼마나 그리워했는지 전해져 왔기 때문이다.

자신이 없던 일 년 동안 한새는 이렇게 버텨 온 것이었다. 화인이 어둠 속에서 실낱같은 희망을 놓지 않고 계속 앞을 향해 걸었던 것처럼.

어느 순간 목이 메어서 화인은 작게 헛기침을 해야 했다. 그러곤 나지막한 목소리로 말했다.

"……이런 거 나한테만 해."

앞뒤가 잘린 그녀의 말에 한새가 의아한 표정으로 물었다.

"어떤 거?"

"한시라도 떨어지기 싫다는 것처럼 달라붙는 것도, 가끔씩 어린 애처럼 어리광 피우는 것도…… 그리고 이렇게 감동 주는 것도, 전부 다."

짧다면 짧은 일 년이란 시간.

많은 것이 변하지는 않았지만, 오히려 달라진 몇 가지의 부분들이 화인을 감동시켰다.

한 자리에 우두커니 서서 일렁거리는 눈빛으로 사진들을 바라보고 있는 화인의 뒷모습을, 한새가 조용히 다가가서 끌어안았다.

그러곤 그가 속삭이듯이 낮은 목소리로 말했다.

"바보야, 네가 말하는 거 전부 다…… 내가 너한테만 하는 행동이잖아."

한새는 지금까지 살아오면서 아무한테도 이런 모습을 보인 적 없었다.

일부러 의도하고 숨긴 게 아니라, 오로지 화인의 앞에서만 나오는 감정이었다.

도도하고 콧대 높았던 자신을 이렇게 한순간에 무너지게 만든 여자는 오직 박화인 한 명뿐이었으니까.

화인은 아무런 말없이 자신의 목을 두르고 있는 한새의 팔을 끌어안으며 가만히 눈을 감았다.

행복하다.

지금 이 순간이.

온 마음을 다해 사랑을 받친 만큼, 상대방의 진심 전부를 받고 있는 느낌.

사랑한다, 그리고 사랑받고 있다.

이 미칠 듯이 달달한 감정에 화인은 마치 녹아 버릴 것만 같았다.

화인이 나지막이 입을 열었다.

"여기 걸려 있는 사진대로…… 하나도 남김없이 다 해 보자."

한새의 따뜻한 품 안에 안겨서 화인은 다시 한 번 깊이 다짐했다.

지금까지 허투루 살아온 인간의 삶.

이제는 제대로 살아 보겠다고.

10
너와 언제까지나

화인이 퇴원하고 며칠이 지난 어느 날이었다.

띵동—

이른 시간부터 울리는 벨소리에 화인이 인터폰을 향해 걸어갔다.

그러자 화면에는 반가운 얼굴이 비춰졌다.

화인이 재빨리 대문을 열어 주자 곧이어 철컥, 소리가 나며 한 남자가 집안으로 들어섰다.

그녀가 기억하는 모습보다 조금 더 성숙하게 변한 듯한 해준이었다.

해준 역시 마찬가지로 화인의 모습을 발견하고, 나지막한 한숨과도 같은 목소리로 입을 열었다.

"⋯⋯누나."

지금 해준의 표정에는 온갖 감정이 뒤죽박죽 섞여 있었다.

그가 느릿하게 화인을 향해 걸어오며, 그녀를 두 팔로 끌어안으려고 할 때였다.

덥석.

어느 순간 나타난 한새가 해준의 어깨를 붙잡으며 낮은 목소리로 말했다.

"거기까지."

그 말을 들은 해준의 눈빛이 순간 날카롭게 빛나면서 한새를 노려봤다. 하지만 거기서 더 이상 뭐라고 말을 하지는 않았다.

아무리 남동생의 가면을 쓰고 있다지만, 한새는 해준의 마음이 어디로 향하고 있는지 누구보다 잘 알고 있었다. 그렇기에 화인을 끌어안는 걸 용납할 수 없는 것이다.

그 사실을 해준 역시도 잘 알고 있었기에, 기분은 나쁘지만 뭐라고 반박할 수가 없었다.

해준이 곧 싸늘한 눈빛을 지우고, 화인을 쳐다보며 불만스럽게 말했다.

"누나, 이한새말고 다른 남자 만나 볼 생각은 없어요?"

화인은 그 말을 장난으로 받아들이고 어처구니없다는 듯 피식 웃었지만, 한새는 기분 나쁘다는 듯 미간을 와락 찌푸렸다.

해준이 그런 한새의 얼굴을 손가락으로 가리키며 다시금 입을 열었다.

"봐요, 누나. 이한새 성격이 이렇게나 나쁘다니까요."

가만히 있던 한새가 참다못하겠는지 나지막한 목소리로 입을 열었다.

"형이라고 부르라고 했지."

"나한테 그렇게 형 대접받고 싶어?"

"당연하지. 내가 너보다 나이가 많으니까. 언제까지 이름 부르면서 맞먹을 건데?"

"형은 얼어 죽을, 내 어깨에서 손이나 치워."

해준이 불쾌하다는 듯 자신의 어깨를 잡고 있는 한새의 손을 떼어 냈다.

여전히 원수처럼 티격태격 거리는 두 사람이었지만, 예전과는 어딘가 조금 달라진 분위기가 풍겼다.

한새와 해준을 물끄러미 바라보고 있던 화인이 나직하게 물었다.

"둘이 언제부터 친해진 거야?"

그 소리에 해준이 말도 안 된다는 듯이 반박했다.

"누나, 지금 어딜 보고 그런 소리를 하는 거예요?"

한새도 해준이와 똑같이 그럴 리가 없다는 표정이었지만, 그럼에도 설명하듯이 한마디를 덧붙였다.

"네가 혼수상태에 빠져 있을 때, 저녀석이랑 병실에서 자주 마주쳤어."

지금이야 과거형으로 말하고 있지만, 화인이 원인 불명의 혼수상태에 빠진 걸 알게 된 해준은 한새를 죽일 듯이 미워했었다.

법적으로 아무 사이도 아닌 한새가 화인의 곁을 지키기가 처음에는 얼마나 어려웠는지 모른다.

금방이라도 서로 주먹을 날릴 것처럼 일촉즉발의 상황이 수시로 찾아왔지만, 그것도 점차 시간이 흘러가면서 조금씩 누그러졌다.

언제 깨어날지 모르는 화인을 기다린다는 점에서 둘 다 동질감을 느꼈기 때문이다.

당연하게도 해준은 처음에 한새가 병실에 찾아오는 것이 꼴 보기 싫었다.

하지만 불현듯 어쩌면 화인이 그가 보고 싶어서 눈을 뜨지는 않을까, 하는 생각이 들고 나서부터는 암묵적으로 허가한 것이다.

화인이 잠들어 있는 동안 해준도 수없이 기도했었다.

자신을 사랑하지 않아도 괜찮으니 제발 눈을 뜨고 돌아와 달라고…….

화인이 정신을 차린 뒤 이미 병실에서 얼굴을 한 번 보긴 했지만, 퇴원 날짜를 알고도 지금까지 꾹 참았다가 집으로 찾아온 것이다.

어떻게든 두 사람 사이를 방해하려고 했던 과거와는 분명 달라진 모습이었다.

이제는 확실히 알았다.

화인을 사랑하지만 군이 자신의 여자가 아니어도 좋으니 그녀가 행복하기를 바랐다.

그녀가 병실에 잠들어 있을 때, 해준은 은연중에 한새에게 물은 적 있었다.

"하나만 묻자, 넌 누나에게 남자여야 하나?"

"당연한 질문을 하는군. 내가 살아 있는 한, 화인이를 다른 놈
한테 넘겨줄 리가 없잖아."

너무나도 당연하게 흘러나오는 한새의 대답과 해준의 감정은 달랐다.

어쩌면 그래서 화인의 사랑을 얻지 못했을지도 모른다.

하지만 해준은 지금처럼이라도 그녀의 곁에 남아 있는 게 가장 중요했다.

어떤 형태로라도 상관없다.

어떤 이름으로 불린다 해도 좋았다.

그렇게 화인과 자신의 관계가 여기서 더 이상 발전되지 않는다는 사실을 인정하고 난 다음부터는 인내심이라는 게 생겼다.

그러니까 지금처럼 화인과 얼굴을 마주할 수 있는 순간이 해준이 누릴 수 있는 가장 큰 기쁨이었다.

이 이상은 허락되지 않는다는 걸 알았지만, 그럼에도 포기할 수 없었고…… 그럼에도 여전히 어쩌지 못할 만큼 화인이 좋았다.

화인이 말했다.

"일단 앉아서 얘기하자, 밖에 춥지? 따뜻한 차라도 한잔 줄까?"

해준이 고개를 가볍게 끄덕이며, 애달픈 눈동자를 숨기고 밝게 웃었다.

"네, 누나."

지금처럼 화인의 곁에 맴돌 수 있는 것만으로도 해준은 충분히 만족할 수 있었다.

해준이 테이블에 가서 앉자, 화인은 이내 뜨거운 찻잔을 들고 다가왔다.

"마셔."

"잘 마실게요, 누나."

해준은 대답을 하면서 저도 모르게 힐끗 주변을 살폈다. 언제부턴가 한새의 모습이 보이지 않았기 때문이다.

자신이 왔으니 신경이 쓰여서라도 더욱 가까이에 있어야 할 한새가 보이지 않자, 해준은 곧 자연스럽게 알아차릴 수밖에 없었다.

한새는 자신의 마음이 어떤지 뻔히 알면서도 오랜만에 만난 두 사람을 위해 자리를 비켜 준 것이다.

그 사실을 눈치챈 해준은 속으로 쓴웃음을 지었다.

한새는 알까. 바로 이런 점 때문에 자신이 그를 완벽하게 미워할 수가 없다는 사실을.

해준은 쓸쓸한 마음을 숨긴 채, 아무렇지 않은 얼굴로 화인이 직접 타 준 차를 한 모금 마셨다.

곧이어 해준이 놀랍다는 듯 눈을 크게 뜨며 화인을 향해 말했다.

"와, 차가 엄청 맛있네요."

과한 칭찬에 화인이 고개를 살짝 기울이곤 의아하다는 듯 말했다.

"그래? 티백 하나 넣었을 뿐인데."

"누나가 타 줘서 그런가 봐요. 지금까지 먹어 본 것 중에 제일 맛있어요."

화인이 타온 것은 마트에서 파는 가장 흔한 녹차 티백일 뿐이었다.

입에 침도 바르지 않고 거짓말을 하는 해준을 바라보며 화인이 못 말리겠다는 듯이 웃었다.

혼수상태에서 깨어나고 그녀의 몸 상태는 어떤지 가벼운 담소가 오고갔다.

그러다가 화인은 그동안 가장 궁금했던 사실을 해준에게 물어보았다.

"엄마한테는 별일 없지?"

"네, 누나가 부탁한 대로 제가 직접 찾아뵙지 못하더라도 불편한 점은 없는지 계속 신경 쓰고 있었어요. 어머니는 건강히 잘 지내고 계시니까 걱정하지 마세요."

"······다행이다."

화인이 대답과 동시에 안심한 것 같은 표정으로 흐릿하게 웃어 보였다.

엄마는 화인에게 다신 찾아오지 말라고 했지만, 그녀는 그 말대로 따를 생각이 없었다.

지금까지는 퇴원하고 난 뒤에 정신없이 시간이 지나서 찾아가지 못했지만, 조만간 얼굴을 보고 못 다한 이야기를 더 나누고 싶었다.

엄마의 정신이 불안정했기에 예전처럼 자신에게 상처를 주는 말을 할지도 모르지만, 그렇다 하더라도 지금은 아무렇지 않았다.

그 말들이 엄마의 진심이 아니란 사실을 알았으니까.

어딘가 홀가분해 보이는 화인을 바라보며 해준의 눈동자가 지금까지와 달리 진지하게 가라앉았다.

해준이 조금 낮아진 목소리로 말을 꺼냈다.

"그런데 누나…… 언제까지 여기에 머무를 생각이세요?"

"응?"

"이한새랑 동거하는 사실이 밝혀지면 누나한테 별로 좋지 않을 것 같아서요. 이상한 소문이 돌면 아무래도 여자가 받는 피해가 더 크잖아요."

그동안 이 부분이 계속 걱정이 되었던 건지, 조심스럽게 물어 오는 해준의 말에 화인도 잠시 잊고 있었던 사실을 떠올렸다.

지금 해준이 하는 말은 조금도 틀리지 않았다.

오히려 화인의 입장이 걱정돼서 하는 충고라는 게 전해져 왔다.

그렇지만 화인은 조금도 동요하지 않는 편안한 표정으로 대답했다.

"신경 써 줘서 고마운데, 난 한새랑 조금도 떨어질 생각이 없어."

"……?"

"누가 뭐라고 떠들든 상관없거든. 그리고 한새도 내가 여기서 나간다고 하면 더 싫어할 것 같고."

화인이야 정말 아무런 상관도 없었지만, 아무래도 한새는 공인이라서 동거하는 여자가 밝혀지면 피해를 입을지도 모르겠다.

하지만 먼저 지레짐작해서 그의 곁에서 멀어지고 싶지는 않았다.

둘은 오랫동안 엇갈리다가 이제야 겨우 마주 보게 된 상태였으니까.

더 이상은 서로 떨어져서 애태우고 싶지 않았다. 가뜩이나 짧은 인간의 생을 그렇게 낭비할 생각은 없었다.

확고한 화인의 생각을 들은 해준은 알겠다는 듯 고개를 끄덕였다.

"제가 괜한 걱정을 했네요. 누나 생각이 그렇다면 하시고 싶은 대로 하세요."

언론은 제가 최대한 막아 볼 테니까요.

해준은 차마 마지막 말을 입 밖으로 꺼내지 못한 채, 그저 희미하게 웃을 뿐이었다.

화인은 언제부턴가 든든하게 자신의 편이 돼 주는 해준을 흡족하게 바라보다가, 병원에서부터 계속 생각해 왔던 내용을 처음으로 입 밖으로 꺼내었다.

"사실 해준이 너한테 부탁하고 싶은 게 있는데……."

해준은 그녀가 하는 말을 묵묵히 듣다가 놀랍다는 듯이 눈을 크게 떴다.

전혀 생각지도 못한 말이었기 때문이다.

해준이 당황스러운 표정을 감추지 않은 채 그녀에게 재차 확인했다.

"진짜 그걸 하시겠다고요?"

"응, 네가 좀 도와줬으면 좋겠어."

이미 마음속으로 결정을 내린 건지 단호한 눈빛을 띠는 화인을 바라보며, 해준은 결국 알겠다는 듯 고개를 끄덕일 수밖에 없었다.

*　　　*　　　*

해준이 돌아가고 난 뒤, 한새는 기다렸다는 듯이 화인에게 다가 갔다.

아주 잠시 떨어져 있었을 뿐인데도 마치 금단 현상처럼 불안해 져서, 한시라도 빨리 그녀에게 닿고 싶었다.

한새는 제 품에 가두듯이 화인을 끌어안으며, 고개를 숙여 그녀 의 귓가에 나지막하게 속삭였다.

"둘이서 무슨 이야기 했어?"

생각보다 오래 걸렸던 두 사람의 대화에 한새가 무심코 물어본 것이었다.

그런데 그 말에 화인이 진지한 눈동자로 그를 올려다보며 나지 막이 대답했다.

"안 그래도 너한테 할 이야기가 있어."

갑작스러운 분위기 변화에 한새가 의아하다는 표정으로 물었다.

"······무슨 일 있어?"

"일단 여기 앉아봐."

화인이 한새의 손을 잡아끌며 소파에 제대로 자리를 잡고 앉았 다.

심각한 이야기가 나올 것 같은 상황이었기에 한새가 잔뜩 긴장 한 표정으로 그녀를 바라보며 입을 열었다.

"말해 봐, 무슨 일인데?"

"나 말이야······."

"······?"

"병원에서부터 쭉 고민했어. 지금까지는 인간으로 제대로 살 생각이 없었지만, 앞으로는 너와 함께 오랫동안 살기로 결정했으니까."

정말로 긴 시간 동안 고민을 해 온 문제인지 화인의 표정은 언뜻 결연해 보이기까지 했다. 덩달아 한새도 표정을 굳히며 진지하게 경청했다.

그러자 화인의 말이 다시 이어졌다.

"언제까지 네 운전기사나 할 수는 없어. 그렇다고 편의점 알바생으로 다시 되돌아가고 싶은 것도 아니고……."

화인이 이십 대 중반까지 아르바이트를 하면서도 별다른 걱정을 하지 않았던 건, 말 그대로 인간의 삶이 어떻게 되든 관심이 없었기 때문이다.

하지만 이제는 사정이 완전히 달라졌다.

한새와 인간 세상에서 제대로 살아 보기로 결심한 이상, 언제까지 아르바이트나 하고 있을 순 없는 노릇이었다.

그녀는 처음으로 진지하게 한새와 함께하는 미래에 대해 고민이 들기 시작한 것이다.

"……그래서 공무원 시험을 준비하려고 해."

"지금 뭐라고?"

전혀 생각지도 못한 발언에 한새는 깜짝 놀랄 수밖에 없었다. 하지만 곧이어 그 말뜻을 깨달은 한새의 표정은 딱딱하게 굳어졌다.

시험에 합격하느냐, 떨어지느냐가 중요한 것이 아니었다.

공무원 시험을 준비하겠다는 건 그만큼 많은 시간을 공부에 쏟겠다는 소리다. 그리고 그 말은 곧 그녀와 같이 보낼 수 있는 시간이 줄어든다는 의미였다.

한새가 마음에 들지 않는다는 듯 입을 열었다.

"네가 아무것도 하지 않아도, 너 하나쯤은 충분히 먹여 살릴 수……."

"전에 말했잖아. 너한테 그냥 기대기만 하는 삶, 나한테는 전혀 만족스럽지 않다고. 내 밥벌이는 내가 해."

너무나도 단호한 화인의 생각에 한새가 잠시 입을 다물고 있을 때였다.

화인이 재차 설득하듯이 입을 열었다.

"공부를 잘했던 건 아니지만, 딱히 인간으로 하고 싶은 일이 있는 것도 아니고. 네가 모델이라는 불안정적인 직업을 갖고 있으니까 상대적으로 나라도 노후가 보장되는 안정된 직업을 갖는 게……."

진지하게 그녀의 말을 듣고 있던 한새가 어느 순간부터 못 참겠다는 듯 작게 웃음을 터뜨렸다.

"……큭."

갑자기 터져 나오는 한새의 웃음소리에 화인은 하려던 말을 멈추고 그를 쳐다봤다.

그러다 이내 얼굴을 살짝 찌푸린 채로 화인이 다시 말을 이었다.

"내가 하는 말을 듣고 있는 거야? 누구는 지금 같이할 수 있는 시간이 줄어서 걱정인데."

"미안. 대악마가 공무원이라고 생각하니까, 갑자기 웃음이 나왔어."

한새는 영문을 모르겠다는 표정으로 자신을 올려다보는 화인을 가만히 끌어안았다. 그러곤 나지막한 목소리로 말했다.

"……좋다."

이건 지금까지 한새가 알지 못한 감정이었다.

어느 순간부터 두 사람은 조만간 헤어져야 한다는 사실을 알았음에도 불구하고, 함께할 수 있는 시간을 포기하지 않았다.

그저 그녀와 함께하는 이 순간이 영원히 지속되기만을 바랐을 뿐, 지금처럼 화인과 앞으로 함께하는 미래에 대해 진지하게 고민을 해 본 적이 없었다.

이런 평범한 고민을 그녀와 나눈다는 게 이토록 행복한 것인지 정말 몰랐다.

"우리가 함께할 수 있는 미래가 있다는 게…… 진짜 너무 좋다."

자조적인 미소를 짓던 한새가 조금 더 힘을 주어 그녀를 제 품으로 끌어당기며 다시 입을 열었다.

"너랑은 일분일초도 떨어지고 싶지 않지만, 그래도 눈치 보지 말고 네가 하고 싶은 거 다 해도 돼."

말했다시피 한새는 그녀가 자신에게만 기댄 채 살아가도 상관없었다.

아니, 오히려 그래 주면 좋겠다.

하지만 화인의 성격상 그렇게 만족하지 못할 거라는 걸 잘 알았으니까.

공부하는 화인의 옆에서 조금 애가 타겠지만, 그 정도는 견뎌 볼 생각이었다.

화인은 자신의 생각과 달리 너무나도 순순히 승낙해 버린 한새의 대답에 잠시 할 말을 잃었다.

하지만 이내 그녀의 입가에도 흐릿한 미소가 걸렸다.

한새의 말처럼 두 사람이 오래토록 함께하는 계획을 세우고 있다는 게 새삼 그녀에게도 특별하게 다가왔기 때문이다.

그렇게 한새의 가슴에 얼굴을 기댄 채 가만히 안겨 있을 때였다.

한새가 화인을 품에서 조금 떼어 내고는 눈을 맞췄다. 그러곤 나지막이 말했다.

"대신에 너무 오래 걸리지는 마. 당연하지만 공시가 쉽진 않을 테니까."

"……그냥 믿어."

짧고 굵은 화인의 대답에 한새는 다시 한 번 큭, 웃음을 터뜨렸다.

그러곤 그대로 화인에게 고개를 숙여 입술을 겹쳤다.

병원에서 퇴원하고 난 뒤에 한시도 떨어지지 않고 몸을 섞었던 두 사람이다.

그런데도 서로의 입술이 맞닿자 금방이라도 녹아내릴 것처럼 뜨거운 열기가 느껴져서 정신이 아득해질 정도였다.

처음에는 가벼웠던 키스가 점점 깊어지기 시작했다. 덩달아 숨결도 뜨겁게 달아올랐다.

한새가 더는 안 되겠는지 화인을 안아서 침대로 데리고 가려는 순간이었다.

드르르륵, 현관문 바깥에서 희미하게 사람의 인기척이 들려왔다.

하지만 한새는 지금 누가 찾아온다고 해도 문을 열어줄 생각이 없었다.

아무리 급한 일이라도 화인과 함께하는 이 시간보다 더 중요하진 않았으니까.

그런데 문제는 상대방이 벨도 누르지 않은 채, 현관문을 열쇠로 열고 있다는 사실이다.

한새는 이 집에 마음껏 들어올 수 있는 단 한 사람을 기억해 내고, 못마땅한 표정으로 어렵사리 화인에게서 몸을 떼어 냈다.

그때 마침 현관문이 벌컥 열렸다.

거기에는 한새와 닮은 구석이 많아 보이는 여자가 한 명 서 있었다. 인형처럼 예쁘장하게 생긴 그녀는 바로 한새의 여동생 한울이었다.

"어? 어! 화인 언니!"

깜짝 놀랐는지 화인을 발견한 한울이는 눈을 동그랗게 뜨고 쳐다봤다.

한새는 갑자기 들이닥친 한울을 보며 저도 모르게 한 손으로 이마를 짚었다.

오늘따라 계속 화인과 함께하는 시간을 방해받고 있었기 때문이다.

화인도 갑작스러운 한울의 등장에 잠시 놀란 눈으로 쳐다보다가, 이내 손을 들고 가볍게 인사를 건넸다.

"안녕?"

"꺄아아아! 언니!"

한울이 캐리어를 그대로 방치한 채, 화인에게 다가와 풀썩 안겼다.

* * *

화인의 삶은 그대로였다.

어쩌면 당연한 건지도 모르겠다. 그저 박화인이라는 인간에게서 대악마 벨로나라는 부분만 뺐을 뿐이니까.

그리고 그 대악마라는 사실은 겉으로 크게 드러나지 않았기 때문에 예전의 생활과 조금도 달라진 게 없었다.

화인은 여전히 솔트 박상원 대표와 정신 병원에 입원 중인 엄마의 딸이었고, 변변한 자격증 하나 내세울 것 없는 인생이었다.

인간으로 살기로 결정했다고 해서 이제 와 집에다가 손을 벌릴 생각은 없었기에, 변함없이 경제적으로도 궁핍했다.

화인은 과거처럼 다크서클이 짙게 내려온 눈가를 눈으로 문지르며 마른세수했다.

오랫동안 책을 보고 있었더니 머리가 지끈거렸다.

제대로 잠을 자 본 적이 언제인지 이젠 기억조차 나지 않았다.

최근엔 하급 악마 때문이 아니라 공부를 하느라 잠을 잘 시간이 없었다.

"자, 오늘 수업은 끝입니다."

강사의 마지막 인사말을 들으며 화인은 서둘러 책상에서 일어났다.

학원이 끝났다고 해서 하루 일과가 끝난 것은 아니었다.

지금까지 모자란 공부를 따라잡기 위해선 피나는 노력이 필요했다.

그렇게 화인이 다른 학생들과 뒤섞여서 학원 바깥으로 걸어 나올 때였다.

빵빵!

언제나처럼 자동차 클랙슨 소리가 울려서 고개를 돌리자, 그녀를 기다리고 있는 차가 보였다.

그 안에 타고 있는 게 누구인지 알기에 화인은 저도 모르게 흐릿한 미소를 지었다.

화인이 까맣게 선팅이 된 차 문을 열고, 익숙한 동작으로 조수석에 몸을 실었다.

그러자 운전석에서 까만색 선글라스를 낀 한새가 그녀를 바라보고 있는 모습이 보였다.

한새가 말했다.

"오늘도 공부 열심히 했어?"

"왜 자꾸 데리러 와. 이제 오지 말라고 했잖아."

"네가 공부하는데 이 정도 뒷바라지는 해야지. 그래야 나중에 합격해도 나 안 버릴 거 아니야."

한새가 장난스럽게 입꼬리를 올려 웃으며 차에 시동을 걸었다.

화인이 공부를 시작한 지 이미 몇 달이 지나고 있었다.

그때부터 한새는 본인의 스케줄이 바쁠 텐데도 불구하고, 하루도 빠짐없이 화인을 태워다 주고 데리고 오면서 운전기사 노릇을 자처했다.

그뿐이 아니었다.

야식이면 야식, 보약이면 보약, 웬만한 부모님 못지않게 지극정성이었다.

"돈 버는 네가 바쁘지, 공부하는 게 뭐가 힘들다고……."

화인의 불만스러운 투덜거림에 한새가 운전대를 잡지 않은 손으로 그녀의 머리를 쓰다듬어 주었다. 그러곤 나지막한 목소리로 말했다.

"좋으면서 또 그런다."

"하나도 안 좋아. 너한테 방해되는 거 같아서 싫어."

"난 네 얼굴 조금이라도 더 볼 수 있어서 좋은데?"

한새가 말과 동시에 화인이 있는 방향으로 고개를 힐끗 돌리며 근사하게 웃어 보였다.

그 모습에 바보처럼 가슴이 설레서 화인은 괜스레 얼굴을 푹 수그렸다.

자꾸 봐도 좋았다.

아니, 보면 볼수록 더 좋았다.

지금까지 인간으로 자신의 삶이 하나도 변하지 않았다고 생각했는데, 다시 돌이켜 보니 한새로 인해 많은 것이 변해 있었다.

고단한 하루 속에서 한새의 등장은 마치 게임에서 진행되는 이벤트처럼 매순간을 특별하게 만들어 주었다.

그래서 과거와 달리 아무리 지치고 힘들어도 행복하다고 느낄 수 있었다.

사실은 한새의 말대로 지금처럼 그의 얼굴을 볼 수 있는 시간이
좋았다.

"……오늘 촬영은 잘 끝냈어?"

"당연하지. 누구 남잔데."

"나중에 사진 나오면 보여 줘."

"알았어, 피곤할 텐데 조금이라도 자 둬. 집에 도착하면 깨워 줄
테니까."

한새의 말에 화인이 가볍게 고개를 저었다.

공부를 하느라 한새와 얼굴을 볼 수 있는 시간이 많지 않았다.
차라리 잠을 줄이더라도 지금은 한새와 조금 더 함께 있고 싶었다.

문득 자신이 혼수상태에 빠졌던 일 년 동안 한새가 방 안에 걸어
놨던 사진들이 떠올랐다.

거기에 찍힌 장소에 가거나, 직접 경험을 해 본 것은 많지 않다.

화인이 기력을 회복하자마자 공무원 시험을 준비하기 위해 공부
를 시작했기 때문이다.

한새와 보란 듯이 인간의 삶을 즐기고 싶어서 결정하게 된 거지
만, 이렇듯 합격을 하기 전까지는 같이 할 수 있는 시간마저 빠듯했
다.

그게 내심 안타깝게 느껴지던 찰나, 화인의 눈에 창밖으로 지나
치는 무언가가 들어왔다.

'어?'

저건 한새가 붙여 놨던 사진 속에 찍혀 있던 것 중에 하나였다.

화인이 재빨리 한새의 팔을 흔들며 입을 열었다.

"잠깐 차 세워 봐."

"왜? 무슨 일인데?"

한새는 의아하다는 듯 물어보면서도 그녀가 시키는 대로 서둘러 근처에 차를 세웠다.

그러자 화인이 창밖으로 보이는 포장마차를 손가락으로 가리키면서 말했다.

"저거, 네가 먹고 싶다고 했잖아."

한새도 그녀의 손짓을 따라 곧이어 포장마차에서 파는 떡볶이를 눈으로 확인할 수 있었다.

예전에 화인과 데이트를 즐기다가 떡볶이를 먹은 적이 있었다. 그래서 그때를 추억하면서 그녀가 일어나면 꼭 다시 먹어야지, 생각하면서 사진을 찍어 걸어 두었던 것이다.

하지만 그건 정말로 그녀가 혼수상태에 빠져 있을 때 했던 생각이다.

요즘처럼 공부하느라 잠도 제대로 자지 못하는 그녀를 데리고 갈 생각은 없었다.

"떡볶이는 다음에 한가할 때 먹으러 가자."

"잠깐 들려서 먹는 건 상관없어. 어차피 뭐라도 먹어야 되니까."

"그래도……."

화인이 한새의 말을 자르며 재차 입을 열었다.

"이럴 시간에 얼른 가서 먹자, 콜?"

잠시 고민하던 한새는 곧이어 어쩔 수 없다는 듯 고개를 끄덕였다.

사실 누구보다 그녀와 함께 시간을 보내고 싶은 사람이 바로 한새다. 그런데 화인이 이렇게 대놓고 유혹을 하는데 안 넘어갈 수 없었다.

두 사람은 제대로 차를 주차해 놓고, 포장마차를 향해 걸어갔다.

아직 바깥은 쌀쌀한 날씨였는데, 안으로 들어서니 후끈한 기운이 느껴졌다.

아무데나 대충 자리를 잡고 앉은 화인이 나지막이 입을 열었다.

"여기 떡볶이 이 인분……."

"떡볶이랑 순대 이 인분씩이랑, 튀김도 종류별로 주시고요. 어묵도 두 개 주세요."

한새가 화인의 말을 자르며 엄청난 양의 음식을 시키기 시작했다.

깜짝 놀란 화인이 입을 벌리며 그를 향해 물었다.

"누구 먹으라고 이렇게 많이 시켜?"

"누구긴 누구겠어. 너 먹으라고 시킨 거지. 공부도 체력이 따라 줘야 하는 거야, 많이 먹어."

화인이 어이없다는 듯이 바라보다가 이내 픽하고 웃음을 흘렸다.

한새도 막상 이 자리에 앉아서 그녀와 마주 보고 있자니 괜스레 웃음이 새어 나왔다.

화인과 같이 가고 싶은 곳이 수 십, 수백 군데인데 어쩌다 보니 그중에 가장 저렴한 곳에 앉아 있었기 때문이다.

화인은 포장마차 안에서도 가장 눈부시게 빛나는 한새의 얼굴을 가만히 들여다보다가 조금 전보다 낮아진 목소리로 말했다.

"조금만 기다려. 금방 합격해서 호강시켜 줄 테니까."

"무리하지 마. 천천히 해도 되니까."

한새는 오히려 화인이 부담감을 느낄까 봐 걱정이 되었다.

공무원 시험이 쉬운 것도 아니고 어쩌면 몇 년이 걸릴지도 모른다. 그런 장거리를 달려야 하는 그녀에게 조급함을 느끼게 하고 싶지 않았다.

"난 한다면 하니까 걱정 마. 해준이가 공부도 잘 가르쳐 줘서 편해."

화인이 공부를 시작하고 난 뒤에, 해준이 그녀의 과외를 해 주고 있었다.

워낙 머리가 좋아서 그런지 공부도 잘 가르치는 모양인데, 한새는 어쩐지 탐탁지가 않았다.

"부사장이라는 놈이 회사 일은 안 한대? 언제라도 다른 과외 선생님 구해 줄 테니까 말만 해."

한새의 말에 화인이 자그맣게 웃으며 대답했다.

"알았어, 나중에 필요해지면 말할게."

둘이서 사소한 이야기를 몇 마디고 나누고 있자니, 어느새 아주머니가 다가와서 주문한 음식들을 테이블 위에 올려다주었다.

한새가 화인에게 먼저 포크를 건네 주며 나지막이 말했다.

"꼭꼭 씹어 먹어."

"별걱정을 다한다, 이걸로 우리가 같이 가기로 한 장소는 한 여섯 군데 정도 틀린 건가?"

"그런 거 같네."

한새는 아무렇지 않은 얼굴로 대답했지만, 사실 정확하게 다섯 군데를 틀렸다는 사실을 알고 있었다.

하지만 그대로 대답하면 자신이 신경을 쓰고 있다는 게 들통 날 것 같아서 입을 다물었다.

마음 같아선 하루에도 몇 번씩 화인에게 공무원 시험을 그만두면 어떻겠냐는 말이 목구멍까지 치밀었다.

그녀가 고생하는 것도 싫었고, 한시라도 떨어져 있고 싶지 않았으니까.

하지만 차마 그렇게 말하지 못하는 건, 화인이 이처럼 노력하는 이유가 바로 한새, 자신을 위해서라는 걸 알았기 때문이다.

화인은 자신만의 방식으로 두 사람이 함께하는 미래를 위해 준비하고 있는 것이다.

그런 그녀의 고생을 무시한 채, 인형처럼 자신의 곁에만 있어 달라고 말할 순 없었다.

그러니까 아무리 보고 싶고, 아무리 같이 있고 싶어도……

조금 더 참는 수밖에.

한새가 흐릿하게 웃으면서 화인의 입가에 묻은 소스를 엄지손가락으로 슥 닦아 주었다.

"아, 한울이가 다음 주에 한국으로 내려온다던데 너 보고 싶다고 난리야. 내가 너 공부해야 된다고 잘랐지만 혹시라도 연락 오면 무시해."

한울이는 완전히 화인의 열성 팬이었다.

생명의 은인이라나 뭐라나 하면서 화인만 보면 두 눈에서 하트가 쏟아져 나왔다.

한 집에 같이 살았으면 몹시도 귀찮게 굴었을 테지만, 다행히도 한울이는 지금 해외에서 공부를 계속하고 있는 중이었다.

"내가 알아서 할 테니까 걱정하지 마."

"괜히 한울이 어리광 받아주지 말고."

그렇게 두 사람은 잠시 포장마차에 앉아서 두런두런 이야기를 나눴다.

초봄이 다가오는 어느 날, 이제는 너무나도 익숙해진 일상이었다.

*　　*　　*

화인은 공무원 시험 날짜가 다가올수록 더욱더 공부에 매진했다.

그렇게 일 년여 간의 준비 끝에 처음으로 시험을 치렀고, 오늘이 바로 그 결과 발표가 있는 날이었다.

한새는 깊은 고민에 빠질 수밖에 없었다.

단 한 번의 시험으로 붙을 거라고 기대를 하는 건 아니었지만, 시험 결과에 따라서 그가 취해야 할 행동이 판이하게 달라졌기 때문이다.

시험에서 떨어졌다면 괜히 떠들썩하게 위로를 해 주는 것보다 아무것도 아니라는 듯 자연스럽게 행동하는 게 나을 것이다.

반대로 합격했다면…….

도무지 어떻게 축하를 해 줘야 할지 눈앞이 캄캄할 지경이었다.

행복한 고민에 잠시 미소 짓다가 이내 한새는 고개를 흔들었다.

좋은 결과를 기대하기보다는 오히려 그 반대의 상황을 준비하는 게 더 나았다.

정말 합격했다면 무엇을 해도 기쁠 테니까 말이다.

한새가 이런저런 생각에 잠겨 있을 때, 그의 곁으로 찬우가 다가왔다.

"아까 사진 찍은 걸로 교체하면 될 거 같대. 오늘 바쁘다면서 얼른 들어가 봐."

찬우의 말이 떨어지지가 무섭게 한새가 자리에서 벌떡 일어났다.

사실 오늘은 하루 종일 화인의 곁에 있다가 결과를 같이 확인하려고 했는데, 갑작스럽게 급한 일이 생겨서 불려온 것이었다.

"알았어, 나 그럼 바로 간다."

한새가 다급하게 차를 향해 걸어갈 때였다.

주머니에 넣어났던 휴대폰이 지이잉, 울리기 시작했다. 서둘러 꺼내어 보니 전화를 건 상대는 바로 화인이었다.

아마 지금쯤이면 좋은 결과든, 나쁜 결과든 소식이 나왔을 것이다.

저도 모르게 마른침을 꿀꺽 삼키며 한새가 재빨리 전화를 받았다.

"응, 화인아."

수화기 속으로 화인이 기쁜 목소리가 터져 나왔다.

—나 합격 했어! 한새야!

"......!"

한새는 하마터면 주변의 시선에 신경 쓰지 않고 소리를 지를 뻔했다.

한새가 입술을 꾹 다문 채로 환한 얼굴로 미소 지으며 말했다.

"지금 바로 달려갈 테니까, 조금만 기다리고 있어."

말을 끝낸 한새는 곧바로 전화를 끊었지만, 생각하면 할수록 기분이 좋아서 날아갈 것만 같았다.

아직 면접이 남아있긴 했지만 필기시험을 합격했으니, 공무원이 되는 건 거의 기정사실이나 다름없다.

그 어려운 시험을 단번에 붙다니, 그동안 고생한 화인이 너무나도 기특하게 느껴졌다.

얼른 그녀와 만나고 싶다는 마음에 선물은 준비하지 못한 채, 집으로 가는 길에 들려서 급하게 커다란 꽃다발을 샀다.

화인이 지나가듯이 예쁘다고 말했던 보라 색깔의 라일락꽃이었다.

한새는 집에 도착하자마자 서둘러 꽃다발을 들고 안으로 들어갔다.

철컥, 현관문이 열리는 소리에 화인도 기다렸다는 듯이 한새를 향해 달려왔다.

그가 화인에게 불쑥 꽃다발을 내밀면서 입을 열었다.

"축하해, 화인아."

"뭐, 이런 걸 다 사 왔어. 안 그래도 나도 너한테 건네줄 게 있었어."

화인이 한 손으로 꽃다발을 받고, 다른 한 손으로 가지고 있던 종이 한 장을 내밀었다.

한새는 그게 뭔지 영문도 모른 채, 그녀가 내미는 종이를 받아 들었다. 그러자 가장 위에 이렇게 쓰여 있는 게 보였다.

'혼인 신고서.'

전혀 생각지도 못한 내용에 한새가 입을 벌린 채 그녀를 쳐다봤다.

거기에는 이미 화인이 적어야 할 항목이 전부 다 채워져 있었다.

"이제 합격했으니까 정식으로 너 데리고 오려고."

당당한 화인의 말에 놀란 표정으로 서 있던 한새가 이내 큭큭, 웃음을 터뜨리고 말았다.

처음 만났을 때부터 느꼈지만, 화인은 정말 어디로 튈지 모르는 여자였다.

한새가 감동으로 일렁거리는 눈동자로 화인을 내려다보며 말했다.

"나 지금 프러포즈 받은 거야?"

"프러포즈는 무슨, 어차피 넌 처음부터 내 거였잖아."

한새는 너무나도 당연하게 말하는 화인이 사랑스러워서 견딜 수가 없었다.

화인의 말이 맞다.

결혼식을 하지 않았을 뿐, 한새는 이미 온전히 화인의 것이었다.

쉽사리 말을 잇지 못하는 한새를 쳐다보며 화인이 살짝 미간을 찡그렸다.

"왜 대답이 없어? 이제 와서 안 하겠다고 하면 죽는다."

섬뜩하게 눈을 빛내는 화인의 모습이 너무나도 귀여워서 한새는 더 이상 참을 수가 없었다.

한새가 그대로 다가가서 그녀를 숨이 막힐 정도로 으스러지게 껴안았다.

"야, 야, 이한새."

화인이 앓는 소리를 했지만, 한새는 밀려오는 행복감에 죽을 것 같았다.

한새가 나지막한 목소리로 속삭이듯 말했다.

"바보야, 이런 건 남자가 먼저 말하는 거야. 조금만 기다리지 그랬어."

"이미 인내심의 한계인데 여기서 더 이상 어떻게 기다려. 내가 먼저 말해서 싫어?"

한새가 화인을 안은 상태에서 허리를 잡고 번쩍 들었다.

그러자 자신의 키보다 높아진 그녀의 얼굴을 들여다보며, 그가 세상 그 무엇보다 찬란한 미소를 지었다.

"아니, 좋아 죽겠다."

화인은 한 손에 라일락 꽃다발을 든 채로, 그 미소에 화답하듯이 행복한 웃음을 지어 보였다.

에필로그

    화인이 필기시험에 면접까지 합격하고 정말로 공무원이 되자, 뜻밖에도 한새의 외할아버지인 준건에게서 축하의 선물이 왔다.

    배달원이 주고 간 커다란 꽃바구니엔 합격을 축하한다는 메시지까지 적혀 있었다.

    그것을 보고 있자니 화인은 저도 모르게 메마른 웃음이 새어 나왔다.

    준건이 이 선물을 왜 보냈는지 정확한 의도를 알 수는 없었지만, 화인은 왜인지 이게 아직도 한새를 포기하지 않았다는 일종의 선언 같이 느껴졌다.

    준건은 한새를 제우 그룹의 후계자로 만들고 싶어 했다.

    한동안 잠잠한 건 사실이지만, 아직도 한새에 대한 미련을 버리지 못했을 확률이 컸다. 그는 무언가를 쉽사리 포기하는 성격이 아닌 것 같았으니까.

'……뭐, 아닐지도 모르지.'

무조건 그런 방향으로만 생각할 수 없는 건, 준건 역시도 한새를 진심으로 아끼고 있기 때문이다.

한새와 화인은 이미 혼인 신고를 마친 법적인 부부였다.

결혼식은 거추장스럽다는 그녀의 뜻에 따라 구청에 가서 간단하게 서류만 작성한 것이다.

혹시 모른다. 그저 손자며느리에게 순수한 축하의 인사를 전하고 싶었던 건지도.

그녀를 감금하면서까지 협박하려고 했던 걸 떠올려 보면 썩 그럴 확률이 커 보이진 않았지만, 사람의 속마음은 모르는 것이었으니까.

그리고 설령 무슨 꿍꿍이가 있다고 해도 그게 쉽진 않을 것이다.

누군가가 한새를 억지로 휘두르는 걸 지켜볼 만큼 화인의 성격도 호락호락하진 않았으니까.

화인은 선물 받은 꽃바구니를 가만히 내려다보다가 이내 책상 위에 올려놓았다.

의도가 뭐가 됐든 간에 이왕 받은 선물을 버리고 싶지는 않았기 때문이다.

"화인 씨, 잠시만 이것 좀 도와주실래요?"

직장 동료의 부름에 화인이 고개를 돌리고 나직하게 대답했다.

"네."

화인은 공무원이 되고 난 다음 꽤나 만족스러운 나날들을 보내고 있었다.

처음엔 대악마 벨로나라는 부분을 포기하고 나니, 인간으로서 뭘 해야 하는지 알 수 없었다.

더구나 그녀에겐 아무런 능력조차 남아 있지 않았다.

마력 한 줌 사용하지 못할 뿐만 아니라, 치유력이나 불사의 신체까지 사라졌기에 이제는 완전히 보통의 인간이 된 것이나 다름없다.

그래서 아무것에도 기대지 않은 채, 혼자만의 힘으로 일어서야 했다.

그렇게 죽도록 노력해서 이뤄 낸 성과가 바로 공무원이 된 것이다.

대악마라는 존재에 비하면 지금의 자신은 미약하기 짝이 없다는 걸 잘 알지만, 그래도 한새의 옆에서 최선을 다하며 살아가기로 결심했다.

지금은 그 목표에 한 발자국 더 다가간 느낌이었다.

더 이상 대악마 벨로나로서의 가치만을 찾는 게 아니라, 인간 박화인으로도 당당하게 설 수 있도록 말이다.

*　　*　　*

여느 때와 다름없는 주말의 아침이었다.

그런데 평소와 다르게 시끄러운 사람들의 말소리가 들려서 자고 있던 화인의 눈이 떠졌다.

문득 침대 옆자리를 살펴보니 어느새 일어난 건지 한새의 모습도 보이지 않았다.

화인이 잠옷 위에 간단한 겉옷을 걸치고 바깥으로 나가자, 거기에는 오랜만에 보는 얼굴이 있었다.

"어?"

화인의 놀란 눈빛에 규현이 빙긋 웃으며 손을 흔들었다.

"자기, 오랜만이야."

규현은 한새의 메이크업을 주로 담당했기에 화인과도 이미 안면을 익힌 사이였다.

더구나 한 번은 직접 그녀의 얼굴에 화장까지 해 주었기에 더욱 친밀감이 들었다.

한새가 미간을 슬쩍 찌푸리며 낮은 목소리로 입을 열었다.

"누구 와이프더러 자기래?"

"어머, 자기야. 지금 질투하는 거야?"

한새도 규현의 말투가 워낙 여성스러웠기에 누구에게나 자기라는 호칭을 붙인다는 걸 안다.

하다못해 자신에게도 늘 쓰던 것이었기에, 거기에 별 의미가 없다는 사실을 더욱더 잘 알고 있었다. 하지만 그럼에도 한새는 불쾌한 기색을 감추지 않았다.

"화인이는 그렇게 부르지 마."

"어머, 자기 이런 모습 처음 본다. 결혼했다고는 들어서 알고 있었지만 둘 사이가 보통이 아닌가 봐."

놀리는 것 같은 규현의 말을 무시하며, 한새는 화인을 향해 입을 열었다.

"시끄러워서 깼어? 조심한다고 했는데 잠을 방해했나 보네."

그 말에 화인은 조금 붉어진 얼굴로 고개를 절레절레 저었다.

한새의 입에서 나온 '와이프'라는 단어가 아직도 적응이 되지 않았다.

"아니야, 잘 만큼 자서 피곤하진 않아. 그런데 무슨 일로 여기까지 오신 거야? 너 오늘 스케줄 없다고 하지 않았어?"

화인의 물음에 규현이 메이크업 박스를 펼치면서, 한새보다 먼저 입을 열어 대답했다.

"한새가 주말에 와 달라고 부탁을 하더라고."

"……?"

영문을 모르겠다는 화인의 표정에 규현이 재차 설명하듯 말을 이었다.

"자기를…… 아니, 화인 씨를 화장해 달라고 하던데?"

"저를요?"

화인의 의아한 시선이 한새에게로 향하자, 잠시 곤란한 표정을 짓고 있던 한새가 고개를 끄덕이며 수긍했다.

"오늘 너랑 같이 잠깐 들를 데가 있어서, 내가 형한테 메이크업 좀 해 달라고 부탁했어."

말과 동시에 한새가 못마땅하다는 듯이 규현을 힐끗 쳐다봤다.

그러자 규현은 아무것도 모른다는 것처럼 어깨를 으쓱해 보일 뿐이었다.

뭔가 둘이서 숨기고 있는 것 같은 분위기에 화인이 이해가 안 된다는 듯 다시 물었다.

"오늘 어디를 가는데 메이크업까지 받으래?"

"그건 가 보면 알아."

한새가 더는 말하기 싫다는 듯, 화인의 어깨를 양손으로 붙잡고 규현의 앞으로 데리고 왔다.

얼떨결에 자리에 앉게 된 화인이 여전히 궁금증이 가득 담긴 눈동자로 한새를 쳐다보자, 한새가 장난스럽게 화인의 콧잔등을 손가락으로 톡톡 치면서 나지막이 말했다.

"그럼 예쁘게 화장하고 있어."

그 말을 끝으로 한새는 다른 방으로 쏙 들어가 버렸다.

화인은 한새를 부르기 위해 입술을 달싹거렸지만, 순식간에 사라져 버린 그의 모습에 이내 다시 입을 닫을 수밖에 없었다.

그런 그녀를 바라보며 규현이 부럽다는 듯 입을 열었다.

"나 꽤 오랜 시간 동안 한새를 봤는데, 저런 모습은 처음 보는 것 같아."

"어떤 모습이요?"

"그냥 저렇게 부드럽게 웃고, 부끄러워하는 거?"

"한새가 바깥에선 안 그래요?"

"어머, 당연하지. 밖에서 한새는 완전 얼음 왕자잖아. 자기는 지금까지 몰랐어?"

규현의 질문에 불현듯 화인의 머릿속에 처음 만났던 한새의 모습이 떠올랐다.

그때는 지독히도 싸가지 없는 놈이라고 생각했는데, 여전히 남들한테 그렇게 대한다면 지금 규현이 하는 말이 어느 정도 이해가 됐다.

"뭐, 조금 알 것 같기도……."

"자기는 좋겠다. 저렇게 자기만 생각해 주는 남자도 있고."

그 말에 화인은 왜인지 얼굴이 화끈거리는 것 같았다.

거울을 보진 않았지만 아마도 얼굴이 꽤나 붉어졌을 게 분명했다.

규현은 무심코 내뱉은 자기라는 호칭에 손으로 입가를 가리며 어색하게 웃었다.

"자꾸 자기라고 부르네. 한새한테는 비밀이야."

화인은 작게 고개를 끄덕였다. 그런 그녀의 눈에 무엇인가 들어왔다.

그건 바로 거실 옷걸이에 걸려 있는 새하얀 원피스였다.

화인이 손가락으로 그 옷을 가리키며 규현에게 물었다.

"저 옷은 또 뭐예요?"

"저거? 당연히 자기가 오늘 입을 옷이지."

"제가요?"

놀란 듯한 화인의 질문에 규현은 의미심장한 웃음을 지을 뿐이었다.

그가 화인의 손을 잡아끌며 말했다.

"빨리 씻으러 가자."

* * *

한새는 준비가 다 됐다는 규현의 말에 방 안에서 나왔다.

그리고 거실에 서 있는 화인의 모습을 눈으로 확인하자마자 순간 숨을 멈추고 말았다.

저 원피스를 고르면서 화인이 입은 모습을 상상하긴 했지만, 지금 실제로 눈앞에 있는 그녀는 한새가 상상한 모습 그 이상이었다.

순백의 원피스를 입고 있는 화인은 청초하면서도 동시에 고귀한 분위기를 풍겼다.

아마 누구라도 그녀를 한 번 본다면 시선을 빼앗겨 버리고 말 것이다.

그 어떤 단어로도 표현하기 어려울 정도로 너무나도 아름다웠다.

넋을 놓고 바라보는 한새를 향해 규현이 자랑스럽게 입을 열었다.

"내 솜씨가 어때?"

그 말에 간신히 정신을 차린 한새가 수고했다는 듯이, 규현의 어깨를 한 손으로 짚으며 나지막이 대답했다.

"형한테는 함부로 못 맡기겠다."

"엑?"

당황스럽다는 표정의 규현을 바라보며, 한새의 눈이 부드럽게 휘어졌다.

"너무 예뻐서 안 되겠어."

"아 뭐야, 자기야. 깜짝 놀랐잖아."

규현의 투덜거림을 뒤로한 채, 한새는 서둘러 화인에게 가까이 다가갔다.

그녀가 똑바로 한새를 쳐다보며 말했다.

"이젠 어디 가는지 말해 줄 거야?"

"아니, 도착하기 전까진 비밀이야."

한새가 화인의 손을 잡아채며, 뒤에 있는 규현을 향해 말했다.

"우리 갈게. 그럼 뒷정리 부탁해."

"알았어, 나중에 약속한 거 꼭 지켜야 돼."

화인은 한새의 손에 끌려가면서 눈짓으로 규현을 향해 인사했다. 그러자 규현이 손을 흔들면서 밝은 목소리로 재차 입을 열었다.

"화인 씨, 나중에 또 봐."

그렇게 규현을 혼자 집안에 남겨 둔 채로 한새와 화인은 바깥으로 나왔다.

둘만 남게 되자 화인은 방금 전의 대화가 궁금하다는 듯 물었다.

"약속이라니. 둘이 무슨 약속을 한 거야?"

"나중에 규현이 형이 원할 때, 모델을 한 번 서 주기로 했어."

"그런데 우리만 이렇게 먼저 나와도 되는 거야?"

"알아서 문단속하고 가라고 말해 놨으니까 걱정하지 마. 어차피 집에 훔쳐 갈 것도 없고."

장난스러운 한새의 말에 화인은 저도 모르게 설핏 웃고 말았다.

끝까지 어디로 가는지 말해 주지 않는 한새 때문에 화인은 목적지도 모른 채 차에 올라타야 했다.

두 사람을 태운 차는 점점 도심을 벗어나더니, 이내 울창한 숲길을 달리고 있었다.

화인은 더 이상의 질문을 포기한 채 창밖의 멋진 풍경을 구경했다.

그렇게 한참을 달려서 도착한 곳은 외관이 성당같이 생긴 자그만 건물이었다.

외딴곳에 위치해서 그런지 주변의 자연 경관이 매우 아름다운 장소였다.

화인이 눈을 동그랗게 뜨고 근처를 둘러보다가 나지막이 입을 열었다.

"여기는……?"

"성당을 모티브로 만든 곳인데, 스몰웨딩이 많이 열리는 결혼식장이라고 하더라고."

"결혼식장?"

화인은 그제야 자신이 하얀 원피스를 입고 이곳에 왔다는 사실을 알았다.

한새가 무엇을 원하는지 어렴풋이 짐작할 수밖에 없었다.

"이런 건 번잡스럽기만 하다고……."

"알아, 나도 사람 많은 거 안 좋아해. 더군다나 머릿수만 채운 사람들 앞에서 너랑 결혼식을 올리고 싶진 않거든."

한새나 화인이나 서로 굳이 입을 열어 말하지 않아도 알고 있었다.

각기 다른 이유에서였지만, 두 사람 다 타인과 지독히도 어울리지 못했다.

그나마 한새에겐 한울이가, 화인에겐 해준이 존재했지만, 그렇다고 해서 마음속 깊숙하게 응어리진 감정이 변하는 건 아니었다.

지나간 과거는 돌이킬 수 없다.

그러므로 두 사람이 느꼈던 외로움도 어딘가로 사라진 게 아니었다.

여전히 마음속 어딘가에 남아 있었지만, 이젠 혼자가 아닌 둘이었기에 견딜 수 있는 것이다.

그런 그 둘에게 남들 앞에서 올리는 결혼식이란 정말 거추장스러운 것일 뿐이었다.

하지만 그럼에도 불구하고 한새가 이곳에 온 이유가 있었다.

"다른 누군가에게 보여 주기 위해서가 아니야. 여기서 너한테 하고 싶은 말이 있어."

한새가 말과 함께 식장 안으로 들어가자는 듯, 그녀에게 한 손을 내밀었다.

화인은 잠시 머뭇거렸지만 이내 한새의 손을 맞잡고 안으로 걸어갔다.

성당처럼 꾸며진 유럽풍의 자그만 결혼식장 안에는 정말 아무도 없었다.

주례사도 하객도 없이, 오롯이 두 사람뿐이었다.

한새는 그녀와 손을 잡은 채로 새하얀 융단이 깔린 버진로드를 뚜벅뚜벅 걸어갔다.

두 사람의 발걸음이 멈춘 곳은 주례 단상 앞이었다.

한새가 진지하게 가라앉은 눈동자로 화인을 똑바로 마주 보며 입을 열었다.

"난 누구에게도 우리 사이를 허락해 달라고 말하지 않을 거야. 그게 주례사든, 하객이든…… 설령 신이라고 해도."

대악마와 인간, 어찌 보면 절대로 이루어질 수 없는 사이였다.

하지만 그 누가 방해한다 해도 지금 맞잡은 이 손을 놓지 않을 것이다.

그렇기에 다른 누군가의 허락도, 축복도 필요 없었다.

"오직 너한테만 맹세할 거야."

한새는 말과 동시에 품 안에서 작은 상자를 꺼내 화인의 앞에 내밀었다.

달칵, 뚜껑이 열리자 거기에는 똑같이 생긴 반지 두 개가 들어 있었다.

"언제까지나 함께 하자. 아플 때도, 건강할 때도, 죽음이 우릴 갈라놓더라도……."

한새의 긴 손가락이 사이즈가 작은 반지를 꺼내, 천천히 화인의 왼쪽 네 번째 손가락에 끼워 주었다.

"……영원히."

그 누가 이 사랑의 증인이 되어 주지 않아도 좋았다.

아무도 듣지 못해도 상관없다. 화인이 단 한 명에게 바치는 고백이었기에.

오직 단둘뿐인 이곳에서 한새는 그녀에게 사랑의 맹세를 하고 있었다.

화인은 순간 울컥 감정이 복받쳐서 아무런 대답도 할 수 없었다.

그녀가 자신의 손가락에 끼워진 반지를 가만히 쳐다보다가 조금

쉰 목소리로 입을 열었다.

"이렇게 열렬하게 고백을 하지 않아도…… 난 두 번 다시 널 놓치지 않아."

화인은 자신이 처음 한새에게 마음이 간다는 걸 알았을 때, 그리고 아레스가 찾아와서 마계로 돌아가자고 했을 때, 몇 번이나 그를 버리려고 했다.

끝이 뻔히 보이는 길을 걷는 게 바보 같다고 생각했다.

그런데 자신의 마음속에서 점점 한새의 존재가 커지더니 결국 이렇게 전혀 예상치 못한 결말을 맞게 되었다.

한새가 아니었다면 다른 사람의 체온이 얼마나 기분 좋은 건지 알지 못했을 것이다.

이처럼 자신을 결혼식장으로 끌고 와, 달콤한 고백을 하는 남자와 사랑을 한다는 게 어떤 건지 끝까지 모르는 채 살아갔겠지.

행복했다.

이한새라는 남자 때문에.

"죽을 때까지 너한테서 안 떨어질 거야. 이한새, 넌 영원히 내 거야."

위협적인 화인의 말에도 한새는 언제부턴가 그녀를 바라보며 눈부시게 웃고 있었다.

그가 자신의 왼손을 내밀며 나지막한 목소리로 말했다.

"끼워 줘."

화인은 천천히 반지 케이스 안에 들이었던 다른 반지를 꺼내서 한새의 왼손에 똑같이 끼워 주었다.

두 사람의 손가락에서 똑같은 반지가 반짝거리며 빛나고 있었다.

다른 무엇을 포기한다 하더라도 절대 손을 놓지 못하는 존재가 지금 서로의 눈앞에 있다.

서로가 서로에게 꽉 맞물려서 이젠 상대방이 없는 세상은 상상할 수조차 없었다.

한새가 상체를 숙여서 화인의 얼굴 가까이 다가왔다.

그 상태로 그가 그녀에게 속삭이듯이 나지막한 목소리로 말했다.

"난 머리서부터 발끝까지 전부 다 박화인 거니까. 세상에서 제일 사랑해 줘야 돼."

그 말에 화인이 입꼬리를 올려 흐릿하게 웃으면서 나른한 목소리로 대답했다.

"당연하지. 나한테 네가 없는 세상은 온통 암흑일 뿐이야."

누가 먼저랄 것도 없이 두 사람의 입술이 부딪쳤다.

신랑과 신부가 나누는 아름다운 키스.

이제는 더 이상 혼자가 아닌 둘이라는 약속. 세상에 오직 단둘뿐인 결혼식.

한새와 화인에겐 무엇 하나 모자랄 것 없는 완벽한 날이었다.

사랑한다.

언제까지나 영원히.

〈완결〉

외전 I
마계의 하루

핏빛처럼 붉게 물든 하늘.

그 하늘 위에 떠 있는 두 개의 태양.

바로 이곳은 화인이 과거에 그토록 돌아오고 싶어 했던 마계였다.

여기는 마계 안에서도 변방에 속한 곳으로, 허허벌판이나 다름없었다.

뜨거운 태양이 내리쬐는 이 사막 같은 곳에, 딱 한 군데 절벽처럼 깎여져 그늘이 지는 장소가 있었다.

거기에 아레스가 머리 뒤로 깍지를 낀 채 누워 있었다.

끝없이 펼쳐진 황무지를 바라보는 그의 보랏빛 눈동자는 공허했다.

휘이이이이잉―

간간히 부는 바람 소리와 함께 먼지만이 나풀거리는 이곳은 지나칠 정도로 고요했다.

영원히 지속될 것 같던 그 침묵을 깨는 소리가 들려왔다.

터벅터벅, 희미하게 들리는 발걸음 소리가 점점 아레스를 향해 다가오고 있었다.

누군가의 기척에 초점 없던 아레스의 눈동자가 미세하게 흔들리기 시작했다.

그때였다.

아레스의 시선이 태양을 가려주는 낮은 절벽 위를 향하는 것과 동시에, 그곳으로 불쑥 고개를 내미는 얼굴이 하나 있었다.

갑자기 다가온 누군가의 얼굴은 역광으로 인해 보이지가 않았다.

순간 아레스의 심장이 두근거렸다.

언제라도 저기서 타오를 것 같은 붉은 머리카락을 휘날리며, 벨로나가 나타날 것만 같았기 때문이다.

"아레스."

자신을 부르던 벨로나의 나지막한 목소리가 아직까지도 생생히 떠올랐다.

과거를 회상하는 아레스의 흐릿한 눈동자에 자신을 향해 다가온 누군가의 얼굴 윤곽이 서서히 보이기 시작했다.

그러자 불꽃처럼 붉은 머리카락이 아니라, 바람결에 나부끼는 부드러운 다갈색 머리카락이 눈에 들어왔다.

상상 속의 벨로나 모습은 점점 사라지고, 눈앞에 있는 소녀의 얼굴이 뚜렷하게 보였다.

"아레스님! 여기서 뭐하세요?"

다갈색 머리카락의 주근깨가 있는 소녀는 바로 중급 악마 루나였다.

이십여 년 전에 아레스가 우연히 길을 지나가다 목숨을 구해 주게 되었는데, 그 후부터는 졸졸 쫓아다니면서 시종 노릇을 자처하고 있었다.

아레스가 마력의 절반을 소모하고 인간 세상을 갔다 온 것이 알려지자 많은 이들이 그를 떠났다.

그렇다고 어디 가서 무시를 당하는 입장은 아니었으나, 명성은 과거와 같을 순 없었다.

루나는 그런 아레스의 곁에 남아 있는 몇 안 되는 악마 중 하나였다.

물론 귀찮아서 다른 이들은 떼어 놓고 다니는 것도 있었지만, 루나는 거머리같이 그에게 달라붙어서 한시도 떨어질 줄 몰랐다.

소녀 같은 외형만큼이나 실제 나이도 아직 많이 어린 중급 악마였기에 어쩌면 더욱 아레스를 믿고 따르는 건지도 몰랐다.

아레스가 말했다.

"……여기 있을 때는 방해하지 말라고 했을 텐데?"

"그, 그게 아무리 기다려도 안 오시니까. 혹시 무슨 일이 생긴 건 아닐까 걱정이 돼서요."

루나라고 아레스의 말을 어기고 싶었던 게 아니다.

다만 며칠이 지나도록 거처로 돌아오지 않자, 온갖 생각이 다 들었던 것이다.

아레스도 자신이 이 자리에서 꽤나 오랜 시간을 보냈다는 것을 알기에, 미간을 찌푸리긴 했지만 더 이상 별다른 말을 하지는 않았다.

그러자 루나가 슬그머니 눈치를 보면서 조심스럽게 아레스의 옆에 다가와 앉았다.

방금 전까지 아레스가 바라보고 있던 황무지를 쳐다보며 그녀가 궁금하다는 듯이 물었다.

"아레스님은 여기서 도대체 뭘 보고 계신 거예요?"

다른 악마라면 군신이라고 칭해졌던 아레스에게 이토록 건방진 질문을 하지 않는다.

하지만 이 소녀는 순진무구한 눈동자를 빛내며, 이따금씩 아레스에게 스스럼없이 다가왔다.

그런 루나가 주제넘다고 생각을 하면서도, 또 이런 부분이 마음에 들어서 데리고 다니는 거라 딱히 뭐라고 할 생각은 없었다.

아레스는 일자로 굳게 다물고 있던 입술을 자그맣게 열며 나직하게 말했다.

"과거를…… 회상하고 있었다."

"과거요? 여기서 무슨 일이 있었나요?"

아레스의 시선이 힐끔 루나를 쳐다보곤 이내 다시 황무지 너머로 돌아갔다.

"……네가 태어나기도 전이었을 거다. 여기서 꽤 커다란 전투가 일어났지."

아레스는 말과 동시에 바로 어제 일처럼 또렷한 그때의 기억을 떠올렸다.

바로 벨로나와 처음 만나던 그날을.

지금으로부터 수천 년 전, 당시엔 벨로나가 전쟁의 여신이란 칭호를 얻기 전이었다.

마계의 둘째 황자 칼리드의 휘하로 들어가 버린 대악마에 대한 소문만 무성하던 시절.

대악마란 존재는 마계에서도 극소수였기에, 새롭게 등장한 벨로나가 어떤 인물인지 호기심이 들었다.

그래서 어디에도 속하지 않았던 아레스는 여기서 커다란 전투가 벌어진다는 소식을 듣고 구경하러 왔었다.

그리고 그가 여기 도착했을 땐, 이곳은 이미 아수라장이나 다름 없었다.

저 멀리에서부터 풍기는 비릿한 피 냄새에 코가 마비될 지경이었다.

당연했다. 셀 수도 없이 많은 악마들이 서로 뒤엉켜서 싸우고 있었으며, 그 뒤로는 죽은 시체들이 산처럼 높이 쌓여 있었으니까.

하늘에서는 악마들의 시체를 파먹는 까마귀 떼가 날아다니기 시작했다.

아레스에겐 그리 낯설지 않은 풍경이었지만, 그래도 이처럼 방관

자처럼 보고 있자니 을씨년스럽다는 생각밖에 들지 않았다.

그때였다.

아레스의 보랏빛 눈동자가 무감각하게 전투를 지켜보고 있을 때, 수만 명의 악마들 가운데 단번에 시선을 사로잡는 존재가 있었다.

타오르는 불꽃처럼 붉은 머리카락에 한 점의 티끌조차 없는 새하얀 피부.

가느다랗게 뜬 눈매 사이로 빛나는 강인한 눈동자가 매우 인상적이었다.

그 여자는 자신의 붉은 머리카락과 꼭 맞는 진홍색의 갑옷을 입고 있었는데, 그녀가 한 번 몸을 움직일 때마다 주변에 있던 악마들이 수십 명씩 나자빠졌다.

그녀의 몸에서 뿜어져 나오는 오러만 봐도, 얼마나 강한 마력을 지니고 있는지 알 수 있을 정도였다.

상대방을 베어내는 동작 하나하나가 일말의 군더더기도 없이 완벽했다.

직감적으로 알아차릴 수밖에 없었다.

이만큼이나 압도적인 존재는 대악마일 수밖에 없으니까.

대악마 벨로나, 바로 그녀였다.

벨로나의 새하얀 피부에 붉은 피가 튀고, 입고 있던 진홍색의 갑옷이 피로 흠뻑 젖었는데도 불구하고…… 눈이 부실 정도로 아름다웠다.

많은 말이 필요치 않았다.

저렇게나 완벽한 존재는 지금까지 만나 본 적이 없었다.

두근두근.

심장이 미친 듯이 뛰었다.

그녀를 보고 있자니 피가 들끓었다.

그렇게 정신을 놓고 벨로나만을 바라보고 있을 때였다.

어느 순간 그녀는 아레스가 서 있는 곳의 근처까지 다가와 있었다.

차앙!

적장으로 보이는 한 남자와 벨로나가 검을 부딪쳤다.

상대는 이 근처 성의 주인으로 헬크라는 이름을 가진 자였다.

아레스도 지나가다 몇 번 마주친 적이 있었기에 익히 잘 아는 얼굴이었다.

조금씩 수세에 몰리고 있던 헬크의 눈에도 근처에 있는 아레스가 들어왔다.

헬크가 밝은 얼굴로 재빨리 입을 열었다.

"이게 누구야? 아레스가 아닌가!"

그의 커다란 외침에 처음으로 벨로나의 무감각한 시선이 아레스를 향해 돌아갔다.

그녀의 눈빛을 받게 된 그 순간, 아레스는 왜인지 짜릿한 기분이 들었다.

두 사람이 마치 약속이라도 한 것처럼 서로를 탐색하고 있을 때였다.

헬크가 다급한 목소리로 재차 말을 건넸다.

"아레스, 날 좀 도와주게나. 내가 나중에 보상은 두둑하게 하겠네."

헬크의 형은 높은 지위와 권력을 지니고 있는 상급 악마였기에, 그를 살려 주면 아레스에게 큰 보상을 해 주리란 건 짐작할 수 있었다.

하지만 아레스는 쉽게 대답할 수 없었다.

헬크를 도와주겠다는 것은 눈앞에 있는 벨로나와 싸워야 한다는 뜻이었으니까.

같은 대악마로서 힘을 겨뤄 보고 싶다는 투지가 드는 건 사실이지만, 어쩐지 썩 내키지가 않았다.

아레스가 잠시 망설이고 있을 때, 벨로나가 그를 쳐다보며 나지막이 말했다.

"관계없으면 빠져. 굳이 끼어들겠다면 상대해 주겠지만."

대체적으로 악마는 마력이 강할수록 아름다웠다.

그래서 마력이 강한 악마일수록 자신만의 독특한 외형을 가지고 있는 경우가 많았다.

벨로나의 붉은 머리칼과 아레스의 보랏빛 눈동자가 그러하듯이 말이다.

벨로나는 아레스가 대악마라는 것까진 모르더라도, 그의 특이한 눈동자만 봐도 쉽지 않은 상대라는 걸 눈치챘을 것이다.

그런데 지금 벨로나의 태도는 오만하기 그지없었다.

그 말에 헬크가 신이 난 듯 입을 열었다.

"너 아레스가 누군지나 알고 그런 소리를 하는 건가? 하긴 후회

해도 이미 늦었다. 이런 모욕을 듣고 가만히 있을 리가 없으니까.”

당장이라도 승리의 웃음을 터뜨릴 것 같은 헬크를 감흥 없이 쳐 다보던 벨로나가 무미건조한 목소리로 말을 내뱉었다.

“누구라도 상관없어. 내 앞을 막아서면 벨 거니까.”

그 말을 끝으로 벨로나는 더 이상의 시간을 지체하지 않겠다는 듯, 검을 일직선으로 세우고 다시 헬크를 압박하기 시작했다.

헬크는 힘겹게 버티고 있었지만, 금방이라도 벨로나에게 질 게 뻔한 상황이었다.

그럼에도 여전히 구경만 하고 있는 아레스를 향해, 헬크가 조급 한 표정으로 도움을 요청했다.

“아레스, 뭐하고 있는 겐가? 빨리 나를…….”

“내가 도와주겠다는 말을 했던가?”

그 말에 헬크의 안색이 시커멓게 변했다.

벨로나에게 모욕을 들은 아레스가 당연히 움직일 거라고 생각했 는데, 전혀 그럴 생각이 없어 보였기 때문이다.

헬크는 납득이 안 된다든 듯이 아레스를 향해 재차 입을 열었다.

“대체 왜……?”

하지만 아레스는 그 물음에 어떠한 대답도 해 줄 수가 없었다.

평상시라면 벨로나가 한 도발을 쉽게 넘기지 않았겠지만, 지금 은 그럴 기분이 들지 않았다.

그저 그녀의 군더더기 없는 동작을 조금 더 감상하고 싶을 뿐이 다.

아레스는 그녀를 공격하지 않겠다는 의사를 담아 뒤로 한 발자국 물러났다.

결국 헬크는 얼마 버티지 못하고 벨로나의 검에 의해 숨을 거뒀다.

순식간에 그를 정리한 벨로나가 조금은 의아한 시선으로 아레스를 돌아보았다.

"······이자와 아는 사이가 아니었나?"

아레스는 그 물음에 대답하기보단 다시 그녀에게 질문을 던졌다.

"네가 벨로나인가?"

벨로나는 자신의 정체를 아는 아레스를 더욱 의문스러운 눈빛으로 바라보다가 고개를 가볍게 끄덕였다.

하지만 그뿐이었다.

벨로나는 자신의 앞길을 막지 않은 상대에게 더 이상 건넬 말이 없었다.

그녀가 다시 저벅저벅 전장을 향해 걸어가다가 문득 걸음을 멈췄다. 그러곤 몸을 돌리지 않은 채로 아레스를 향해 말했다.

"방금 끼어들지 않은 건 잘한 행동이야. 아마 네가 나섰으면 오늘 우리 둘 중에 하나는 죽었을 테니까."

그 말에 아레스는 저도 모르게 비릿한 웃음을 지었다.

벨로나는 생각보다 더 아레스가 지닌 힘을 똑바로 보고 있었다.

그럼에도 자신이 졌다고 말하는 게 아니라, 둘 중에 하나가 죽었을 거라고 한다.

그 말은 즉 그녀가 무조건 질 거라는 뜻이 아니었다.

아레스는 왜인지 유쾌한 기분이 들었다. 그가 나지막하게 대꾸했다.

"……네가 관계없으면 나서지 말라며."

그 말에 벨로나가 픽하고 작게 웃었다. 그러곤 잠시 멈췄던 걸음을 다시 앞으로 내디디며 말했다.

"말을 잘 듣는 남자는 싫지 않아. 너 여자한테 인기가 많겠다."

아레스는 그 말을 듣고 당황할 수밖에 없었다.

지금껏 누군가에게 잘 보이고 싶다고 생각한 적이 없었기 때문이다.

굳이 그런 생각을 하지 않아도 아레스의 옆에는 그에게 잘 보이고 싶어서 안달이 난 악마들로 넘쳐났다.

그런데 그 말이 왜 그토록 가슴에 남은 것일까.

아마 난생처음으로 잘 보이고 싶은 여자가 생겼기 때문일 것이다.

"……벨로나."

그녀가 가고 난 후 혼자 남겨진 아레스가 나지막이 중얼거렸다.

진홍색의 갑옷을 입은 채 전장 속으로 걸어가는 그녀의 뒷모습이 쉽게 뇌리에서 잊히지 않을 것 같았다.

그리고 그때 했던 예상대로 아레스는 수천 년이 지난 지금까지도 그 순간을 기억하고 있었다.

벨로나와 처음 만났던 그 장소가 바로 이곳이었다.

아레스는 어쩐지 여기를 떠날 수가 없었다.

인간 세상에서 그녀가 자신의 마음을 거부했다고 하더라도 마찬가지였다.

'지금쯤 인간으로 살아가고 있으려나?'

아레스는 벨로나가 인간의 몸으로 들어가고 난 직후에, 자신이 거기서 쓸 수 있는 모든 마력을 총동원해 그녀가 다시 살아날 수 있게 도와주었다.

모든 힘을 소진한 그는 마계로 돌아와야 했기에 그녀가 어떻게 됐는지 끝까지 확인할 수는 없었다.

하지만 후회는 없다.

어차피 인간 세상에 머물 수 있는 기간은 고작 백 일 정도였으니까.

더군다나 벨로나가 일어나서 한새와 행복하게 사는 것을 지켜보는 것도 고역이었을 것이다.

크게 걱정은 되지 않았다. 다른 누구도 아닌 벨로나라면 잘 깨어났으리라고 믿으니까.

다만 아레스가 심술을 부린 것은…….

한새에게 벨로나의 상태를 알려 줄 수 있음에도 불구하고 그냥 마계로 돌아와 버린 것이었다.

'……인간, 난 네놈이 싫다.'

설령 아레스가 세상의 모든 것을 가졌다고 하더라도, 벨로나를 가진 한새의 앞에선 언제나 질 수밖에 없었으니까.

문득 자신을 똑바로 쳐다보면서 부럽다고 말한 한새가 떠올랐다. 아레스는 저도 모르게 입가에 짙은 비웃음을 짓고 말았다.

'감히 누가 누구더러 부럽다고 하는 건지…….'

아레스가 직접 선택할 수 있었다면, 일말의 망설임도 없이 그녀의 사랑을 받는 인간으로 태어나길 소망했을 것이다.

아무 말 없이 앉아 있던 루나는 왠지 울 것 같은 보랏빛 눈동자로 황무지의 끝을 바라보고 있는 아레스를 향해 입을 열었다.

"혹시 그 전투에 아레스님이 아는 분께서 참가하셨던 거예요? 그래서 매일 여기 오시는 건가요?"

아레스가 미미하게 고개를 끄덕이며 혼잣말처럼 나지막이 말했다.

"……그 순간이 그리워서 여기를 떠날 수가 없구나."

처음엔 벨로나를 갖지 않아도 괜찮았었다. 어차피 그녀는 그 누구의 것도 아니었으니까.

꼭 자신의 것이 되지 않아도, 이대로도 괜찮다고 그렇게 생각했었다.

그런데 벨로나가 인간 세상으로 간 다음, 그녀의 빈자리를 느끼며 조금씩 욕심이 생기기 시작했다.

그녀에게 조금 더 특별한 존재가 되기를, 그녀의 사랑을 얻는 게 다른 누구도 아닌 바로 자신이기를 바랐다.

그래서 마력의 절반이나 주고 인간 세상으로 내려간 것이었다.

혹시라도 그녀가 힘들 때 나타나면 마음을 얻을 수 있지 않을까?

자신에게 고마워하며 옆자리를 내주지 않을까?

그런 기대를 하면서 말이다.

아레스는 가만히 누운 상태로 깊게 눈을 감았다. 그러곤 한껏 낮아진 목소리로 중얼거리듯 말했다.

"한 번도 내 것인 적이 없는데…… 난 뭐가 이렇게 아쉬운 건지 모르겠구나."

아레스의 입가에 쓸쓸한 미소가 지어졌다.

인간과 사랑에 빠진 벨로나는 모든 걸 버리고 한새를 선택했다.

거기에 자신이 낄 틈이 없다는 건, 바로 옆에서 지켜봤던 스스로가 누구보다 잘 알았다.

그런데도 여기에 발목이 묶인 채 한 발자국도 앞으로 나아갈 수가 없었다.

'네가 돌아오려면 얼마나 더 남았을까.'

아무리 오래 산다고 해도 인간이라면 백 세 정도가 한계일 것이다.

그럼 벨로나는 다시 마계로 되돌아오겠지.

무언가를 기대하는 건 아니었다. 벨로나가 인간 세상에서 맹세했던 것처럼 자신을 주군으로 모신다면, 그 누구도 그를 업신여길 순 없겠지만…….

그런 것은 아무래도 상관없었다.

그저 그때가 되면 최소한 얼굴은 볼 수 있을 테니까.

어떤 표정으로 그녀를 마주 보게 될지 모르겠지만, 그때가 매우 기다려졌다.

루나가 말했다.

"아레스님, 그래도 식사는 하셔야죠."

"……그래야지."

아레스는 벨로나가 없는 마계가 너무나도 무료했다.

그래서 그녀가 없는 하루하루를 마치 천 년 같이 보내고 있었다.

아레스가 힐끗 저물어가는 두 개의 태양을 바라보며 중얼거리듯 말했다.

"……고작 하루가 지나갔구나."

벨로나가 돌아오기까지…….

시간은 너무나도 더디게 흐르고 있었다.

<외전 I 마계의 하루 끝>

외전 II
악마와 나무꾼

"하아, 하아."

한새는 침대에서 상체를 벌떡 일으키곤 이마에 흐르는 땀방울을 닦아 냈다.

정신을 차리고 보니 온몸이 식은땀으로 젖어 있었다.

한새가 복잡한 표정으로 자신의 두 손을 내려다보다가 이내 긴 손가락으로 얼굴을 감싸 쥐었다.

악몽을 꾸었다.

꿈에서 화인은 검은 날개를 펄럭이며, 대악마 벨로나의 모습으로 변해 있었다.

단 한 번 본모습이었지만, 지독히도 아름다웠던 그 얼굴을 잊어 버릴 리 없었다.

그런데 누군가가 그녀의 등 뒤에 돋은 검은 날개를 우악스럽게 손으로 쥐고서 그대로 뜯어 버렸다.

순식간에 벨로나의 얼굴은 고통으로 일그러졌고, 바닥에는 피가 홍건하게 흘러내렸다.

날개를 잃고 쓰러지는 그녀를 즐거운 듯이 바라보고 있는 그 남자는…….

믿을 수 없게도 한새, 바로 자기 자신이었다.

언제부턴가 한새는 이와 비슷한 악몽을 꾸고 있었다.

저도 모르게 깊은 한숨을 내쉬던 한새는 곧이어 자신의 옆자리가 비어 있다는 사실을 알아차렸다.

거기에 누워 있어야 할 화인의 모습이 보이지 않자 문득 궁금증이 들었다.

'이 늦은 시간에 어디를 간 거지?'

한새가 무심코 침대에서 일어나 방문을 열고 나갈 때였다. 그러자 멀지 않은 베란다에 멍하니 앉아 있는 화인의 모습이 눈에 들어왔다.

그 모습을 발견한 한새는 문고리에서 손조차 놓지 못한 상태로 딱딱하게 굳어 버리고 말았다.

과거에도 이렇게 멍하니 앉아서 밤하늘을 올려다보고 있는 그녀를 본 적이 있었다.

그때뿐만이 아니다. 두 사람이 결혼을 하고 난 이후에도 종종 화인은 한밤중에 혼자만의 시간을 갖곤 했다.

그런데 한새는 이 모습이 왜 이토록 불안하게 느껴지는 것일까.

'……대악마로 돌아가고 싶은 건 아니지?'

사실 한새는 자신이 왜 그런 악몽을 꾸는지, 그 이유를 잘 알고 있었다.

화인을 인간 세상에 묶어 놓은 게 다름 아닌 자신이었기 때문이다.

자신은 누구보다 아름답고 강한 그녀를 여기 이 자리에 주저앉힌 원흉이었다.

화인이 자신의 곁에 머물기 위해 무엇을 버리고 온 건지, 한새는 감히 상상조차 할 수가 없었다.

미안했다.

대악마인 그녀에게 아무것도 해 줄 수가 없는 인간이라서.

한새는 자신만 아니면 그녀가 저 멀리 훨훨 날아갈 수 있다는 걸 안다.

그럼에도 자신은 이기적이라서 시간을 되돌린다 하여도 화인을 보내 줄 수가 없었다.

하지만 지금처럼 어두운 밤, 저 먼 곳을 바라보고 있는 화인은 분명 무언가를 그리워하는 것 같았다.

금방이라도 저 모습 그대로 아스라이 사라져 버릴 것 같아서 한새는 이런 그녀가 불안했다.

혹시라도 무슨 생각을 하냐고 물어봤다가 다시 마계로 돌아가고 싶다는 대답을 들을까 봐, 겁이 나서 차마 묻지도 못했다.

그때였다.

미세한 기척을 느낀 화인의 시선이 한새가 있는 방향으로 움직였다.

어둠 속에 우두커니 서 있는 한새를 발견한 화인이 깜짝 놀란 표정으로 입을 열었다.

"한새야, 거기서 뭐해?"

"……그냥."

한새는 복잡한 심정을 감춘 채, 아무렇지 않은 얼굴로 그녀를 향해 흐릿하게 웃어 보였다.

이 정도의 불안감은 그녀를 가진 행복에 비해서 아무것도 아니었으니까.

한새가 천천히 화인의 뒤편으로 다가가서 그녀의 등을 끌어안았다. 그대로 고개를 숙이니 언제 맡아도 기분 좋은 그녀의 체취가 가득 느껴졌다.

한새는 그녀처럼 여기서 뭐하고 있었느냐고 물어볼 수가 없었다. 설령 그녀가 돌아가고 싶다고 말해도 자신은 보내 줄 수가 없었기에.

잠시 아무런 말이 없던 한새가 나지막한 목소리로 입을 열었다.

"사랑해, 화인아."

"……?"

"내가 너무 사랑해서 미안해."

화인은 갑작스러운 한새의 고백에 무심코 고개를 돌려서 자신을 끌어안고 있는 그를 쳐다보았다.

그런데 한새의 얼굴은 자신의 어깨에 파묻혀서 보이지가 않았다.

"무슨 일 있어?"

"아니, 문득 너한테 미안한 게 너무 많아서."

"……실없긴."

화인이 픽하고 작게 웃으며, 고개를 숙이고 있는 한새의 부드러운 머리카락을 쓸어 주었다.

그 감촉이 너무 좋아서 한새는 저도 모르게 화인을 더욱 세게 끌어안았다.

그렇게 가만히 안겨 있던 화인이 이내 나지막한 목소리로 입을 열었다.

"침대로 다시 돌아갈까? 잠이 안 오긴 하지만, 내일 일찍 출근해야 돼서."

그 말에 한새는 별다른 대꾸 없이 자리에서 일어나더니, 그대로 화인을 번쩍 안아 들었다.

깜짝 놀란 화인이 눈을 크게 떴지만, 이내 눈초리를 휘며 웃었다.

"우리 남편 아직도 힘이 좋네."

"죽을 때까지 너 하나쯤 안아 줄 힘은 있어."

"이야, 든든한데?"

화인은 그 말과 동시에 한새의 목을 끌어안으며, 그대로 그의 볼에 입을 맞췄다.

한새가 못 참겠다는 듯 눈을 찡그리면서도 환하게 웃으며 대꾸했다.

"유혹하지 마. 박화인 남편은 힘이 넘치다 못해 너무 혈기왕성해서 이러면 내일 출근 못 할지도 몰라."

그 말에 화인이 품에 안긴 채로 낮게 웃음을 터뜨렸다.

한새는 한 치의 흔들림 없는 자세로 화인을 안고서 방 안으로 들어왔다. 그러곤 그대로 침대에 조심스럽게 그녀를 눕혀 주었다.

한새도 곧이어 침대 옆자리에 같이 누우며, 그녀의 머리카락을 조심스레 쓸어 주었다.

"자장가라도 불러 줄까?"

그의 다정한 말에 화인은 다시 한 번 피식 웃고 말았다.

잠시 머뭇거리던 화인이 가만히 한새를 쳐다보다가, 이내 무언가를 결심했는지 천천히 입을 열었다.

"그보다…… 너한테 하고 싶은 말이 있어."

한새는 그녀의 말에 심장이 쿵하고 바닥으로 떨어지는 것 같은 기분이 들었다.

왜인지 불안했다.

그녀의 입에서 자신이 가장 듣고 싶지 않은 말이 나올 것 같았다.

"네가 어떻게 생각할지 몰라서, 그동안 뭐라고 말해야 하나 고민했어."

말하지 마, 화인아.

"너도 알다시피 난 여기서 죽게 되면, 다시 대악마로 돌아가게 될 거야."

한새는 화인이 돌아가고 싶다고 말해도 이젠 보내 줄 수가 없었다.

이미 한 번 그녀를 눈앞에서 잃은 적이 있었다. 다신 그때 그 시간으로 돌아가고 싶지 않았다.

한새의 눈동자가 어둡게 가라앉았지만, 화인의 목소리는 끊이지 않고 이어졌다.

"난 너와 인간 세상에서만 지내다가 헤어지고 싶은 생각이 없어."

"……뭐?"

"내가 대악마로 돌아가게 되면, 어떻게든 네 영혼을 가로채서 마계로 데려가려고 해."

한새는 자신의 예상과는 전혀 다른 화인의 말에 두 눈을 크게 뜨고 말았다.

"그 대신에 넌 인간으로 다시 환생하는 것을 포기해야 돼. 그래도 우리가 앞으로도 계속 함께할 수 있는 방법은 이것밖에……."

"그게 가능한 거야?"

"글쎄. 워낙 제약이 많기도 하고, 아직 누구도 시도해 보지 않은 일이라 확실하게 대답할 순 없어. 우선 네가 이 부분을 어떻게 생각하는지 알고 싶어. 환생은 인간에겐 중요한 사항이니까."

그 말에 한새는 누워 있던 자리에서 벌떡 일어나서 그녀와 똑바로 눈을 마주쳤다.

심각하게 굳은 그의 표정을 보면서 화인이 저도 모르게 긴장을 할 때였다.

한새가 한껏 낮아진 목소리로 입을 열었다.

"설마 지금까지 한밤중에 고민하던 게 이거였어?"

"그걸 어떻게 알았어? 성공할 가능성이 얼마나 있는지 계산을 좀 하느라고."

"······하."

한새는 순간 온몸에 힘이 쭉 빠지는 것 같았다.

자신은 화인이 마계로 돌아갈까 봐 걱정을 하고 있었는데, 반대로 화인은 죽고 난 이후에 자신의 영혼을 어떻게 하면 그곳으로 데리고 갈 수 있을까 고민하고 있었다.

진실을 알게 되자 한새의 입꼬리가 저도 모르게 슬쩍 올라갔다.

그런 자신을 의아하게 쳐다보고 있는 화인이 사랑스러워 견딜 수가 없을 지경이었다.

"화인아, 넌 내가 왜 좋아?"

"갑자기 무슨 말이야?"

"난 너한테 아무것도 해 줄 수가 없는 인간인데, 넌 대체 내 어떤 점이 좋은 거야?"

한새는 잘 알고 있었다. 자신이 가지고 있는 외모도, 능력도, 부유함도 전부 다 그녀에겐 아무 소용없는 무용지물이나 다름없다는 걸.

그런데 그녀는 대체 어디를 보고 자신을 사랑하게 된 건지 궁금했다.

화인이 어처구니없다는 듯이 피식 웃으면서 나직하게 대꾸했다.

"넌 내가 대악마라서 좋아?"

"아니."

"나도 네가 이한새라서 좋은 거야."

그녀의 대답에 한새의 눈동자가 미미하게 흔들렸다.

만약 화인이 인간이었다면 두 사람은 지금보다 훨씬 쉽게 이루어졌을 것이다. 물론 그 반대의 경우 역시도 마찬가지였다.

그런데 화인은 악마였고, 한새는 인간이었다.

어쩌다 보니 사랑에 빠진 상대가 다른 종족이었을 뿐이다.

한새가 침대에 누워 있는 화인을 위에서 덮치듯이 와락 끌어안았다.

숨이 막힐 정도로 으스러지게 그녀를 안고서 그가 중얼거리듯 말했다.

"……넌 내가 얼마나 못된 인간인지 모를 거야."

염치없게도 기뻤다. 그동안 화인이 자신의 곁에서 떠나려 할까 봐 혼자서 얼마나 전전긍긍했는지 모른다.

만약 한새가 선녀와 나무꾼에 나오는 남자 주인공이었다면, 화인의 날개옷을 진즉에 찢어서 다신 돌아갈 수 없게 만들어 버렸을 것이다.

그의 품에서 화인이 작게 실소를 머금으며 대답했다.

"그건 네가 할 말이 아닌 것 같은데?"

화인은 지금 한새의 영혼을 가로채서 마계로 끌고 가려고 하고 있었다.

그것이야말로 윤리적으로나 도덕적으로 맞지 않는 행동이었다.

화인은 자신을 옴짝달싹 못 하게 끌어안고 있는 한새의 등을 토닥거리며 다시 입을 열었다.

"네가 무슨 생각을 하고 있는지 모르겠지만, 쓸데없는 고민은 하지 마. 내가 이한새 널 선택한 거야. 우리가 같이 있을 이유는 그거면 충분해."

"……큭."

한새가 저도 모르게 메마른 웃음을 토해 냈다.

지금까지 머리가 아플 정도로 고민하던 걸 화인이 단번에 정리해 준 느낌이었다.

한새가 자신의 품에서 그녀를 떼어 내서 서로의 얼굴을 마주볼 때였다.

화인이 진지한 눈동자로 나직하게 말했다.

"그래서 네 대답은?"

"난 영원히 네 거라면서, 내 사후 세계까지 책임져 주겠다니 영광이지."

한새가 근사하게 웃는 모습을 바라보면서, 화인의 입꼬리가 희미하게 말려 올라갔다.

"……나중에 물러 달라고 해도 이젠 안 돼."

서로를 마주 보며 웃던 두 사람의 입술이 마치 약속이라도 한 것처럼 맞닿았다.

사랑이 담뿍 담긴 키스는 너무나도 달았다.

* * *

그러던 어느 날이었다.

같이 식사를 하는 도중 갑자기 화인이 한 손으로 입가를 가리며 헛구역질을 하기 시작했다.

"욱…… 우욱……!"

놀란 한새가 서둘러 그녀에게 다가와서 등을 쓸어 주었다.

"괜찮아?"

화인은 대답 대신 고개만 끄덕거릴 뿐이었다.

그때 불현듯이 머릿속에 떠오르는 한 가지 사실이 있었다.

워낙 생리 주기가 불규칙해서 신경 쓰지 않고 있었는데, 곰곰이 생각해 보니 지난달부터 생리를 하지 않았다는 걸 알아차렸다.

'설마……'

화인의 눈동자에 처음으로 두려운 기색이 비쳤다.

자초지종을 들은 한새의 얼굴은 평소보다 딱딱하게 굳어져 있었다.

임신 테스트기를 들고 화장실 안으로 들어간 화인을 기다리는 시간이 마치 억겁처럼 느껴졌다.

그렇게 한새가 초조하게 밖을 서성거리고 있자니, 드디어 화장실 문이 열리고 화인이 창백한 얼굴로 나왔다.

"어떻게 됐어?"

화인은 아무런 대꾸도 없이 선명하게 두 줄이 그어져 있는 임신 테스트기를 앞으로 내밀었다.

한새의 입이 저도 모르게 살짝 벌어졌다.

어디선가 들은 적이 있었다. 임신 테스트기에 그어진 붉은 색의 두 줄은 임신을 뜻하는 거라고.

더구나 지금 화인의 반응만 봐도 그게 어떤 결과인지는 자연스럽게 알아차릴 수밖에 없었다.

"임신한 거야?"

"……그런 거 같아."

잠시 멍한 표정을 짓고 있던 한새가 곧이어 화인의 손을 잡고 조심스럽게 소파로 데리고 왔다.

서로 얼굴을 마주 본 채로 앉아서 한새가 진지한 목소리로 입을 열었다.

"계획에 없긴 했지만 임신이라니 축하해야 할 일이잖아. 그런데 뭐가 마음에 걸려서 이렇게 겁먹은 표정을 짓고 있는 거야?"

"……자신이 없어."

화인은 인간의 삶을 살기고 마음먹은 뒤, 착실하게 일하며 잘 지내고 있었다.

그렇지만 그녀는 인간이 아닌 악마였다.

엄밀히 따지면 신체는 인간이었지만, 영혼은 분명히 악마였다.

그런데 자신이 이렇게 아이를 가져 되는 걸까?

불현듯 어렸을 때 엄마에게 받았던 상처들도 머릿속에 떠올랐다.

자신은 그런 상처 없이 이 아이를 잘 키울 수 있을까?

한꺼번에 너무 많은 걱정이 들어서 머릿속이 뒤죽박죽 뒤엉키는 것 같았다.

그녀의 혼란스러운 눈동자를 가만히 들여다보던 한새가 가만히 손을 잡아 주었다. 그러자 그에게서 따뜻한 온기가 전해져 왔다.

화인의 복잡한 시선이 한새를 향하자, 그가 나지막한 목소리로 말했다.

"나도 마찬가지야. 갑자기 아빠가 된다고 생각하니까 조금 무서워. 그런데 뱃속에 있는 아이가 화인이 네 아이라고 생각하니까 좋은 감정이 더 커."

"……."

"너를 닮고, 또 나를 닮았을 아이잖아. 우리한테 가족이 한 명 더 생기는 거니까."

"내가…… 엄마가 될 자격이 있을까?"

"무슨 그런 소리를 해. 처음부터 그런 자격을 갖춘 사람이 어디 있다고."

한새가 잡고 있던 화인의 손을 들어서 그대로 손등에다가 입을 맞췄다.

그러곤 부드러운 목소리로 말을 이어 나갔다.

"같이 노력하자. 좋은 아빠, 엄마가 되기 위해서."

한새가 하는 말을 가만히 듣고 있자니, 화인은 놀랐던 가슴이 조금은 진정이 되는 것 같았다.

그녀가 아무런 말없이 자신의 배를 쓰다듬었다.

아직 달라진 것은 아무것도 없지만, 이 안에 아이가 있다고 생각하니 조금 신기하게 느껴졌다.

'좋은 엄마라…….'

자신이 엄마가 될 거라곤 단 한 번도 생각하지 않았었다.

그런데 왠지 한새가 곁에 있다면 할 수 있을 것 같다는 생각이 들었다.

화인은 굳건하게 자신의 손을 잡고 있는 한새를 바라보며 희미하게 웃었다.

＊　　　＊　　　＊

　화인이 임신하고 어느덧 3년이란 시간이 지났다.

　태어난 아이의 이름은 이준영이라고 지었다. 이제 조금씩 걸어
다니기 시작한 건강한 사내아이였다.

　"그러다 떨어트리지 않게 조심해."

　뒤에서 들려오는 화인의 서슬 퍼런 경고에, 한새가 낮게 웃으며
대꾸했다.

　"걱정 마. 절대 안 놓칠게."

　"아바, 아바."

　한새는 옹알거리면서 자신을 부르는 준영을 목마 태워서 걷고
있었다.

　이제 막 두 살이 된 준영이는 아직 제대로 발음하진 못했지만, 곧
잘 말하기도 하고 걷기도 하는 눈에 넣어도 안 아픈 아들이었다.

　"우리 와이프, 왜 이렇게 자꾸 뒤처져."

　준영이를 목마 태우고 앞서 걸어가던 한새가, 뒤에서 천천히 따
라오는 화인에게 다가와서 덥석 손을 잡았다.

　그러자 화인이 만족스러운 얼굴로 희미하게 웃으며 입을 열었
다.

　"뒤에서 두 사람 모습 보고 있는 게 좋아서."

　"좋으면 하나 더 낳을까?"

　전혀 생각지 못한 한새의 발언에 화인이 놀란 눈으로 그를 쳐다

보며 물었다.

"진심이야?"

"너만 좋다면 난 상관없어. 선녀와 나무꾼에서도 아이 세 명은 낳아야 하늘나라로 못 간다잖아."

"내가 그 선녀랑 같아?"

"선녀처럼 예쁘긴 하지."

그 말에 화인이 어처구니없다는 듯 피식 웃자, 한새도 곧 그녀를 따라 잔잔한 미소를 지었다.

이 평온한 일상이 행복했다.

무엇보다 두 사람을 더욱 행복하게 만드는 건, 이 즐거운 시간이 언제까지나 계속 지속될 거라는 사실이다.

지금 맞잡은 두 손을 영원히 놓지 않을 것이기에.

그렇게 두런두런 이야기를 나누며, 그들이 함께 걸어가는 모습은 마치 동화 속의 그림처럼 아름답고 따뜻했다.

〈외전Ⅱ 악마와 나무꾼 끝〉